MARIA DRIES

DER
KOMMISSAR
UND DAS RÄTSEL
VON BISCARROSSE

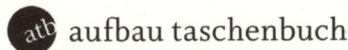 aufbau taschenbuch

MARIA DRIES wurde in Erlangen geboren und hat Sozialpädagogik und Betriebswirtschaftslehre studiert. Heute lebt sie mit ihrer Familie in der Fränkischen Schweiz. Schon seit vielen Jahren verbringt sie die Sommer in der Normandie.

Im Aufbau Taschenbuch sind bisher ihre Krimis »Der Kommissar von Barfleur«, »Die schöne Tote von Barfleur«, »Der Kommissar und der Orden von Mont-Saint-Michel«, »Der Kommissar und der Mörder vom Cap de la Hague«, »Der Kommissar und der Tote von Gonneville«, »Der Kommissar und die Morde von Verdon«, »Der Kommissar und die verschwundenen Frauen von Barneville«, »Der Kommissar und das Biest von Marcouf« »Der Kommissar und die Toten von der Loire«, »Der Kommissar und die Tote von Saint-Georges« und zuletzt der Bordeaux-Krimi »Das Grab im Médoc« erschienen.

Als Philippe Lagarde nach Biscarrosse gerufen wird, erwartet ihn dort ein grausamer Fall: Das Ehepaar Delcroix wurde auf bestialische Art ermordet. Der Kommissar ist erschüttert, denn Bertrand Delcroix war nicht nur sein Chef, sondern auch ein Freund für ihn. Nachdem zuerst alles nach einem Raubüberfall aussieht, wachsen in Philippe Lagarde Zweifel an dieser Theorie. Warum würde ein Mörder derart brutal vorgehen, wenn er in keiner engeren Beziehung zu den Opfern stünde? Und was sagt die ungewöhnliche Mordwaffe über das Motiv des Täters aus? Fieberhaft begibt Philippe Lagarde sich auf Mörderjagd.

MARIA DRIES

DER KOMMISSAR UND DAS RÄTSEL VON BISCARROSSE

PHILIPPE LAGARDE ERMITTELT

KRIMINALROMAN

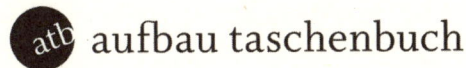 aufbau taschenbuch

MIX
Papier aus verantwor-
tungsvollen Quellen
FSC® C083411

ISBN 978-3-7466-3408-1

Aufbau Taschenbuch ist eine Marke der
Aufbau Verlag GmbH & Co. KG

2. Auflage 2020
© Aufbau Verlag GmbH & Co. KG, Berlin 2018
Umschlaggestaltung © U1berlin, Patrizia Di Stefano
unter Verwendung eines Bildes von © Renaud Camus
Gesetzt aus der Caslon durch Greiner & Reichel, Köln
Druck und Binden CPI books GmbH, Leck, Germany
Printed in Germany

www.aufbau-verlag.de

Für meine Freunde
Rotraut und Helmut Linz
aus Roth

Ste-Hélène · Blanquefort

Le Porge

Martignas-
s-J.

Lege-
Cap-Ferret

67

D106

Ares

Andernos-
les-Bains

Becken
von
Arcachon

Gujan- 55

Arcachon

Mestras

Cap Ferret

La Teste-
de-Buch

31

Mios

Cazaux

Salles

Sanguinet

Biscarrosse-
Plage

Biscarrosse

Parentis-
en-Born

Ste-Eulalie-
en-Born

Pontenx-
les-Forges

Mimizan

Escource

Bias

96

Solferino

St-Julien-
en-Born

Onesse-
et-Laharie

Morcenx

St-Girons-
Plage

St-Girons

N10

Castets

Rion- d-L.

Leon

Laluque

Tartas

Les Landes

64

Magescq

Pontonx-
s-l'Adour

Soustons

N124

Mugron

Soorts-
Hossegor

Dax

Capbreton

St-Vincent-
de-Tyr.

St-Geours-
de-Mar.

Montfort-
en-Chalosse

Labenne

63

33

65

Peyrehorade

Estibeaux

Pomarez

Bayonne

N117

64

Puyoo

Biarritz

Mouguerre

49

Salies-
de-Bearn

St-Jean-
d'Illac

Cestas

D1250

Le

Marcheprime

La B

D1010

31

Le
Barp

Cabar
et-Villa

63

48

21

22

Belin-
Beliet

Hoster

20

St-Symph

Moustey

Liposthey

Sore

Labouheyre

72

Sabres

E5

E70

N134

Gare

Ygos-
St-Saturnin

Mo
de-Ma

Souprosse

Orthez

E80

660

2

660

3

Côte d'Argent

Ridache

Sault
de-Na

Hagetm

Estibeaux

Libourne
Lussac
St-Médard-de-G.
Le Fleix
Lembras
St-Emilion
Dordogne
Bergerac
Lalin
9
23
9
DEAUX
St-Pey-d'Armens
Castillon-la-Bataille
Ste-Foy-la-Gr.
Lamonzie-St-Martin
Colombier
Creon
Pellegrue
Margueron
D933
Issigeac
Entre-Deux-Mers
N21
Castillonne
Portets
Sauveterre-de-Guyenne
Duras
53
Eymet
Castillonne
D1113
Cadillac
Miramont-de-Guyenne
56
Villereal
ats
2
La Reole
40
Mo
62
Langon
35
D813
Seyches
Cancon
ndiras
3
Ste-Bazeille
Fargues
4
11
Marmande
Auros
Aillas
Tonneins
Castelmoron-sur-Lot
illandraut
Bazas
5
Clairac
e
N524
Casteljaloux
Damazan
Aiguillon
Laugnac
Captieux
58
N21
71
6
Port-Ste-Marie
Foula
D932
Houeilles
54
Age
65
70
Lavardac
Boe
Durance
Nerac
7
D933
Mezin
Laplume
Layrac
Roquefort
Sos
D931
Asta
Gabarret
Montreal-du-Gers
71
N21
St-Justin
Condom
Lectoure
Cazaubon
Castelnau-d'Auzan
17
Villeneuve-de-Marsan
Estang
Valence-sur-Baise
65
Gondrin
Fleurance
24
D934
30
Manciet
Eauze
Vic-Fezensac
Grenade-s-l'Adour
Le Houga
Jegun
er
33
D931
29
Nogaro
49
Preig
Aire-s-l'Adour
Aignan
St-Jean-Poutge
adet
Riscle
Beau-marches
Auch
Geaune
Montesquiou
acq-ziguet
N134
Garlin
Castelnau-Riviere-Basse
Marciac
Miramont-d'Ast.
48
Mirande
St-Elix-Theux
Thèze
Maubourguet
73
Lembeye

DAS UNLÖSBARE

Eine Form, ein Hauch, ein Seelenschwingen
Schied vom Äther, fiel aus lichtem Blau
In des Sumpfes Schlamm und bleiern Grau,
Wo kein Himmelslicht zu ihm kann dringen,

Und ein Engel, töricht und verirrt,
Ließ von Liebe sich ins Dunkel locken,
Wilder Albdruck macht das Herz ihm stocken,
Und er wehrt sich angstvoll und verwirrt,

Wie ein Schwimmer in der Nacht, o Grausen!
Gegen eines Wirbelstroms Gewalt,
Dessen Sang wie Sang von Narren schallt,
Der im Kreis sich dreht mit tollem Brausen;

Und ein Mensch, behext von böser Macht,
Will mit nutzlos hastigem Tasten fliehen
Einen Ort, wo Wurm und Schlangen ziehen,
Sucht umsonst die Tür in finstrer Nacht. […]

Charles Baudelaire
»Die Blumen des Bösen«
(»Les Fleurs du Mal«)

BISCARROSSE, CÔTE D'ARGENT

Der Trichter der Gironde weitet sich zum Atlantik hin, dennoch ist diese Mündung ein ziemlich ruhiges Gewässer. Wendet man sich jedoch an der Pointe de Grave nach Süden, stößt man auf einen zuweilen tosenden Ozean. Von Soulac-sur-Mer bis nach Saint-Jean-de-Luz an der baskischen Küste erstreckt sich über zweihundertfünfzig Kilometer ein schnurgerades, in der Sonne glitzerndes Sandband, dem dieser Küstenabschnitt den Namen Silberküste verdankt.

Gewaltige Wanderdünen begruben einst ganze Dörfer unter sich, so dass nur noch die Kirchturmspitze herausragte. Im achtzehnten und neunzehnten Jahrhundert wurden sie durch Bepflanzungen befestigt. Im Hinterland breitet sich Les Landes aus, einstmals ein sumpfiges Ödland, das mit würzig duftenden Kiefern bepflanzt wurde und Westeuropas größten zusammenhängenden Wald bildet. Vor der Trockenlegung diente das Feuchtgebiet als Schafweide, auf der sich die Schäfer auf Stelzen fortbewegten.

Die Austern, die im Bassin von Arcachon gezüchtet werden, gelten nicht nur in Gourmetkreisen als Delikatesse. Die Larven werden an kalkbestrichenen Ziegeln aufgefangen, vier Jahre lang in Gärten gemästet und schließlich in Klärbecken gereinigt. Beim Verzehr wird offenbar, wer die Kunst beherrscht.

Im Osten von Bordeaux begrenzen die beiden Flüsse Dordogne und Garonne die Region Entre-Deux-Mers, eine liebliche Landschaft mit Schlössern, Festungen, Kirchen und vor allem Weinbergen, die für ihren hervorragenden Weißwein bekannt ist. Dort, in der Nähe des Ortes Verdelais, fand der berühmte Maler Henri de Toulouse-Lautrec nach einem ausschweifenden Leben Zuflucht bei seiner Mutter auf Schloss Malromé. In dem Dorf befand sich auch seine Stammkneipe, in der er gerne einige Gläschen Absinth, seine grüne Fee, trank. Zwischen der Kirche und dem Kalvarienberg liegt der Friedhof, auf dem er begraben wurde.

Die ersten Badegäste in Biarritz waren Wale. Bereits im Mittelalter wurden am Golf von Biskaya die Meeresriesen von verwegenen Walfängern gejagt, getötet und am Strand zerlegt. Damals war der Ort ein vom Wind gepeitschtes Fischerdorf. Der Aufstieg vom Piratennest zum mondänen Seebad begann mit Kaiser Napoleon III., als er 1853 mit der spanischen Comtesse Eugénie dort die Flitterwochen verbrachte, sich eine prunkvolle Villa leistete und bis 1868 jedes Jahr zur Sommerfrische wiederkehrte. Natürlich schlossen sich bald der Adel, Künstler und Literaten, später auch Leinwandstars wie Frank Sinatra oder Rita Hayworth dieser Modewelle an.

Am Fuß der Pyrenäen, im Dorf Ostabat, kreuzten sich im Mittelalter drei der bedeutendsten Pilgerwege zum Jakobsgrab in Santiago de Compostela. In der Bastide, geschützt von einer Stadtmauer, sollen einst bis zu fünftausend Pilger übernachtet haben, bevor sie zur nächsten Tagesetappe aufbrachen.

Biscarrosse-Plage, ein Städtchen mit etwa neuntausend Einwohnern, liegt eingebettet zwischen drei Seen und dem Atlantik inmitten eines Kiefernwaldes. Das pulsierende sommerliche Leben spielt sich am Strand, in Bars und Restaurants, auf dem Freiluftmarkt und bei Konzerten auf der Promenade ab. Es ist ein Eldorado für Wellenreiter, Strandsegler und Mountainbiker.

Im Jahr 2003 wurde die Gemeinde von schweren Unwettern heimgesucht. Campingplätze wurden überflutet, und es kam vielerorts zu Zerstörungen und Waldbränden. In den darauffolgenden Jahren geschahen keine weiteren Katastrophen, bis eines Tages ein grausames Verbrechen den Ferienort erschütterte.

Das Manoir *Stella Maris* lag im Osten des Ortes direkt am Waldrand. Stolz erhob sich der Prachtbau mit dem verspielten Charme der Belle Époque inmitten eines parkähnlichen gepflegten Gartens, der von einer dichten Lorbeerhecke begrenzt war. Das einstöckige Gebäude war in einem zarten Rosé gestrichen. Drei Terrassentüren im Erdgeschoss reichten vom Boden bis zur Decke und wurden flankiert von zwei Bullaugenfenstern. Die Terrasse war von einer steinernen Balustrade begrenzt, auf deren Sockeln pausbäckige Engelsputten saßen. Davor blühten prächtige weiße Hortensienbälle, die einen süßen Duft verströmten. Im ersten Stock reihten sich drei hohe Bogenfenster mit Einfassungen aus glasierten fuchsienroten und blauen Steinen. Das Dach der Villa war flach, verfügte über kleine spitze Erker sowie kunstvoll gestaltete Kamine und wurde seitlich von einem chinesischen Türmchen gekrönt. Knorrige Douglasien, grünblaue Libanonzedern und Pinien mit dicken Zapfen überragten es. Auf den Ästen hatten sich Ringeltauben niedergelassen und stießen ihren Lockruf aus. Das Licht der untergehenden Sonne ließ die Fassade des Hauses bernsteinfarben leuchten. Vom Golf von Biskaya her wehte ein sanfter Wind, der salzige Luft mit sich brachte. Das Grollen und Brausen der heranströmenden Flut waren zu vernehmen.

Madeleine Delcroix stand in der Küche an einem robusten Holztisch und schnitt Kartoffeln für ein Gratin. In der Backröhre köchelten gefüllte, mit Trüffeln gespickte Wachteln in einer Steinpilzsauce und verströmten einen verlockenden Duft. Obwohl Madeleine eine tüchtige Haushälterin hatte, kochte sie am liebsten selbst. Die routinierten, zielgerichteten Handgriffe beruhigten sie und machten den Kopf frei. Sie hatte die Küche zusammen mit einem bekannten Architekten aus Arcachon eingerichtet und mochte die ultramarinblauen Einbauschränke, den Kochblock aus Edelstahl in der Mitte des Raumes und die passende Umrandung, an der glänzende Kochutensilien hingen. Das einzige Zugeständnis an die Vergangenheit war der alte Tisch aus Holz, um den sich schon ihre Schwiegereltern mit ihrer zahlreichen Kinderschar in der damals bescheidenen Küche versammelt hatten.

Man sah der Hausherrin ihre vierundfünfzig Jahre nicht an. Ihr herzförmiges Gesicht war von der Sonne goldbraun getönt und faltenlos. Dominiert wurde es von meerblauen Augen, die sie mit einem silbern schimmernden Lidschatten betonte. Ihre Lippen waren fein geschwungen. Die blonden schulterlangen

Haare hatte sie zu einem kunstvollen Zopf geflochten, der von einem schwarzen Samtband zusammengehalten wurde. Madeleine Delcroix war schlank und muskulös. Sie segelte häufig auf dem Lac Nord, nahm an Regatten teil und hielt sich auf diese Weise fit. Den wohlgeformten Körper umspielte ein salbeigrünes Sommerkleid, das bis zu den Waden reichte und von einem breiten Gürtel tailliert wurde. Zum Kochen hatte sie eine Schürze darübergebunden.

Madeleine legte die Kartoffelscheiben in eine gebutterte Form, fügte Sahne hinzu, streute geriebenen Käse darüber und schob sie in den Backofen. Mit einem kurzen Blick kontrollierte sie die eingestellte Garzeit. Perfekt. Bevor sie sich der Zubereitung des Linsensalates widmete, schenkte sie sich ein Glas kühlen Sauternes ein. Sie erfreute sich an der goldgelben Farbe und genoss das Aroma mit einem Anklang von Aprikose und Honig, bevor sie den ersten Schluck probierte. Sie schaltete das Radio ein und suchte einen Sender mit klassischer Musik.

Derweil saß ihr Mann in seinem Büro im ersten Stock am Schreibtisch aus Kirschbaumholz und blätterte konzentriert in einer Mappe. Über dem Kamin, auf den Seidentapeten, hing ein Ölgemälde in einem goldenen Rahmen. Es zeigte Saint-Émilion mit dem Turm der Benediktinerkirche, dem Donjon du Roi und den Umrissen des Franziskanerklosters über einem Meer von Weinreben. Bertrand Delcroix war sechsundsiebzig Jahre alt und hatte, seit er in den Ruhestand gegangen war, ordentlich an Gewicht zugelegt. Das wellige Silberhaar war über der breiten Stirn zurückgekämmt, das Gesicht mit den wachsamen grauen Augen wirkte offen und sympathisch. Bertrand trug eine helle Leinenhose, ein kurzärmliges weißes Hemd sowie eine bordeauxrote Fliege. Er legte großen Wert darauf, auch zu Hause angemessen gekleidet zu sein. An der linken Hand funkelte sein mit einem Diamanten besetzter Ehering, den er niemals ablegte. Er liebte seine Frau.

Als durch das geöffnete Fenster Hundegebell ertönte, blickte er auf und schüttelte lächelnd den Kopf. Seine beiden rabenschwarzen Doggen, Princesse und Bonaparte, reagierten jedes Mal auf die kecke Nachbarskatze, ließen sich von ihr an der Nase herumführen und ablenken. Dabei war es doch ihre Aufgabe, das Grundstück zu bewachen. Entschlossen klappte er die Mappe zu und erhob sich. Er hatte lange genug gearbeitet. Jetzt wollte er für Madeleine und sich einen erfrischenden Drink mixen, den sie vor dem Abendessen gemeinsam auf der Terrasse trinken würden. Seine Frau war eine hervorragende Köchin.

Kurz trat er an das Fenster und blickte auf den Garten, über den sich die einsetzende Dämmerung senkte. Es roch würzig nach Piniennadeln. In der Ferne grollte Donner, ein Sturm zog auf. Am Golf von Biskaya schlug das Wetter häufig um. Von den Hunden war nichts mehr zu hören. Er schloss das Fenster, knipste die Schreibtischlampe aus und machte sich auf den Weg nach unten.

Durch den Kiefernwald, der sich hinter dem Manoir bis nach Biscarrosse-Bourg erstreckte, näherte sich eine Person. Sie bewegte sich leise und zielstrebig und beobachtete aufmerksam die Umgebung. Niemand war zu sehen. Bald würde es dunkel werden, und die meisten Leute waren mit den Vorbereitungen für das Abendessen beschäftigt. Als in der Nähe ein Zweig knackte, erstarrte sie und schlüpfte dann schnell hinter ein Gebüsch. Dort verharrte sie einige Minuten und lauschte. Nichts war mehr zu hören. Wahrscheinlich war es nur ein Tier gewesen, das gestört worden war. Die Person lief weiter und erreichte schließlich die hintere Gartenpforte. Sie war ungefähr zwei Meter hoch und natürlich verschlossen. Damit hatte die Person gerechnet und war vorbereitet. Doch zunächst musste sie sich um die Hunde kümmern. Sie hatten inzwischen Witterung aufgenommen und näherten sich bellend dem Tor. Dort verharrten sie und ließen ein tiefes grollendes Knurren hören, das sehr bedrohlich klang. Die Person zog eine Plastiktüte aus der Hosentasche und entnahm ihr zwei blutige Rindersteaks, die sie präpariert hatte. Geschickt warf sie das Fleisch über die Pforte in den Garten. Die Doggen waren sehr gut abgerichtet und fraßen für gewöhnlich nichts von Fremden. Dennoch schnupperten sie zögerlich an den Leckerbissen und lauschten dabei verstört, mit gespitzten Ohren, der Stimme, die leise hinter dem Zaun erklang. Schließlich konnte Bonaparte nicht mehr widerstehen und verschlang gierig ein Steak. Princesse tat es ihm nach, bevor er sich auch noch über das zweite Stück Fleisch hermachte. Die Person wartete geduldig, während sie ihre Umgebung nicht aus den Augen ließ. Das Knurren verstummte, verwandelte sich in jämmerliches Winseln, verzweifeltes Röcheln, bis endlich Stille eintrat. Die Person griff nach dem Werkzeug, das sie bei sich trug, und knackte binnen Sekunden das Schloss. Vorsichtig öffnete sie die Tür und spähte in den Garten. Die Doggen lagen auf dem Rasen, die Beine weit von sich gestreckt, und rührten sich nicht mehr. Die glasigen Augen waren erstarrt, aus den Mäulern lief blutiger Schaum. Im Schutz der Bäume durchquerte der Eindringling den Garten und bewegte sich zielstrebig auf die offen stehenden Terrassentüren zu. Er gelangte in den Salon, der im Dämmerschein lag, schlich auf die geöffnete Tür zu und trat, zu allem entschlossen, in die erleuchtete Eingangshalle. Dort traf er auf Bertrand Delcroix, der gerade die Treppe heruntergekommen war.

Als er die schwarzgekleidete Gestalt mit der Sturmhaube wahrnahm, blieb er wie angewurzelt stehen und starrte sie erschrocken an. Sie hatte einen metallisch glänzenden, schwertähnlichen Gegenstand in den

Händen und erhob ihn. Mit eisblauen Augen fixierte sie ihr Gegenüber.

Die Schrecksekunden kosteten Bertrand das Leben. Als er sich auf den Einbrecher stürzen wollte, schwang dieser, den Schaft fest umklammernd, die martialische Waffe durch die Luft und spaltete Bertrand mit der scharfen Klinge den Schädel. Lautlos, mit ungläubigem Blick, sackte der Mann zusammen und fiel auf den Teppich, der sich rasch mit dem sprudelnden Blut vollsog.

DAS MANOIR STELLA MARIS
ZWEITER TAG

Am nächsten Morgen hatte sich der Sturm verzogen, und die Sonne erhob sich über dem Kiefernforst. Zu dieser frühen Stunde bestieg Lidia-Maria Che San-gui, die Haushälterin von Madeleine und Bertrand Delcroix, ihr Fahrrad und machte sich auf den Weg zum Manoir *Stella Maris*. Die kugelrunde Frau mit der milchkaffeebraunen Haut und den glänzenden schwarzen Haaren, die zu einem strengen Knoten gesteckt waren, hatte ein heiteres Gemüt und stammte aus Guatemala. Wie immer trug sie einen langen Rock, dessen Muster aus bunten geometrischen Formen bestand, und eine weiße, mit Lochstickerei verzierte Bluse. Ihre Kleidung nähte sie selbst. Sie war verheiratet und hatte drei Kinder im Grundschulalter, das temperamentvolle Mädchen Isabella und zwei eher stille Jungs, Miguel Junior und Fernandito, das Nesthäkchen. Die Familie hatte lange unter schwierigen Verhältnissen in Frankreich gelebt. Deshalb waren Lidia-Maria und ihr Mann Miguel sehr glücklich gewesen, als sie vor vier Jahren eine Arbeitserlaubnis bekommen hatten. Miguel bot den wohlhabenden Villenbesitzern seine Dienste als

Gärtner und Hausmeister an, Lidia-Maria putzte die herrschaftlichen Häuser und kümmerte sich, wenn es gewünscht war, um den Haushalt und die Wäsche.

Sie fuhr von ihrer Wohnung, die im Süden von Biscarrosse-Plage in der Nähe des großen Strandparkplatzes lag, auf einer schmalen Straße zu dem zentralen Platz, wo sich die Gendarmerie, das Postamt und das Tourismusbüro befanden. Auf der anderen Seite gab es einen Salon de Thé, in dem auch eine Bäckerei untergebracht war. Als sie ihr Fahrrad abstellte, sog sie den Duft frischer Baguettes ein.

Sie trat ein, grüßte freundlich und stellte sich in die morgendliche Schlange. Als sie an der Reihe war, kaufte sie ein Baguette und vier Croissants für das Frühstück des Ehepaares Delcroix sowie zwei Chocolatines für Princesse und Bonaparte. Die Doggen liebten das süße Schokoladengebäck und warteten jeden Morgen darauf. Monsieur wusste nichts von diesem täglichen Ritual und hätte es sicher missbilligt.

Danach fuhr sie weiter zum Bar-Tabac-Laden, um die Tageszeitung *Sud Ouest* zu kaufen. Vor der Bar saßen einige Handwerker um einen Bistrotisch, tranken Mokka und rauchten. Freundlich tauschten sie ein *Bonjour* aus. Die wenigen Hundert Meter zum Manoir legte sie dank des Westwindes mühelos in kurzer Zeit zurück.

Nachdem sie ihr Fahrrad abgestellt und den Korb vom Gepäckträger genommen hatte, wunderte sie sich darüber, dass die Hunde sich nicht blicken ließen. Über dem Garten lag eine Stille, die ihr sonderbar vorkam. Sie stieß einen Pfiff aus, um die Tiere auf sich aufmerksam zu machen, und scheuchte dadurch einen Schwarm Lachmöwen auf. Die Vögel erhoben sich unter schrillem Protestgeschrei vom Rasen in die Lüfte und zogen einen Kreis, um sich dann wieder zwischen den Bäumen niederzulassen.

Lidia-Maria beschlich ein ungutes Gefühl. So viele Vögel auf einmal hatte sie hier noch nie gesehen. Während sie die Stufen zum Anbau hinaufstieg, wo sich das Hauptportal befand, bekreuzigte sie sich. Dabei fiel ihr Blick auf die Terrasse, und sie wunderte sich, dass die drei Türen sperrangelweit offen standen. Vielleicht war Madame früh aufgestanden und lüftete, redete sie sich ein. Normalerweise war das Lidia-Marias Aufgabe.

Als sie den Korridor betrat, der zur Eingangshalle führte, blieb sie kurz stehen und horchte. Im Haus war es ganz still. Ob das Ehepaar noch schlief? Je näher sie dem Entree kam, desto stärker wurde der Geruch. Er war sehr unangenehm, metallisch und süßlich. Sie konnte ihn nicht zuordnen. Durch eine Glaskuppel fielen Lichtstrahlen quer durch die Halle auf einen Perserteppich und brachten seine Farben zum Leuchten. Darauf lag, seltsam verdreht, Monsieur Delcroix. Sein Gesicht und das Silberhaar waren voller verkrustetem Blut, über die grauen Augen hatte sich ein

Schleier gebreitet. Das glänzende Rot auf dem Teppich war ebenfalls Blut.

Lidia-Maria strauchelte und stieß einen Schrei aus. Dann presste sie die Hände auf den Mund und sah mit aufgerissenen Augen auf die Leiche. Was war geschehen? War er die Treppe heruntergestürzt? Was sollte sie jetzt tun? Wo war Madame? Lida-Maria musste ihr beistehen. Benommen vor Entsetzen stieg sie die Treppe hinauf und folgte dem Flur bis zur Schlafzimmertür ihrer Chefin. Zaudernd klopfte sie an, dann stärker, und als sich nichts tat, öffnete sie die Tür und spähte hinein. Der Raum war leer. Das französische Bett war gemacht, die Tagesdecke ordentlich darübergebreitet. Das Badezimmer war verlassen, ebenso der kleine Erkerbalkon.

Lidia-Maria lief zurück zur Treppe und hastete die Stufen hinab. Am Fuß angelangt, bemerkte sie, dass aus der angelehnten Küchentür ein Lichtschein drang. Mit pochendem Herzen ging sie darauf zu und drückte sie mit der flachen Hand langsam auf.

Als sie Madeleine Delcroix auf den Küchenfliesen liegen sah, rang sie nach Luft. Alles war voll Blut, die Haare, das Kleid, der Boden. Ein zerbrochenes Weinglas lag in der dunkelroten Lache. In Madeleines Augen war kein Leben mehr. Lidia-Maria wurde schwindlig, sie taumelte und hielt sich am Türrahmen fest. Schließlich begriff sie, dass sie die Polizei rufen musste.

Nur fünf Beamte arbeiteten bei der Gendarmerie von Biscarrosse-Plage. Als das Telefon klingelte, nahm die Polizistin Stéphanie Marat den Anruf entgegen. Sie zog die Stirn kraus und machte sich Notizen. Als sie das Gespräch beendet hatte, informierte sie ihren Kollegen Nicolas Dupré über den eingegangenen Notruf. »Zwei Leichen in der Villa *Stella Maris*. Wir fahren sofort hin. Ich informiere die Kripo in Arcachon und den Notarzt.«

Der blau-weiße Dienstwagen stand im Schatten eines Olivenbaumes. Die Gendarmin übernahm das Steuer und startete den Motor. Im Losfahren fragte sie ihren Kollegen: »Weißt du, wo die Avenue du Clair de Lune, die Mondscheingasse, liegt?«

»Ja, ich lotse dich, es ist nicht weit. Dafür brauchen wir kein Navi.«

Wenige Minuten später erreichten sie das Manoir. Lidia-Maria Che Sangui saß auf einer Stufe der Außentreppe und wartete auf sie. Gerade als sie ausgestiegen waren, näherte sich schon der Notarztwagen mit Blaulicht und Martinshorn. In den Sommermonaten war immer ein Notarzt am Wachposten der Wasserwacht neben dem Hubschrauberlandeplatz stationiert, um bei Badeunfällen eine schnelle medizinische Versorgung zu gewährleisten. Der Fahrer preschte mit überhöhter Geschwindigkeit um die Kurve und kam in einer Staubwolke direkt vor der Eingangspforte zum Stehen. Eine junge Notärztin riss die Tür auf und sprang vom Beifahrersitz, in der Hand hatte sie ihren Arztkoffer.

»Wo sind die Personen?«, rief sie.

»Im Haus«, antwortete Lidia-Maria. »Monsieur liegt im Entree, Madame in der Küche. Die Haustür ist offen.«

Die Ärztin und der Rettungssanitäter rannten die Treppe hinauf und verschwanden im Haus. Die Gendarmen baten Madame Che Sangui, auf sie zu warten, und folgten ihnen. Als sie die Eingangshalle betraten, kniete die Ärztin neben dem Mann.

»Er ist tot«, stellte sie mit tonloser Stimme fest. »Und so wie es aussieht, ist er nicht durch einen Treppensturz ums Leben gekommen.« Dann ging sie in die Küche, deren Tür weit offen stand. Es war nicht notwendig, die Frau, die auf den Fliesen zusammengebrochen war, zu untersuchen. Offensichtlich war auch sie nicht mehr am Leben.

»Die Kripo Arcachon ist unterwegs«, informierte Dupré die Ärztin.

»In Ordnung, dann fahren wir wieder. Wir können hier leider nichts mehr tun. Die Frau und der Mann sind schon seit Stunden tot. Alles Weitere ist Sache der Gerichtsmedizin und der Spurensicherung.«

Die Gendarmen begleiteten sie und ihren Kollegen nach draußen und schlossen die Eingangstür. Danach wandten sie sich an die Frau auf der Treppe, die immer noch zitterte und verweinte Augen hatte. »Ich nehme an, Sie haben den Notruf gewählt?«, fragte Dupré. »Sie sind doch Madame Che Sangui?«

Die Frau nickte. »Ja.«

Die Notärztin setzte sich neben sie und studierte besorgt ihr bleiches, schweißnasses Gesicht. »Sie haben einen Schock erlitten. Ich kann Ihnen eine Beruhigungsspritze geben, wenn Sie möchten.«

Madame Che Sangui schüttelte energisch den Kopf. Von Spritzen hielt sie gar nichts. »Danke schön«, sagte sie, »aber es geht schon.«

»In Ordnung, wie Sie wollen. Aber wenn Sie zu Hause sind, machen Sie sich einen schönen heißen Tee und legen sich ein wenig hin.« Die Notärztin legte kurz ihre Hand auf Lidia-Marias Arm, dann ging sie mit dem Rettungssanitäter zum Wagen, und sie fuhren weg.

Dupré wandte sich erneut an die Frau. »Sie haben also den Notruf gewählt. Was haben Sie hier gemacht?«

Lidia-Maria atmete tief ein und aus, um sich besser konzentrieren zu können. »Ich bin die Haushälterin und komme zwei-, dreimal in der Woche am Vormittag, um zu putzen und die Wäsche zu machen. Ich habe das Haus, wie immer, um Punkt halb acht durch den Haupteingang betreten, dann habe ich sie gefunden. Zuerst Monsieur im Entree, dann Madame in der Küche.« Sie konnte die Tränen nicht mehr zurückhalten. »Ich verstehe es nicht. Überall ist Blut, es ist so entsetzlich. Was ist nur geschehen?«

»Beruhigen Sie sich bitte, Madame. Wir nehmen Ihre Personalien auf, dann können Sie nach Hause gehen. Sollen wir einen Kollegen rufen, der Sie heimbringt? Wir müssen hier bleiben, den Tatort sichern und auf die Kriminalpolizei warten. Der zuständige Kommissar wird später mit Ihnen sprechen.«

Die Frau schüttelte den Kopf. »Ich rufe meine Nachbarin an, sie holt mich bestimmt ab.«

Zehn Minuten später stieg sie in einen klapprigen Citroën. Kurz darauf traf Kommissar Mathieu Renaud ein. Er hatte den Rechtsmediziner Claude Fouché, einen stattlichen Hünen um die fünfzig, in seinem Dienstwagen mitgenommen. Die Techniker der Spurensicherung parkten ihren Bus direkt dahinter. Renaud begrüßte die Gendarmen und bedankte sich für die kollegiale Unterstützung. Sie kannten sich und hatten schon einige Male zusammengearbeitet. Renaud sah eher aus wie der Juniormanager eines Softwareunternehmens und nicht wie jemand, der ständig gegen das Verbrechen kämpfte. Er war Mitte dreißig, schlank, groß und trug eine randlose Brille. Sein Anzug war elegant, die Haare modisch geschnitten.

Gemeinsam gingen sie in das Haus. Die Techniker folgten ihnen. Als Fouché den Leichnam in der Diele sah, hielt er einen Moment inne und nahm das Bild in sich auf. »So viel Blut«, murmelte er. Dann zog er sich Einmalhandschuhe über und begann den Mann zu untersuchen. »Sein Schädel ist gespalten«, stellte er fest. »Er muss sofort tot gewesen sein. Zeichen eines Kampfes oder von Gegenwehr sind auf den ersten Blick keine auszumachen.«

»Eine Axt?«, fragte Renaud.

»Soweit ich das im Moment beurteilen kann, eher nein. Es war eine schmale, äußerst scharfe, lange Klinge, keine keilförmige Waffe. Der Schlag wurde mit großer Wucht von vorne ausgeführt. Die Schädeldecke ist durchgängig durchtrennt worden. Meine Arbeit hier ist für den Moment beendet, die Spurensicherung kann anfangen.« Er schwieg und dachte nach. »Dann sehe ich mir jetzt die Leiche der Frau an.«

Keuchend erhob er sich und betrat die Küche mit versteinerter Miene. Es dauerte nicht lange, bis er sich äußerte. »So wie es scheint, wurde dieselbe Waffe benutzt. Auch hier ist die Schädeldecke komplett durchtrennt. Es scheint die gleiche Vorgehensweise wie bei dem Mann gewesen zu sein. Weitere Verletzungen kann ich bei beiden nicht feststellen. Sie wurden getötet, sind zusammengebrochen und zu Boden gestürzt. Ich denke, sie wurden beide überrascht, sonst hätten sie normalerweise Verletzungen an den Händen oder den Armen. Das wäre eine normale Abwehrreaktion.«

»Können Sie schon etwas über den Todeszeitpunkt sagen?«

»Unter Berücksichtigung der Totenstarre und der sichtbaren Leichenflecken würde ich sagen, dass sie ungefähr seit zwölf Stunden tot sind, plus minus eine Stunde.«

»Also wurden sie gestern Abend gegen zwanzig Uhr getötet.«

»So könnte es gewesen sein, aber Genaueres nach der Autopsie.«

Renaud sah sich in der Küche um und bemerkte das Essen in der Backröhre. »Sie wollten wohl zu Abend essen, als der Täter in das Haus eindrang. Der Herd hat eine Zeitschaltuhr, ansonsten wäre womöglich ein Feuer ausgebrochen.«

Der Rechtsmediziner stimmte ihm zu. »Ein Doppelmord … Kennt man die Namen der Opfer, wer wohnt denn hier?«

Stéphanie Marat konnte weiterhelfen. »Bei den Opfern handelt es sich um Madeleine und Bertrand Delcroix, die Eigentümer der Villa. Im Ort kennt sie fast jeder.«

Zwei Polizisten der Spurensicherung kamen hereingestürzt. »Kommen Sie bitte mit, wir haben im Garten etwas entdeckt.«

Der Anblick war grauenvoll. Zwei Doggen lagen tot auf dem Rasen. Die beiden Kadaver hatten die Möwen angelockt, und die Augen der Hunde waren herausgepickt, der Rumpf von Wunden übersät, die die gierig hackenden Schnäbel hinterlassen hatten. Schwärme von schillernd grünen Schmeißfliegen hatten sich auf den Körperöffnungen niedergelassen und ließen sich nicht stören. Fouché packte den dürren Ast einer Pinie, der auf der Erde lag, und scheuchte die Fliegen auf. Brummend stoben sie davon. »Ich hasse diese Viecher«, schnaubte er.

»Wir können hier nichts tun«, sagte Renaud. »Außer sie gut abzudecken, bis sie vom Veterinäramt abgeholt und untersucht werden.« Er wandte sich an die Kollegen der Spurensicherung. »Macht bitte schnell, die Schmeißfliegen sind ja ekelhaft.«

Der Rechtmediziner stimmte ihm zu. »Ich werde das veranlassen. Sehen Sie den blutigen Schaum vor den Mäulern? Das deutet auf eine Vergiftung hin.«

»Ja.«

»Die Leichen des Ehepaars Delcroix lasse ich in das Institut bringen. Nach der Autopsie kann ich sicher mehr sagen.«

»In Ordnung. Während die Techniker Fotos machen und Spuren sichern, schaue ich mir das Manoir genauer an.«

Renaud ging zurück ins Haus und bat die Gendarmen, ihn zu begleiten. Er brauchte Zeugen bei seinem Rundgang. Im Erdgeschoss gab es neben der Küche einen Vorratsraum, in dem sich außer haltbaren Lebensmitteln und Mineralwasserflaschen auch Dosen mit Hundefutter stapelten. Auf der anderen Seite des Korridors erstreckte sich der Salon mit dem Esszimmer über die ganze Länge der Villa. Er war mit einem Mix aus modernen Möbeln und erlesenen Antiquitäten in hellen Farben geschmackvoll eingerichtet. Alles schien an seinem Platz zu sein, offenbar war nichts verrückt worden. Marat ließ den Blick über die eierschalenfarbenen Wände gleiten und stutzte.

»Da fehlt ein Bild.« Sie zeigte auf eine Stelle über der Ledercouch. Auf der Wand zeichnete sich ein helleres Rechteck ab, wo einst ein Bild gehangen haben musste. »Ob es der Täter mitgenommen hat?«

»Wir werden sehen«, antwortete der Kommissar vage und zeigte auf die offen stehenden Terrassentüren. »Gestern Abend war es ziemlich warm, wahrscheinlich waren die Glastüren geöffnet, um eine frische Brise ins Haus zu lassen. Der Täter könnte hier ganz leicht hereingekommen sein.« Er wies den Polizeifotografen auf die helle Fläche an der Wand hin, dann stiegen er und die Gendarmen über die Marmortreppe in den ersten Stock.

Im Raum auf der rechten Seite befand sich ein Schlafzimmer, an das ein geräumiges Bad anschloss. Das Bett war unberührt. Am Schrank hing auf einem Bügel ein Kleid. Auf der Kommode stand eine aufgeklappte Schmuckschatulle mit Ringen, Halsketten und Armbändern, die in mit Samt ausgelegten Fächern einsortiert waren. Edelsteine glitzerten rubinrot, saphirblau und smaragdgrün, Diamanten funkelten. Offenbar handelte es sich um das Schlafzimmer der Hausherrin. Als Nächstes betraten sie ein riesiges aufgeräumtes Badezimmer mit Whirlpool und Eckbadewanne, die von einem türkisblauen Mosaikhimmel überspannt wurde.

Im Schlafzimmer des Hausherrn dagegen herrschte ein heilloses Durcheinander. Schranktüren waren aufgerissen und Kleidungsstücke auf den Boden geworfen worden. Durchwühlte Schubläden lagen kreuz und quer auf dem Stäbchenparkett. Die Matratze war aus dem Bettkasten gezogen und aufgeschlitzt worden. Die Fächer eines mit Seide ausgelegten Lederetuis für die Aufbewahrung von Uhren waren leer. Über dem Bett entdeckten sie einen weiteren rechteckigen Umriss. Auch hier schien ein Bild zu fehlen.

Jetzt wandten sie sich den verbliebenen Zimmern auf der anderen Seite der Diele zu. Sie betraten nacheinander zwei Gästezimmer, in denen sie nichts Ungewöhnliches entdecken konnten. Derzeit wohnte da offensichtlich niemand. Schließlich betraten sie das Büro, das sich ebenfalls in einem chaotischen Zustand befand. Unzählige Dokumente, aus Schreibtischschubladen und Mappen gerissen, waren auf dem Teppich verstreut. Bücher waren aus dem Regal gezogen, offensichtlich durchsucht und fallengelassen worden. Der Laptop hingegen stand auf der Schreibtischoberfläche und machte einen unversehrten Eindruck. Wieder fehlte an der Wand ein Bild, der Abdruck zeichnete sich ganz deutlich über dem Kamin ab.

»Es sieht so aus, als hätte sich jemand für die drei Bilder interessiert und sie gestohlen«, merkte Renaud an. »Wir müssen herausfinden, um welche Werke es sich handelt. Das Gemälde in der Diele mit den Seerosen wurde nicht mitgenommen.«

»Und es sieht so aus, als hätte jemand etwas gesucht«, fügte Dupré hinzu. »Ich frage mich, ob derjenige es gefunden hat?«

Stéphanie Marat betrachtete eingehend einen prächtigen Wandteppich, der eine Jagdszene zeigte. Er war gerahmt und hing über einem Klavierhocker, der als Bar diente. Ihr fiel eine minimale Unebenheit auf. Entschlossen trat sie auf das Kunstwerk zu und klopfte mit der Faust die Wand dahinter ab. Zunächst erzeugte sie dumpfe Geräusche, die jedoch plötzlich metallisch klangen. Ihre aufmerksamen Augen erspähten auf der linken Seite des Teppichs, versteckt hinter der vergoldeten Einfassung, winzige Scharniere. Sie klappte den Rahmen auf wie die Tür eines Einbauschrankes. Dahinter befand sich ein Safe.

»Gute Arbeit!«, lobte Renaud sie. »Der Einbrecher hat den Safe nicht gefunden.«

»Oder er konnte ihn nicht öffnen«, erwiderte die Polizistin. »Es ist ein neueres hochwertiges Modell, dafür braucht man Spezialwerkzeug oder Sprengstoff.«

»Da haben Sie recht. Wir werden ihn öffnen lassen. Hoffentlich hilft uns der Inhalt weiter.«

Über eine schmale Wendeltreppe gelangten sie auf den Dachboden, der bis auf einige ausrangierte Möbel und Holzkisten leer war. In den Kisten befanden sich abgelegte Kleidungsstücke, verstaubte Bücher und Puppen mit ausgeblichenen Kleidern. In einer dunklen Ecke entdeckten sie ein mit Spinnweben überzogenes Schaukelpferd. Es gab keinen Hinweis oder eine Spur, dass hier jemand etwas gesucht oder entwendet hatte.

Im Kellergeschoss gab es einen temperierten Weinkeller, der das Herz von Weinliebhabern höher schlagen ließ. Unter dem Gewölbe reihten sich auf Holzregalen Weine unterschiedlicher Lagen und Jahrgänge, von der höchsten Klassifizierung Premier Grand Cru classic der berühmten Châteaus bis zu Grand Cru kleiner feiner Weingüter. Daneben lagerten Sauternes aller Kategorien, Armagnac und natürlich Champagner.

Durch eine Kellertür und über eine steile Steintreppe hinauf gelangten sie hinter das Haus. Sie schlossen ihren Rundgang mit einem Blick in das Blockhaus ab, das im Garten an die Hecke grenzte. Ein Abteil diente als Aufbewahrungsort für Gartengeräte, ein größeres Zimmer als Partyraum mit Theke und rustikalen Sitzgelegenheiten. Unter dem Vordach erhob sich ein gemauerter Grill.

Als sie über einen gepflasterten Weg zur Eingangspforte zurückliefen, stellten sie fest, dass die Doggen bereits abtransportiert worden waren. Vor dem Haus stand ein Leichenwagen, in den gerade zwei Metallsärge eingeladen wurden. Fouché stand dabei und rauchte mit undurchsichtiger Miene ein Zigarillo. Als der Fahrer die Doppeltür mit einem Knall schloss, fuhr er unmerklich zusammen.

Auf der Straße hatten sich in der Zwischenzeit einige neugierige Nachbarn versammelt. Der aufgereihte Fuhrpark und die Aktivitäten in der sonst ruhigen Straße hatten ihre Aufmerksamkeit erregt. Ein älterer Herr, der eine Bulldogge an der Leine führte, schwang sich zum Wortführer auf.

»Was ist denn passiert?«, fragte er. »Wer ist in den Särgen? Wir machen uns große Sorgen. Bitte, klären Sie uns doch auf.«

Die Frau neben ihm nickte und konnte den Blick nicht von dem schwarzen Kombi abwenden, der langsam davonrollte. Renaud trat zu der kleinen Ansammlung, grüßte freundlich und stellte sich vor. Es gab nichts zu beschönigen. Morgen würden alle Zeitungen von den Verbrechen berichten. Sie würden die Sensationsmeldung des Tages werden, groß aufgemacht auf dem Titelblatt.

»Es tut mir sehr leid, *Mesdames et Messieurs*. Madeleine und Bertrand Delcroix sind tot. So wie es aussieht, sind sie einer Gewalttat zum Opfer gefallen. Mehr kann ich Ihnen im Moment nicht sagen. Hat jemand von Ihnen etwas Verdächtiges bemerkt? Sagen wir in den letzten vierundzwanzig Stunden oder auch vorher?« Niemand sagte etwas. »Dann gehen Sie jetzt bitte nach Hause.« Er verteilte einige Visitenkarten.

»Wenn Ihnen etwas einfällt, sollte es Ihnen auch noch so unwichtig erscheinen, zögern Sie nicht, mich jederzeit anzurufen. Vielen Dank.«

Mit betroffenen Gesichtern, aufgeregt diskutierend und gestikulierend, folgten die Nachbarn seiner Aufforderung. Fouché warf sein Zigarillo auf die Straße und drückte es mit der Schuhspitze aus, schließlich wandte er sich an den Kommissar. »Wissen Sie, wer Bertrand Delcroix war?«

»Nein, keine Ahnung.«

»Das habe ich mir gedacht. Sie sind noch zu jung. Er war, bevor er in Pension ging, der große Chef der GIGN, einer elitären Eingreiftruppe der nationalen Gendarmerie. Diese Elitepolizisten jagen Attentäter, sind für Geiselnahmen und Entführungen zuständig und werden speziell für harte Zugriffe ausgebildet. Gewalttätige Verbrecher werden notfalls mit Gegengewalt ausgeschaltet. Er war ein geachteter, aber auch gefürchteter Mann mit großem Einfluss. Wenn die Medien von dem Verbrechen erfahren, bricht die Hölle los, darauf können Sie sich verlassen.«

Renaud schwieg. Diese Information musste er erst verdauen. Fouché klopfte ihm aufmunternd auf die Schulter. »Sie sind ein fähiger junger Mann, und Sie werden den Fall lösen. Sie dürfen sich nur nicht unter Druck setzen lassen.« Er blickte auf seine Armbanduhr. »Mittagessenszeit, mein Magen knurrt. Gehen wir doch zusammen essen, bevor wir zurückfahren.«

Der Kommissar hatte zum Frühstück nur ein Crois-
sant gegessen und einen Milchkaffee getrunken.
»Einverstanden.«

Die Gendarmen wollten sich gerne anschließen.
Wenn die Spurensicherung ihre Arbeit beendet hatte,
würden sie die Türen verschließen und Siegel an allen Zugängen anbringen. Ein Wagen der Gendarmerie
sollte zur Sicherheit Patrouille fahren.

Dupré schlug ein Restaurant in der Fußgängerzone vor, das für seine Meeresfrüchteplatten und Fisch-
gerichte bekannt war. Dort wurden natürlich auch die
berühmten Austern von Arcachon serviert.

DIE WINTERSTADT VON ARCACHON
DRITTER TAG

Die Winterstadt von Arcachon war ab der Mitte des neunzehnten Jahrhunderts auf einem landeinwärts gelegenen Dünenkamm erbaut worden. Zu dieser Zeit hatte es noch keinen Badebetrieb gegeben. Die würzige Kiefernluft galt als heilsam, und die Prominenz, wie Sartre oder Debussy, war begeistert von der Schönheit des Bassin d'Arcachon.

Obwohl es noch früh am Morgen war, lagen die Temperaturen bereits bei vierundzwanzig Grad im Schatten. Die Markthalle hatte bereits geöffnet, und man traf sich, um bei einem Mokka ein Schwätzchen zu halten oder einen Blick in die Zeitung zu werfen. Vor dem Tourismusbüro startete die erste, grellrot lackierte Bimmelbahn, die mit einigen Touristen an Bord zu einer Besichtigung der Winterstadt aufbrach. Schräg gegenüber, untergebracht in einem schlichten weißen Fachwerkhaus, befand sich das Polizeigebäude.

Hauptkommissar Victor Montparnasse, der Chef der Kriminalpolizei von Arcachon, saß in seinem Büro und starrte düster auf die Schlagzeilen der Tageszeitungen, die er auf seinem Schreibtisch ausgebreitet hatte. Er war zweiundsechzig Jahre alt, mittelgroß, mit schmalen Schultern und einem Bauchansatz. Die kurzgeschnittenen weißen Haare betonten seine hohe Stirn. Im Dienst trug er immer dunkle Stoffhosen und ein dezent farbiges Hemd.

Er nahm seine Brille ab, rieb sich seufzend die Nasenwurzel und trank einen Schluck Kaffee. Schließlich zündete er sich eine Zigarette an und schüttelte den Kopf. Sein Arzt hatte ihm dringend nahegelegt, mit Rücksicht auf sein Herz mit dem Rauchen aufzuhören, doch das war leichter gesagt als getan. Nach vielen Dienstjahren bei der Polizei und einer Karriere, die sich sehen lassen konnte, hatte er mittlerweile das Gefühl, dass er den Herausforderungen seines Jobs nicht mehr gewachsen war. Er war müde und ausgelaugt. Doch es gab einen Lichtstreif am Horizont. In zwei Monaten würde er in Pension gehen. Seine Frau Eveline und er freuten sich schon sehr darauf. Sie planten, für einige Wochen ein kleines Ferienhaus im Finistère zu mieten und sich bei langen Strandspaziergängen und beim Angeln zu erholen. Außerdem hatte er die Idee, ein Buch über seine spektakulärsten Kriminalfälle zu schreiben, und könnte dort in aller Ruhe an einem Konzept feilen.

Und jetzt das! Ein Doppelmord in Biscarrosse, und nicht nur das – Bertrand Delcroix und seine Frau waren tot. Die Medien überschlugen sich und versuchten, sich gegenseitig mit den spektakulärsten, blutrünstigs-

ten Meldungen zu übertreffen. Die schlimmste Schlag-
zeile prangte in fetten roten Lettern auf der Titelseite
von *Sud Ouest*: »Schwertkiller metzelt Glamourpaar
in eigener Villa nieder!« Woher der Autor wusste,
dass es sich um eine schwertähnliche Waffe handelte,
war Montparnasse schleierhaft. Irgendjemand hatte
wieder nicht den Mund halten können. Er massier-
te sich die Schläfen, Kopfschmerzen kündigten sich
an.

Gestern Abend hatte er bei der kurzfristig angesetzten ersten Pressekonferenz keinen guten Eindruck
gemacht. Doch was hätte er auch sagen sollen? Die
Ermittlungen liefen doch gerade erst an. Dennoch
hatten ihn die Journalisten wie tollwütige Hyänen
bedrängt. Er hatte versichert, dass die Kripo Arcachon alles in ihrer Macht Stehende tun werde, um den
Fall zügig aufzuklären. Das hatte der sensationsgieri-
gen Meute nicht gereicht. Ein junger arroganter Typ
hatte sogar daran gezweifelt, dass die Abteilung von
Montparnasse in der Lage sei, den Täter zu finden.
Man vermutete politische Hintergründe, ein Kom-
plott oder Rache von Schwerstkriminellen, die Delcroix mit seiner Mannschaft für viele Jahre hinter Gitter gebracht hatte. Nach einer halben Stunde hatte er
die Pressekonferenz schließlich kurzerhand beendet,
es hatte nicht mehr zu sagen gegeben.

Er schenkte sich Kaffee nach, steckte sich eine weitere Zigarette an und warf einen Blick auf seine Arm-

banduhr. In fünf Minuten, um Punkt neun Uhr, hatte er eine Besprechung mit Renaud, Fouché und dem Leiter der Spurensicherung, Jacques Turquin, angesetzt. Er rief in der Kantine an und bat um belegte Baguettes, Wasser und noch mehr Kaffee. Während er auf das Eintreffen seiner Kollegen wartete, dachte er besorgt an den gewaltsamen Tod des Austernzüchters von Andernos-les-Bains, der auch noch aufgeklärt werden musste. Bisher tappten sie völlig im Dunkeln.

Kommissar Renaud traf als Erster ein. Montparnasse schätzte den ernsthaften und intelligenten jungen Mann, mit dem er seit einigen Jahren erfolgreich zusammenarbeitete. Punkt neun kam Turquin, ein durchtrainierter, sportlicher Mann, der letztes Jahr den Wellenreiterwettbewerb von Mimizan-Plage gewonnen hatte. Seine grünbraunen Augen leuchteten im gebräunten Gesicht, um das sich zerzauste Locken ringelten. Er trug immer Jeans, T-Shirt und Turnschuhe und hatte meistens gute Laune.

Der Rechtsmediziner kam fünf Minuten zu spät, grüßte knapp und setzte sich als Letzter an den Besprechungstisch. Montparnasse mochte ihn nicht besonders, in seinen Augen war er zu überheblich und rechthaberisch. Allerdings genoss er in seinem Fachgebiet hohes Ansehen. Man erzählte sich, dass seine Ehe mit der attraktiven und reichen Sylvie kriselte, da er auch anderen schönen Frauen nicht widerstehen konnte und häufig wechselnde Affären hatte. Der

Hauptkommissar musste zugeben, dass Fouché mit den markanten Gesichtszügen und dem charmanten Lächeln gut aussah.

Er begrüßte seine Kollegen und schlug vor, dass der Rechtsmediziner mit seinem Bericht beginnen solle. Fouché schenkte sich in aller Ruhe eine Tasse Kaffee ein, verteilte Kopien und begann damit, die Ergebnisse der rechtsmedizinischen Untersuchungen darzustellen.

»Bei der Festlegung des Todeszeitpunktes bleibe ich bei meiner ersten Einschätzung. Die beiden Personen wurden gegen zwanzig Uhr am Vorabend getötet, plus minus eine Stunde. Ich gehe davon aus, dass der Fundort auch der Tatort ist. Es konnten keinerlei Anzeichen gefunden werden, dass die Körper bewegt worden sind.«

»Haben Sie Kampfspuren oder Abwehrverletzungen gefunden?«, fragte Montparnasse.

»Nein, gar nichts. Die Vermutung liegt nahe, dass sie tatsächlich überrascht worden sind.«

Renaud meldete sich zu Wort. »Ist es möglich, festzustellen, welches der Opfer zuerst getötet wurde?«

»Leider nein, nur, dass sie unmittelbar hintereinander gestorben sind.«

Der Kommissar überlegte. »Wir wissen auch nicht, durch welche Tür oder welches Fenster der Täter, oder auch die Täter, eingedrungen ist, so dass wir den Weg, den er genommen hat, nachvollziehen könnten.

Die Terrassentüren standen offen, die schmale Hintertür in der Küche war nicht abgeschlossen, das Küchenfenster war gekippt. Nur das kleine Fenster in der Gästetoilette ist durch ein Gitter gesichert.«

Der Leiter der Spurensicherung nickte zustimmend. Fouché ergriff erneut das Wort. »Was den körperlichen Gesundheitszustand der Opfer betrifft, war Delcroix für sein Alter in erstaunlich guter Verfassung. Ich habe beginnende Arthrose an Ellbogen und Knien festgestellt, sonst nichts. Bei Madeleine Delcroix sieht es ganz anders aus. Sie hatte einen Gehirntumor in fortgeschrittenem Stadium. Ich bin zwar kein Spezialist, aber ich zweifle daran, dass sie nächstes Weihnachten noch erlebt hätte.«

Renaud hatte den Eindruck, dass der Arzt bei den letzten Worten blasser geworden war. Auf seiner Stirn glänzten Schweißtropfen. Er zog ein Taschentuch aus der Hosentasche, wischte sie energisch weg und setzte seinen Bericht fort. »Ich komme jetzt zu der Tatwaffe. Es war ein starkes, etwa zwei bis drei Millimeter dickes Messer, es muss länger sein als der gewöhnliche Durchschnitt eines Schädels, und der Schlag hatte eine enorme Wucht. Die Klingenbreite betrug mindestens fünf bis sechs Zentimeter.« Er hielt einen Moment inne, sah in die Runde und sagte: »Ich glaube, dass die Tatwaffe eine Machete war.«

Montparnasse sah ihn verblüfft an. »Eine Machete?«

»Ja. Sehen Sie!« Fouché legte einen Computeraus-

druck auf den Tisch, auf dem ein Buschmesser abge-
bildet war. »Die Klingenlänge dieser Waffe beträgt
zwischen zwanzig und fünfzig Zentimeter. Das würde zu den Verletzungen passen. Wenn sie aus hoch-
wertigem Stahl hergestellt und in der Konstruktion
ausbalanciert ist, wird sie zu einer Verlängerung des
Unterarmes, und die Wirkung des Schlages ist verhee-
rend, ohne eine besonders große Kraftanstrengung.«

»Wie schwer ist so eine Machete?«, wollte Turquin
wissen.

»Zwischen fünfhundert und tausend Gramm, einschließlich des Griffs.«

»Man kann sie also vom Gewicht her leicht transportieren.«

Montparnasse äußerte Bedenken. »Man kann aber
nicht einfach mit einer Machete in der Hand durch
Biscarrosse laufen, auch wenn sie in einem Futteral
steckt.«

Sein Kollege Renaud war gleicher Meinung. »Das
stimmt, aber man könnte die Waffe verbergen, in
einem Seesack, zum Beispiel, oder in einer Surfer-
tasche, eigentlich in jedem größeren Rucksack.«

Sein Chef konnte es noch immer nicht fassen. »Eine
Machete«, murmelte er. »Ein Buschmesser, ein Werk-
zeug zum Schneiden von Zuckerrohr auf Kuba und
Tahiti.«

Fouché berichtete: »Ich habe ein wenig recherchiert. Macheten werden nicht nur als Werkzeug oder

als Kampfwaffe benutzt, sondern auch als Mordinstrument, zum Beispiel während des Völkermordes an den Tutsi in Ruanda.«

»Ein Macheten-Mörder bei uns an der Silberküste, na großartig.«

Renaud griff nach einem Schinkenbaguette. »Was ist das Motiv?«

Montparnasse antwortete: »Es könnte ein Raubmord gewesen sein. Mehrere Täter sind in das Haus eingebrochen, haben das Ehepaar getötet und Bilder sowie Schmuck gestohlen. Wie ihr wisst, sind hier in unserer Region seit einigen Jahren organisierte Banden aus Osteuropa tätig. Sie gelten als extrem gewalttätig und schrecken vor nichts zurück.«

Renaud war skeptisch. »Es wurden nicht alle Bilder gestohlen, auch nicht der ganze Schmuck. Der teure Laptop stand noch auf dem Schreibtisch, und der Safe war nicht aufgebrochen.«

»Vielleicht wurde die Bande gestört und ist abgehauen. Möglicherweise haben sie in der Nähe der Villa ein Fahrzeug mit gestohlenen Nummernschildern abgestellt, und weg waren sie.«

Renaud war nicht überzeugt. In seine Überlegungen hinein klingelte das Telefon. Montparnasse nahm den Anruf entgegen, grüßte formell und hörte zu. Als das Telefonat beendet war, blickte er verblüfft in die Runde.

»Das war ein Staatssekretär des Innenministeriums.

Der Minister hat beschlossen, dass wir bei diesem Fall Unterstützung brauchen. Er schickt uns einen externen Ermittler, mit dem wir zusammenarbeiten sollen.« Er machte eine Pause und schwankte zwischen Wut und Erleichterung. »Der Mann heißt Philippe Lagarde und wird morgen um zehn Uhr vierzig am Flughafen von Bordeaux landen. Der Minister wünscht uns viel und vor allem schnellen Erfolg.«

Das alte Granitsteingebäude mit den kunstvoll rot und grau gesetzten Fensterlaibungen und den schmalen Kaminen erhob sich auf einer Dünenlandschaft nördlich von Barfleur. Das malerische Fischerdorf lag an der Nordostspitze der Halbinsel Cotentin in der Normandie und war berühmt für seine goldenen Muscheln und den gewaltigen Tidenhub von durchschnittlich zehn Metern. Regentropfen prasselten auf die Markise, Böen fegten durch den Strandhafer und wirbelten Sandschleier auf. Dunkle Wolken türmten sich über dem aufgewühlten bleiernen Ozean. Zwei Meter hohe Brecher donnerten keilförmig an die Küste und rissen alles mit, was sich ihnen in den Weg stellte. Die Luft war erfüllt vom Geruch nach Algen und Fisch.

Philippe Lagarde saß hinter seinem Haus auf der Terrasse und war tief in Gedanken versunken. Den Milchkaffee hatte er vergessen, inzwischen war er kalt. Soeben hatte er ein Telefonat beendet, das ihn sehr beschäftigte. Ein Staatssekretär des Innenministeriums in Paris hatte im Auftrag des Ministers angefragt, ob er die Kriminalpolizei von Arcachon bei der Aufklärung eines Verbrechens unterstützen würde. Lagarde war Kommissar im Ruhestand und arbeitete hin und wieder als Berater bei schwierigen Kriminalfällen. Er hielt Vorlesungen an der Polizeiakademie von Rennes und war als Referent bei Tagungen der nationalen Gendarmerie in ganz Frankreich ein gerngesehener Gast.

Lagarde war ein gutaussehender Mann Anfang sechzig, der sich mit Rennradfahren fit hielt. Seit ein Geiselnehmer ihn bei einem brisanten Einsatz in die linke Schulter geschossen hatte, war der Arm nicht mehr voll belastbar. Deshalb hatte er das Rudern, eine ehemalige Passion, aufgeben müssen. Mit seinem Motorboot, einem robusten Einkieler, fuhr er gerne zum Angeln auf den Ärmelkanal hinaus, am liebsten mit seiner Lebensgefährtin Odette. Der Kommissar hatte einen kräftigen muskulösen Körperbau. Dunkle, kurzgeschnittene Haare umrahmten das kantige Gesicht mit den saphirblauen Augen, die von Lachfältchen umgeben waren. Doch jetzt war ihm nicht nach Lachen zumute.

Er blickte auf das Meer hinaus, nahm es aber nicht wahr. Seine Gedanken waren woanders. Jemand hatte Bertrand in seinem eigenen Haus brutal ermordet, niedergemetzelt mit einer schwertähnlichen Waffe. Seine Frau Madeleine war dem Einbrecher ebenfalls zum Opfer gefallen. Lagarde war erschüttert.

Delcroix war lange Jahre bei der GIGN, der Eingreif-truppe der nationalen Gendarmerie, die sich aus spe-ziell ausgebildeten Elitepolizisten zusammensetzte, sein Chef gewesen. Und nicht nur das – während ih-rer Zusammenarbeit hatte sich ein freundschaftliches Verhältnis entwickelt, sie hatten sich vertraut und ge-genseitig geschätzt. Als Lagarde sich nach dem Schuss in die Schulter entschieden hatte, in den vorzeitigen Ruhestand zu gehen, hatte Delcroix ihm mit den For-malitäten und Gutachten geholfen, obwohl er selbst schon in Pension war. Danach hatten sie sich aus den Augen verloren. Lagarde wusste nur, dass sich Ber-trand ein Haus in Biscarrosse-Plage gekauft hatte und mit seiner zweiten Frau Madeleine von Paris dorthin gezogen war. Seitdem hatten sie sich nur noch einmal getroffen.

Lagarde hatte am Telefon sofort zugesagt und wür-de morgen Vormittag nach Bordeaux fliegen. Um die Buchung würde sich das Innenministerium kümmern. Normalerweise besprach er sich immer mit Odette, aber diesmal nicht. In dieser besonderen Situation hoffte er, dass sie für seine spontane Entscheidung Verständnis aufbringen würde. Er konnte nicht anders, Bertrand war ein guter Freund gewesen, und er war es ihm schuldig, seinen Mörder zu finden. Und er würde ihn aufspüren, davon war er fest überzeugt. Er würde keine Ruhe geben, bis jemand für diese bestialische Tat zur Rechenschaft gezogen wurde.

Nach einem letzten Blick auf die schäumende See erhob er sich und ging ins Haus, um vor seiner Abreise noch einige Dinge zu erledigen und seine Reisetasche zu packen. Vorher rollte er die Markise auf, an der der Wind heftig zerrte. Er musste seine Putzfrau Albertine über seine Abwesenheit informieren, damit sie Alexandre, den scheuen Wildkater, der ihm zugelaufen war, fütterte. Er fragte sich, wie wohl das Wetter im Südwesten Frankreichs war. Dort war er schon lange nicht mehr gewesen.

Gegen Abend duschte er und zog einen hellen Anzug, Hemd und Schlips an. Er war in einer Stunde mit Odette verabredet und wollte sie zu Hause abholen.

Nachdem er die Haustür verschlossen und sein Gepäck verstaut hatte, machte er sich mit seinem hellblauen Renault Express auf den Weg. Er folgte der Küstenstraße Richtung Norden, vorbei an von verwitterten Mauern umzäunten Weiden, auf denen weiße Kühe stoisch im Nieselregen verharrten und Gras wiederkäuten. Hinter hochgewachsenen Stechpalmen lugte das glänzend feuchte Dach eines Herrenhauses hervor, auf dem zwei Gauben saßen. In der Ferne ragte schemenhaft der Leuchtturm von Gatteville in den eisengrauen Himmel und verlor sich in Dunstschleiern.

Lagarde wandte sich nach links und fuhr durch einen tropfenden grünen Baldachin aus Buchenblättern, bis er schließlich rechts abbog und über einen

Schotterweg das Haus erreichte, in dem Odette wohnte. Es handelte sich um ein großes ockerfarbenes Gebäude, an das sich ein runder Turm anschloss. Jenseits
eines duftenden Blumengartens und einer von Maro-
nen, Walnussbäumen und Eiben überschatteten Terrasse lag ihr Restaurant *Mirabelle*. Die ehemalige Schä-
ferei mit dem spitzen Schieferdach war ein weit über
den Cotentin hinaus bekanntes und bei Feinschme-
ckern beliebtes Lokal, das mit einer Haube von Gault
Millau ausgezeichnet worden war. Heute war Ruhetag.

Als er durch die offen stehende Hintertür in den
Empfangsbereich trat, stand sie hinter dem Tresen
und telefonierte. Er musste unwillkürlich lächeln, als
er sie sah. Sie war fast so groß wie er und schlank. Ihr
Haar glänzte braun wie Ebenholz und war zu einem
losen Zopf geflochten. Als sie ihn bemerkte, leuchteten ihre dunklen Augen vor Freude. Sie hatte ein
ovales Gesicht, eine feine Nase und sinnlich ge-
schwungene Lippen. Bekleidet war sie mit einem ko-
rallenroten Kleid, gerafft von einem silbernen Gürtel.
Ihr Mund glänzte in dem gleichen Rotton. Für ihn war
sie die schönste Frau der Welt.

Nachdem sie sich zärtlich umarmt und mit Wangenküsschen begrüßt hatten, fuhren sie nach Gatte-
ville-le-Phare. Dort wollten sie ein neueröffnetes Restaurant ausprobieren. Odette interessierte sich immer
dafür, was die Konkurrenz so machte.

Das Lokal lag direkt am kleinen Hafen des Fischerdorfes in einem typisch normannischen Granitsteinhaus mit weißen Läden und Sprossenfenstern. Es hieß *Die Artischocke, L'Artichaut.* Inzwischen war es dunkel geworden, und gelbe Laternen spiegelten sich zwischen Fischerbooten und Seglern im Hafenbecken.

Das Restaurant war schlicht, aber ansprechend eingerichtet, die Kellner zuvorkommend und das Essen auf gehobenem Niveau zubereitet. Sie hatten beide als Hauptgericht Fisch gewählt, Odette Seehecht, Lagarde Dorade, den sie durchaus schmackhaft fanden, obwohl er nicht ganz so köstlich und mit Raffinesse zubereitet war wie im *Mirabelle.* Die Käseauswahl beeindruckte sie kaum. Aber die Atmosphäre war nett, und die Mousse au Chocolat mit Amarenakirschen und einem Hauch Zimt selbst hergestellt und makellos.

Beim Mokka erzählte Lagarde seiner Lebensgefährtin von dem Anruf des Staatssekretärs aus Paris. Als sie hörte, was in Biscarrosse geschehen war, war sie entsetzt. Mitgefühl lag in ihrer warmen dunklen Stimme, als sie sagte: »Natürlich musst du dorthin und bei der Aufklärung des Verbrechens helfen. Schließlich war der Mann dein Freund.«

Lagarde war froh, dass sie Verständnis für seine Situation hatte und nicht verärgert war. Sie genossen ihren gemeinsamen Abend und fuhren nach dem Abendessen nach Barfleur, in das kleine Kino im Katharinenhof. In der Spätvorstellung sahen sie ein Roadmovie mit der wunderbaren Catherine Deneuve, »*Madame empfiehlt sich*«.

Als sie zu später Stunde in Odettes Schlafzimmer mit einem Glas Champagner auf den schönen Abend anstießen, musterte Lagarde seine Freundin aufmerksam. Sie reagierte ein wenig verunsichert.

»Ist etwas nicht in Ordnung, ist mein Lippenstift verschmiert?«

»Aber nein, du siehst schön aus, wie immer. Ich habe gerade etwas überlegt.«

»Was denn?«

Lagarde zögerte. Bisher hatte sie die Erfüllung seines Herzenswunsches aus den verschiedensten Gründen immer wieder abgelehnt. Er fasste sich ein Herz.

»Was hältst du davon, wenn wir uns nach meiner Rückkehr aus Biscarrosse offiziell verloben? Wir geben ein tolles Fest und laden alle unsere Freunde ein.«

Sie strahlte ihn an, ihre Augen funkelten.

»Einverstanden, mein Held.« Dann küsste sie ihn.

DIE BRASSERIE DER SEESTERN
VIERTER TAG

Lagarde flog direkt von Cherbourg nach Bordeaux. Odette hatte ihn nach einem gemeinsamen Frühstück zum Flughafen gebracht, der nördlich des Ortes Gonneville lag. Dort im Forst, gar nicht so weit vom Château entfernt, war vor fast einem Jahr ein brutaler Doppelmord geschehen, den Hauptkommissar Cleroc, ein Freund von Lagarde, mit seiner Unterstützung aufgeklärt hatte.

Nach einer guten, angenehm verbrachten Stunde in der Luft setzte die Maschine zum Landeanflug an. Die Sicht, die Lagarde von seinem Fensterplatz aus genoss, war überwältigend. Der Golf von Biskaya erstreckte sich, in der Sonne glitzernd, bis zu einem fernen Horizont. Schemenhaft zeichnete sich die Nordküste Spaniens ab. Darüber wölbte sich ein hoher lichtblauer Himmel, über den gemächlich Wolkenbäusche wanderten. Hinter dem hellen Ufersaum erstreckten sich Galeriewälder mit Kiefern, einer riesigen schilfgrünen Insel gleich, so weit das Auge reichte. Vor ihm lag die elegante Hauptstadt der Region Aquitaine, deren von klassizistischen Gebäuden geprägte

Altstadt sich am linken Ufer der Garonne befand. Außerhalb lagen die Frachthäfen, die die berühmten Weine des Bordelais verschifften. Über den majestätisch
fließenden türkisen Strom spannte sich eine Brücke,
der *Pont de Pierre*, die eine architektonische Meister-
leistung darstellte. Die Stadt wurde von der *Tour Pey-
Berland* überragt, deren Aussichtsgalerie einen herr-
lichen Blick über die Metropole ermöglichte.

Lagarde trank seinen Mokka aus, faltete die Tageszeitung zusammen und schnallte sich an. Als das
Flugzeug eine letzte Schleife flog, fiel sein Blick auf
ein grünes Oval, die überdachten Haupttribünen und
die offenen flachen Gegengeraden des Fußballstadi-
ons, des *Stade Chaban-Delmas*. Er lächelte in Erinnerung versunken. Das war nicht mehr die Heimat von
Girondins de Bordeaux. Er musste an den 21. Novem-
ber 2013 denken, als die *Blauen* ihre letzte Chance auf
ein Weiterkommen in der Gruppenphase der Europe
League verspielten. Sie verloren gegen die deutsche
Mannschaft von Eintracht Frankfurt mit eins zu null
und waren damit ausgeschieden. Es waren nur zwanzigtausend Zuschauer gekommen, davon zwölftausend aus Deutschland. Damals war er auf Einladung
seines ehemaligen Chefs und Freundes Bertrand an-
gereist. Sie waren beide Fußballfans und hatten die
Blauen voller Enthusiasmus angefeuert.

Die Landung in Bordeaux-Mérignac verlief problemlos und sanft. Nachdem er sein Gepäck in Emp-

fang genommen und die Passkontrolle hinter sich gelassen hatte, sah er sich um. Ein Kommissar Mathieu Renaud sollte ihn abholen. Sie waren im Bistro der nationalen Ankunftshalle verabredet. Geduldig bahnte er sich einen Weg durch die vielen Menschen, bis er das Café erreichte. Alle Tische waren besetzt, ein lautes Stimmengewirr schlug ihm entgegen. An einem Tisch stand ein junger Mann in einem schicken Anzug, der eine Tasse Kaffee vor sich stehen hatte und sich aufmerksam umsah. Als er Lagarde entdeckte, winkte er kurz und kam mit ernster Miene auf ihn zu. Er schien etwas nervös zu sein.

»Bonjour, Monsieur le Commissaire. Mein Name ist Mathieu Renaud, ich soll Sie abholen. Willkommen in Bordeaux.«

Lagarde lächelte ihm zu. »Bonjour, Monsieur Renaud. Es ist sehr freundlich, dass Sie mich abholen. Ich hätte mir auch einen Mietwagen nehmen können.«

»Aber nein, das ist doch selbstverständlich. Und ich dachte, bei der gemeinsamen Fahrt können wir uns ein wenig kennenlernen.«

»Da haben Sie recht. Sagen Sie, woran haben Sie mich erkannt?«

»Ich habe Sie gegoogelt, Sie sind ziemlich berühmt.«

Lagarde zog erstaunt die Augenbrauen hoch. »Ich habe mich noch nie gegoogelt. Wie geht es jetzt weiter?«

»Ich habe in zwei Stunden eine Besprechung angesetzt, um Ihnen Ihr Team vorzustellen und Sie auf den
aktuellen Stand zu bringen. Ich hoffe, es passt Ihnen
so.«

»Ja, natürlich, perfekt.«

»Gut, dann schlage ich vor, dass wir uns auf den Weg
machen. Das Verkehrsaufkommen in Bordeaux ist ver-
gleichbar mit dem von Paris.«

Der Kommissar hatte den Dienstwagen auf der vier-
ten Ebene eines Parkhauses abgestellt, zu dem ein
Shuttlebus sie brachte. Als sie das Flughafengelände
verließen, bog Renaud auf den Autobahnzubringer
und fädelte sich in den vierspurigen, zähfließenden
Verkehr ein. Sie brauchten über eine halbe Stunde, bis
sie das Ende der Autobahn erreichten, die in eine Na-
tionalstraße mündete. Renaud zeigte auf ein riesiges
grünes Terrain, das sich an der Südseite der Bucht von
Arcachon erstreckte.

»Das ist *Le Teich*, ein Vogelreservat. Es ist ein Brut-
und Rastplatz für zweihundertsechzig Vogelarten.
Man kann spazieren gehen und sie beobachten, ich
war schon einige Male hier. Wenn man alleine auf die
Pirsch geht, kann man richtig abschalten und den Kopf
wieder frei bekommen.«

Lagarde nickte. Das konnte er sich gut vorstellen,
bei ihm stellte sich dieser Effekt beim Angeln auf hoher See ein. Nach einer Weile passierten sie die Düne
von Pilat, die sich wie ein riesiger gestrandeter Wal

über fast drei Kilometer den Küstensaum entlang ausdehnte, sich gegen Bäume und Gebüsch stemmte und vom Westwind in das Landesinnere getrieben wurde. Sie war die größte Wanderdüne Europas. Auf ihrem Sattel sonnten sich Besucher, die den anstrengenden Aufstieg bewältigt hatten. Über ihnen tanzten die bunten Segel der Drachenflieger.

Bald erreichten die Männer Biscarrosse-Plage und folgten der Hauptstraße in Richtung Zentrum. Auf einem Parkplatz am Rand der Fußgängerzone waren einige Plätze für die Gendarmerie reserviert. Dort stellte Renaud das Fahrzeug ab. Der Eingang zur Polizeistation lag gleich um die Ecke. Als er aus dem klimatisierten Polizeiauto stieg, bemerkte Lagarde erst, wie heiß es hier war. Er schätzte die Temperaturen auf mindestens achtundzwanzig Grad im Schatten. Sie gingen durch die geöffnete Eingangspforte, passierten einen verlassenen Empfangstresen und betraten einen hellen quadratischen Raum. Am Tisch saßen zwei Gendarmen, die sich erhoben und Lagarde interessiert musterten. Renaud stellte sie vor. »Monsieur le Commissaire, das sind Stéphanie Marat und Nicolas Dupré.«

Sie schüttelten sich die Hände.

»Sehr erfreut«, sagte Lagarde.

Die Polizistin schätzte er auf Anfang vierzig. Sie hatte eine üppige Figur und ein sympathisches offenes Gesicht. Es war herzförmig, die Augen wasserblau.

Die hellblonden Haare fielen ihr bis auf die Schultern. Ihre Krawatte war exakt gebunden. Dupré war um die sechzig, groß und hager, er wirkte ein wenig schlaksig. Die kurzen grauen Haare waren zerzaust, das Gesicht von Falten durchzogen. Seine braunen Augen wirkten sanft und aufmerksam.

Sie setzten sich um den Besprechungstisch, auf dem Kaffee, Wasser und ein Körbchen mit Pains au Chocolat angerichtet waren. Renaud ergriff das Wort und kam gleich zur Sache, er hatte strikte Anweisungen aus Paris.

»Wir vier bilden das Team, das den Tod von Madeleine und Bertrand Delcroix aufklären soll. Mehr Personal steht uns nicht zur Verfügung. Wie Sie wissen, herrscht ein chronischer Engpass. Mein Chef Monsieur Montparnasse kümmert sich schwerpunktmäßig um ein anderes Verbrechen, er wird jedoch Kontakt mit uns halten, und ich werde ihm regelmäßig Bericht über unsere Arbeit erstatten.«

Was er nicht sagte, war, dass man den Leiter der Kripo Arcachon aufgrund der desaströsen Pressekonferenz inoffiziell von dem Fall abgezogen hatte. Mit ernsthaftem Gesichtsausdruck fuhr er fort.

»Die Leitung des Teams soll Commissaire Philippe Lagarde übernehmen.« Er wandte sich direkt an ihn und reichte ihm eine Mappe. »Darin befinden sich alle bisherigen Berichte. Marat und Dupré haben die Informationen ebenfalls bekommen. Wenn Sie einverstanden sind, möchte ich die bisherigen Ergebnisse zusammenfassen, damit wir alle auf dem gleichen Stand sind.«

Lagarde signalisierte seine Zustimmung. Die Berichte würde er später in Ruhe lesen. Die Aufmerksamkeit am Tisch richtete sich auf Renaud, der konzentriert auf seine Notizen blickte und das bisherige Geschehen zusammenfasste.

»Laut Obduktionsbericht hat der Mörder die beiden Wachhunde, abgerichtete Doggen, mit Rattengift getötet, ein aggressives, schnell wirkendes Mittel, das aufgrund der Gefährlichkeit schon vor längerer Zeit vom Markt genommen wurde. Als Köder wurde präpariertes Rindfleisch benutzt. Das Rodentizid heißt Difethialon und ist auch für Menschen und große Säugetiere hochgiftig. Beigemischt war Strychnin, das sofort über die Schleimhäute aufgenommen wird, das zentrale Nervensystem lähmt und tödlich ist. Als Rattengift wurde es bereits 1950 verboten.«

»Ist das ein Anhaltspunkt?«, fragte Lagarde.

»Nicht wirklich, wir gehen davon aus, dass beispielsweise viele Bauern und Teichwirte davon noch Reserven haben oder es sich über das Internet im Ausland bestellen. Dieses Gift ist viel effektiver als das erhältliche chemische Gemisch, das nur über den Fachhandel bezogen werden kann und nicht so schnell tötet, sondern das Opfer austrocknen lässt.«

»Wir behalten es im Auge.« Lagarde machte sich

eine Notiz, bevor er die nächste Frage stellte. »Wie kann es sein, dass abgerichtete Wachhunde Fleisch von einer fremden Person angenommen haben?«

»Das ist in der Tat seltsam, bisher haben wir dafür keine Erklärung gefunden.«

»Ich hatte mal einen abgerichteten Dobermann«, berichtete Dupré. »Er hätte niemals Futter von fremden Leuten angenommen.«

Renaud nickte geduldig und fuhr mit der Zusammenfassung fort. »Ja, so stellt man sich das vor. Also, die Hunde haben das Rindfleisch mit dem Gift gefressen und sind verendet. Polizisten haben sie in der Nähe der Gartenpforte gefunden. In der Stachellorbeerhecke neben einem Pfosten des Tores hat die Spurensicherung einen schwarzen Baumwollfaden entdeckt. Es handelt sich um gängige Handelsware, vielleicht von einem Sweatshirt oder einer Jogginghose. Ansonsten gibt es keinerlei Hinweise auf den Eindringling, keine Spuren, keine Fingerabdrücke, gar nichts. Der Täter ist in das Haus eingedrungen, so wie es aussieht, waren die Terrassentüren offen und die Alarmanlage ausgeschaltet. Er hat die Opfer getötet, indem er ihnen mit einer Machete den Schädel gespalten hat.«

Lagarde war überrascht. »Die Tatwaffe war eine Machete?«

»Unser Rechtsmediziner Fouché ist sich fast hundertprozentig sicher.«

»Ein ungewöhnliches Mordinstrument für den mitteleuropäischen Raum.«

»Das ist richtig.«

»Wir müssen überprüfen, ob es noch weitere Anschläge mit Macheten gegeben hat, zunächst beschränken wir uns auf Frankreich.« Er blickte Marat an. »Können Sie das recherchieren?«

Sie errötete. »Selbstverständlich, Monsieur le Commissaire.«

Renaud schilderte weiter die Geschehnisse. »Am nächsten Morgen hat die Haushälterin, Lidia-Maria Che Sangui, die beiden Opfer gefunden und den Notruf gewählt.«

»Hat schon jemand mit ihr gesprochen?«

»Nein, bisher nicht.«

»Wir machen das so schnell wie möglich, es ist wichtig.«

»Jawohl. Weiter zum Ablauf. Es fehlen offenbar drei Bilder und Uhren von Monsieur Delcroix. Weitere Gemälde wurden jedoch nicht entwendet, ebenso wenig der Schmuck von Madame Delcroix und ein hochwertiger Laptop. Der Safe wurde nicht aufgebrochen.« Der junge Mann zögerte einen Moment. »Mein Chef meint, es könnte eine osteuropäische Einbrecherbande gewesen sein. Ich habe schon einige Tatorte gesehen, die diese organisierten Banden hinterlassen haben, und es gibt zu unserem jetzigen Tatort doch erhebliche Unterschiede. Wertvolle Gegenstände wurden zurückgelassen, nur zwei Zimmer wurden verwüstet, die anderen nicht. Die Vorgehensweise ist untypisch. Ich denke, es könnte ein vorgetäuschter Raubmord gewesen sein. Vielleicht hat der Täter etwas Bestimmtes gesucht und ist dann geflüchtet.« Jetzt hatte er sich weit aus dem Fenster gelehnt. Lagarde machte einen nachdenklichen Eindruck. »Und meinen Sie, er hat gefunden, was er gesucht hat?«

»Das könnte schon sein, es sei denn, er ist gestört worden.«

Lagarde gefiel der junge Mann. Er wusste seine Hypothesen zu vertreten.

»Wir müssen etwas über den Wert der gestohlenen und der zurückgelassenen Gegenstände erfahren. Ist etwas von einer Versicherung bekannt? Wenn es sich um größere Werte handelt, dann sind diese bei den Versicherungen gelistet, und meistens gibt es auch Fotos von den Gegenständen.«

»Ja, wir haben in den Papieren, die im Kaminzimmer verstreut auf dem Boden lagen, Policen gefunden. Die Wertgegenstände sind bei Lloyds in London versichert. In Bordeaux gibt es eine Niederlassung.«

»Sie sollen jemanden schicken, so schnell wie möglich.«

»Ich kümmere mich darum.«

»Dann brauchen wir einen Fachmann, der den Safe öffnet.«

»Wir sind in den Unterlagen auf die Herstellerfirma gestoßen, KNOX Sicherheit und Tresore.«

»Sehr gut.« Er wandte sich an Dupré. »Sorgen Sie bitte dafür, dass diese Firma einen Handwerker schickt. Machen Sie ruhig Druck. Es ist eilig.«

Der Gendarm schien mit diesem Auftrag zu wachsen. »Wird erledigt.« Es erfüllte ihn wohl mit Stolz, bei den Ermittlungen helfen zu dürfen. Normalerweise beschäftigten Gendarmen sich mit Verkehrsdelikten, Taschendiebstählen und Kneipenschlägereien.

»Für die Öffnung des Safes und die Auskunft der Versicherung brauchen wir einen richterlichen Beschluss«, meinte Lagarde. »Können Sie das veranlassen, Renaud?«

»Selbstverständlich.«

Der Kommissar schien zufrieden, er wollte alle Teammitglieder sofort mit ins Boot holen. Sie mussten zusammenwachsen, um erfolgreich zu sein. »Gut. Was wir noch brauchen, ist eine Vita der Opfer. Darf ich Sie darum bitten, Renaud?«

»Aber ja.«

»Wurden die Angehörigen verständigt?«

»Wir haben die erste Frau von Bertrand Delcroix informiert, Madame Clothilde-Eulalie Delcroix. Was die verstorbene Madeleine Delcroix betrifft, haben wir einen Bruder ausfindig gemacht, Jean-Michel Viard, der in Bergerac wohnt. Er besitzt weder einen Festnetzanschluss noch ein registriertes Handy, deshalb haben wir die dortige Gendarmerie um Amtshilfe gebeten.«

»Sehr gut. Wir müssen auch mit den Nachbarn sprechen.«

»Das wurde teilweise schon gemacht, die Berichte dazu sind in der Mappe. Aber es wurden nicht alle Nachbarn und Anwohner der Straße angetroffen.«

»In Ordnung. Eine ganz wichtige Frage stellt sich noch.« Der Kommissar sah in die Runde. Alle Aufmerksamkeit war auf ihn gerichtet. »Wem hat der Anschlag gegolten? Madeleine Delcroix, Bertrand Delcroix oder beiden?«

Seine Kollegen schwiegen überrascht. Darüber hatten sie noch gar nicht nachgedacht.

»Ich denke, wir haben für den Moment die wichtigsten Dinge durchgesprochen und alle Aufgaben verteilt. Jetzt möchte ich noch kurz etwas zu unserer Arbeitsweise sagen.«

Dupré sah ihn an, als würde er mit dem Schlimmsten rechnen, als hätte er sich von der Zusammenarbeit doch zu viel versprochen.

»Wir sind ein Team, vergessen Sie das nicht. Wir arbeiten gleichberechtigt zusammen. Jeder bringt seine Gedanken und Ideen ein. Wichtig sind mir auch Vertrauen und Fairness. Sind wir uns einig?«

Alle nickten.

»Schön. Dann schlage ich vor, dass wir gemeinsam ein verspätetes Mittagessen einnehmen, ich möchte

Sie gerne einladen, wenn Sie erlauben. Außerdem denke ich, dass wir uns mit dem Vornamen ansprechen sollten. Ich heiße Philippe.«

Marat freute sich offensichtlich. Renaud und Dupré wirkten verblüfft, aber nicht abgeneigt.

Die Polizisten verließen gemeinsam die Gendarmerie, überquerten eine Straße und gingen durch die Fußgängerzone. Einheimische und Touristen stöberten gutgelaunt in den Souvenirläden, kauften sich ein Eis, bestaunten das reichhaltige Angebot des Fischhändlers und schlenderten an den gutbesuchten Lokalen und Cafés vorbei. Der azurblaue Himmel war wolkenlos, eine erfrischende Brise milderte die Hitze, und hinter dem Dünengürtel hörte man den Atlantik rauschen.

Die Brasserie *L'Étoile de Mer, Der Seestern,* lag am Ende der Fußgängerzone direkt an der Uferpromenade. Dort gab es einige Surfschulen, wo man auch die erforderliche Ausrüstung kaufen konnte. Renaud hatte das Lokal vorgeschlagen. Sie gelangten über eine Holztreppe auf die breite, von einer Markise beschattete Terrasse. Sogleich begrüßte ein Kellner sie und führte sie zu dem einzigen noch freien Tisch. Gleich darauf brachte er die Speisekarten, wies auf das Angebot des Tages hin, das mit Kreide auf eine Tafel geschrieben war, und nahm die Getränkebestellung auf. Lagarde studierte die Speisekarte und erkundigte sich schließlich: »Was würden Sie mir empfehlen?«

Stéphanie Marat lächelte ihn an. »Sie sollten auf jeden Fall die Austern von Arcachon probieren, sie sind etwas ganz Besonderes. Ihr Geschmack ist nussig, herb und ein klein wenig salzig.«

Schließlich bestellten sie zwei Dutzend Austern als Vorspeise und eine Meeresfrüchteplatte für vier Personen mit Crevetten, Langusten, Strandschnecken, Wellhornschnecken und, als Krönung, vier halbe Taschenkrebse.

Während sie ihr Mittagessen genossen, unterhielten sie sich angeregt und lernten sich ein wenig näher kennen. Stéphanie Marat erzählte, dass sie mit ihrer neunjährigen Tochter Nicolette in Biscarrosse-Bourg wohnte. Dupré hatte von seinen Eltern ein Häuschen in Sanguinet geerbt und lebte dort mit seiner Frau und zwei Katzen. Seine beiden erwachsenen Söhne waren schon lange ausgezogen. Mathieu Renaud war verheiratet und wohnte in Andernos-les-Bains. Glücklich lächelnd berichtete er, dass seine Frau schwanger war und sie sich sehr auf ihr erstes Kind freuten.

Als sie zum Abschluss des Menüs einen Mokka tranken, kam eine Frau an ihren Tisch und begrüßte sie freundlich. Sie war groß, schlank und sehr attraktiv. Die langen dunkelbraunen Haare trug sie offen, das rote, elegant geschnittene Kleid betonte ihre Figur. Stéphanie Marat stellte sie vor.

»Das ist Déborah Touraine, die Chefin der Brasserie, wir sind zusammen in die Grundschule gegangen.

Déborah, das sind Commissaire Lagarde aus Barfleur und Commissaire Renaud, Kriminalpolizei Arcachon. Meinen Kollegen Nicolas Dupré kennst du ja.«

»Darf ich mich für einen Moment dazusetzen?«, fragte die Restaurantbesitzerin.

Lagarde erhob sich sofort und fragte am Nebentisch nach einem freien Stuhl, den er neben seinen eigenen stellte. Déborah nahm Platz und bat eine Kellnerin, ihr eine Tasse Kaffee und für die Gäste einen Digestif zu bringen.

»Sie sind wegen Madeleine und Bertrand hier, nicht wahr?«, wandte sie sich an die Kommissare. Lagarde nickte.

»Das ist richtig, Madame. Wir haben die Ermittlungen aufgenommen.«

»Es ist so schrecklich, der ganze Ort steht unter Schock. Niemand hätte es für möglich gehalten, dass hier bei uns so ein Verbrechen geschehen kann. Es gibt praktisch kein anderes Thema mehr.«

»Kannten Sie das Ehepaar?«

»Ja, hier kennt fast jeder jeden, zumindest vom Sehen. Madeleine habe ich näher gekannt. Wir haben manchmal einen Kaffee zusammen getrunken und uns ein wenig unterhalten. Über nichts Besonderes, wir waren uns einfach sympathisch. Kennengelernt haben wir uns beim Freundeskreis der Städtepartnerschaft Biscarrosse mit dem Landkreis Forchheim, die seit 1975 besteht. Stéphanie ist da ja auch dabei.«

Die Gendarmin nickte. »Vor zwei Jahren waren wir Mitglieder einer Delegation, die nach Forchheim eingeladen wurde. Es war eine wunderbare Reise, wir hatten viel Spaß zusammen. Unsere Gastgeber waren so nett und haben uns viele Sehenswürdigkeiten gezeigt, trutzige Burgen, bezaubernde Ortschaften, barocke Kirchen. Und jetzt ist Madeleine tot.« Traurig schüttelte sie den Kopf.

Madame Touraine wirkte ebenfalls bestürzt, trank ihren Kaffee aus und erhob sich.

»Ich möchte Sie nicht weiter stören und wünsche Ihnen viel Erfolg bei Ihren Ermittlungen. Wenn ich irgendwie helfen kann, sagen Sie mir bitte Bescheid.« Sie verabschiedete sich und verschwand im Dämmerlicht des Lokals. Lagarde trieb eine Frage um.

»Waren Sie mit Madame Delcroix befreundet?«, wollte er von Marat wissen. Sie verstand sofort, worauf er hinauswollte. »Nein, wir waren nicht befreundet. Wir haben uns nur bei den Treffen des Freundeskreises gesehen. Aber wenn wir uns auf der Straße getroffen haben, haben wir uns selbstverständlich gegrüßt. Ich glaube, unsere Leben waren zu unterschiedlich.«

»Ich muss Sie das fragen – Sie sind nicht befangen?«

»Nein, wirklich nicht. Ich kann meine Arbeit machen. Als ich sie tot in ihrer Villa gesehen habe, war ich natürlich schockiert. Aber das wäre jeder andere auch gewesen, der sich in meiner Situation befunden hätte.« Lagarde war mit dieser Erklärung zufrieden.

»Was können wir heute noch erledigen?«, erkundigte sich Renaud.

»Wir befragen die Haushälterin des Ehepaars Delcroix.«

Von der Brasserie *L'Étoile de Mer* bis zu dem Haus, in dem Madame Che Sangui wohnte, waren es zu Fuß nur einige Minuten. Zunächst kamen sie am Kindergarten vorbei, dann an einigen Ferienhäusern, die jetzt, in der Vorsaison, noch nicht bewohnt waren. Auf dem Parkplatz des Südstrandes standen bereits viele Fahrzeuge in der prallen Sonne. Einige Surfer zwängten sich gerade in ihre Neoprenanzüge, deren Beine und Ärmel wegen der Hitze meist nur bis zu den Ellbogen und den Knien reichten. Dann klemmten sie ihr Brett unter den Arm und begannen über einen Plankenweg die Düne hinaufzusteigen. Gegenüber, hinter einem eingezäunten Wertstoffhof und einer Abgrenzung aus Lorbeerbäumen und Ginster, lagen die Wohnblocks. Die Apartments im Erdgeschoss verfügten über einen kleinen Garten nach Osten hin, die Wohnungen darüber hatten einen Balkon. Die Wohnanlage machte einen etwas vernachlässigten Eindruck, das ehemalige Weiß der Fassade war mittlerweile grau und fleckig, der Sockel von Moos überwachsen, das Glas der Eingangstüren blind. Zwischen dem ersten und dem zweiten Block gab es eine Grünfläche mit einigen Laubbäumen, einen Grillplatz und eine Bank zum Verweilen. Auf dem Parkplatz fand ein Kinder-trödelmarkt statt, den der örtliche Kindergarten ver-anstaltete. Unter bunten Sonnenschirmen reihte sich Stand an Stand. Am Imbisswagen standen einige Müt-ter, die Kaffee tranken und aufpassten, dass ihr Nach-wuchs nicht über den Tisch gezogen wurde. Als die Kommissare vorbeigingen, winkte ihnen ein Mädchen zu, das Legos verkaufte.

Die Familie Che Sangui wohnte im Erdgeschoss in der Mitte des ersten Blocks. Die Haustür stand offen, und sie gelangten über eine blankgeschruppte Stein-treppe zum Wohnungseingang. Wenige Sekunden nachdem sie geklingelt hatten, riss ein kleiner Junge die Tür auf. Er grinste die Besucher treuherzig an und zeigte eine Zahnlücke. Sein Teint war olivfarben, die großen schwarzen Augen blickten neugierig, und die Ohren standen vom Kopf ab.

Lagarde schenkte ihm ein freundliches Lächeln. »Ist deine Maman zu Hause? Wir möchten sie gerne sprechen.«

Der Kleine ließ sie kurzerhand vor der Tür stehen, hüpfte fröhlich davon und brüllte in ohrenbetäuben-der Lautstärke: »Maman! Maman! Besuch ist da!«

Bald darauf eilte eine schwarzgekleidete Frau auf den Eingang zu und trocknete ihre Hände an einem Geschirrtuch ab. Der kleine Junge folgte ihr dicht auf den Fersen. Sie grüßte höflich und sah sie fragend an. Sie stellten sich vor und zeigten ihre Dienstausweise.

»Wir möchten gerne mit Lidia-Maria Che Sangui sprechen«, sagte Lagarde.

»Das bin ich. Ich habe Sie schon erwartet. Kommen Sie doch bitte herein.«

Sie führte die Männer durch einen engen Korridor in einen winzigen, penibel aufgeräumten Salon. An den Wänden spannten sich Webteppiche, auf dem Laminatboden lagen bunte Läufer, den niedrigen Tisch zierten gehäkelte Deckchen. Die Frau bot ihren Besuchern einen Platz auf dem Sofa an und verschwand in der Küche, um Mokka zu kochen. Ihren jüngsten Sohn Fernandito hatte sie in den Garten gescheucht. Durch das gekippte Fenster sahen die Männer, wie er im Sandkasten mit seiner Schaufel eine Straße baute, über die er seine Spielzeugautos flitzen ließ. Dabei ahmte er Motorengeräusche nach und war völlig in sein Tun versunken.

Madame Sangui kam mit einem Tablett zurück, auf dem drei filigrane goldgeränderte Mokkatassen sowie eine Porzellanplatte mit Butterkuchenstücken standen. Ein aromatischer Duft verbreitete sich im Raum. Sie stellte das Tablett auf den Tisch und ließ sich schwerfällig in einem Sessel nieder. Sie machte einen traurigen Eindruck und wirkte ängstlich. Lagarde lächelte ihr aufmunternd zu, er wollte sie nicht einschüchtern. Vielleicht war sie eine wichtige Zeugin.

»Madame Che Sangui«, begann er, »soweit ich informiert bin, arbeiteten Sie als Haushälterin bei dem Ehepaar Delcroix.«

»Das ist richtig.«

»Und wie lange schon?«

»Seit gut zwei Jahren. Erst wurde ich eingestellt, kurz darauf auch mein Mann Miguel. Darüber waren wir sehr glücklich. Wir hatten ein eigenes Auskommen, und sie haben uns auch ihren Nachbarn und Bekannten empfohlen. Seit dieser Zeit ging es uns finanziell gut.« Unbewusst wischte sie sich eine Träne aus dem Augenwinkel. »Die beiden waren gute Menschen, sie haben uns ordentlich bezahlt und waren immer freundlich. Nie gab es ein böses Wort.«

»Sie haben das Ehepaar gefunden?«

»Ja, diesen entsetzlichen Anblick werde ich nie vergessen, er verfolgt mich im Traum, falls ich überhaupt schlafen kann.«

»Hatten Sie den Eindruck, dass sich das Ehepaar bedroht fühlte? Waren sie verängstigt? Haben Sie eventuell ein auffälliges Gespräch gehört? Manchmal schnappt man einfach durch Zufall etwas auf. Oder haben Sie sogar einen Verdacht, wer die Tat begangen haben könnte?«

»Nein, eigentlich nicht. Aber in der Villa befanden sich viele Wertgegenstände, Schmuck, Gemälde, Vasen und so weiter. Wahrscheinlich waren es Einbrecher. Mein Mann Miguel sagt, dass es diesen organisierten Banden egal ist, wenn sie bei ihren Einbrüchen

Menschen töten. Manchmal werden die Opfer gequält, damit sie die Nummer des Safes verraten. Es gibt viel Böses auf der Welt.« Sie bekreuzigte sich. »Warum lässt der Herrgott das zu? Ich verstehe es nicht.«

»Die beiden Doggen wurden vergiftet. Wir finden es merkwürdig, dass sie Futter von einer fremden Person angenommen haben, wo sie doch abgerichtet waren.«

Madame Che Sangui musste lächeln. »Es waren so liebe Tiere, gut erzogen und, wie Sie sagten, auch abgerichtet. Aber sie waren auch ein bisschen verwöhnt. Von mir haben sie morgens immer süße Gebäckstückchen bekommen. Einmal habe ich gesehen, wie ein Gast ihnen bei einer Grillparty Würstchen zugesteckt hat. Monsieur durfte das natürlich nicht wissen. Ich glaube, Madame war es gleichgültig. Für die Hunde hat sie sich überhaupt nicht interessiert.«

Renaud machte sich eifrig Notizen. Lagarde fuhr mit der Befragung fort. »Wir gehen davon aus, dass die Alarmanlage ausgeschaltet war. Wissen Sie, ob das häufiger vorkam?«

»Die Alarmanlage war immer ausgeschaltet, wenn die Herrschaften daheim waren. Sie haben sich überhaupt keine Gedanken darüber gemacht, dass jemand einbrechen könnte. Und sie hatten ja die Hunde. Aber besonders Madame hatte nie vor irgendetwas Angst. Sie war ein absolut furchtloser Mensch. Es ist hier ja auch noch nie etwas passiert.«

»Wie war denn das Verhältnis des Ehepaares zueinander?«

»Ich denke, sie haben sich geliebt. Sie waren immer höflich und zuvorkommend zueinander, die Beziehung war von Respekt geprägt. In letzter Zeit hatte ich allerdings den Eindruck …« Sie stockte und wirkte erschrocken.

»Ja? Bitte reden Sie weiter, alles, was hier besprochen wird, bleibt unter uns und kommt nicht an die Öffentlichkeit.«

»Ich hatte ein paarmal das Gefühl, dass Madame der Altersunterschied zu schaffen machte. Aber wahrscheinlich habe ich mich getäuscht.«

Lagarde nahm interessiert zur Kenntnis, dass eine feine Röte ihr Gesicht überzog. Er hakte nach.

»Woher kam dieses Gefühl?«

»Ach, sie hat kürzlich halb im Spaß zu ihm gesagt, dass er sich mittlerweile mehr für seine Hobbys als für sie interessiere. Sonst war da eigentlich nichts.«

Lagarde ließ das für den Moment so stehen.

»Ich muss noch einmal nachfragen. Hatten die Delcroix Streit mit jemandem, haben Sie etwas mitbekommen?«

»Nein, gar nicht. Zu den Nachbarn hatten sie ein gutes Verhältnis, und wenn Gäste im Haus waren, was häufig der Fall war, ging es immer gesellig und lustig zu. Ich weiß das, weil ich bei solchen Gelegenheiten ab und zu bedient habe. Streit gab es nie.«

»Ist Ihnen irgendetwas aufgefallen, das merkwürdig war, anders als sonst? Auch wenn es sich scheinbar nur um eine Bagatelle handelte?«

»Leider nein, Monsieur le Commissaire. Ich würde Ihnen wirklich gerne weiterhelfen.« Sie wirkte betrübt. »Aber warten Sie, doch, etwas ist passiert! Ich habe nicht gleich daran gedacht.« Aufgeregt griff sie nach ihrer Mokkatasse und nahm einen Schluck, dabei zitterte ihre Hand kaum merklich.

»Was ist denn passiert, Madame?«

»Es war vor ungefähr zehn Tagen. Ich kam gerade aus der Waschküche im Keller und wollte über die Hintertreppe in den Garten, um die Wäsche dort aufzuhängen. Da habe ich sie gehört.«

»Wen haben Sie gehört?«

»Monsieur und eine weitere Person. Die Stimmen kamen aus der Sitzecke hinter dem Haus. Zuerst konnte ich die zweite Stimme nicht zuordnen, aber dann erkannte ich, mit wem Monsieur sprach. Es war sein Enkel Léon, der Sohn seiner Tochter Gabrielle aus erster Ehe. Sie stritten. Die Auseinandersetzung wurde immer heftiger.«

»Worum ging es bei dem Streit?«

»Es ging, wie immer, um Geld. Léon wollte Geld. Er forderte es massiv ein, wurde richtig aggressiv.« Sie machte eine kurze Pause. »Ich wollte nicht lauschen, wirklich nicht. Aber wenn Léon kam, wurde es immer laut. Sein Geschrei hat man im ganzen Haus gehört.

Soweit ich weiß, hat er sich bisher immer durchgesetzt und das bekommen, was er wollte, aber diesmal nicht. Monsieur ist fuchsteufelswild geworden. Er hat geschrien, dass Léon keinen Cent mehr von ihm bekomme, dass er ein Nichtsnutz sei, ein Faulenzer, ein Tagedieb. Er werde den Geldhahn zudrehen, und sein Enkel solle sich endlich eine Arbeit suchen und seinen Lebensunterhalt selbst bestreiten. So wütend habe ich Monsieur noch nie erlebt.«

»Und was ist dann geschehen?«

»Monsieur hat ihn hinausgeworfen.«

»Und sein Enkel ist gegangen?«

»Ja, aber dabei hat er gebrüllt, dass es Monsieur noch leidtun werde, ihn so rücksichtslos und kaltherzig zu behandeln. Er wisse so einiges über ihn, für das sich die Presse sicherlich interessieren würde.«

»Wissen Sie, was er damit gemeint hat?«

»Nein, Monsieur war doch ein respektabler Mann.«

»Können Sie uns die Adresse des jungen Mannes nennen?«

»Die genaue Adresse nicht, aber ich weiß, dass er bei seiner Großmutter in Saint-Émilion lebt. Sie besitzt dort ein bekanntes Weingut, das Château Miraval Montagne.«

»In Ordnung, Madame Che Sangui, im Moment haben wir keine weiteren Fragen. Danke, dass Sie sich Zeit für uns genommen haben und für die Bewirtung. Wir melden uns, wenn uns noch etwas einfällt.«

»Gut.«

Sie schien erleichtert, dass die Befragung vorüber war. Als sie die Kommissare zur Tür begleitete, kam Fernandito angerannt.

»Bekomme ich ein Eis, Maman?«

»Natürlich, mein Liebling. Wir sagen nur noch au revoir zu den Herren.«

Als sie wieder auf der Straße standen, meinte Lagarde: »Ich schlage vor, wir machen Schluss für heute und tauschen uns morgen früh bei unserer Besprechung aus. Ich brauche ein Hotel oder ein Ferienapartment, am besten frage ich mal im Tourismusbüro.«

Renaud schien enttäuscht. Lagarde vermutete, dass er darauf brannte, ihren Fall zu diskutieren. Er lenkte ein. »Wenn ich eine Unterkunft gefunden habe, können wir uns gerne noch auf ein Bier treffen. Einen Mietwagen kann ich mir auch morgen besorgen.«

Renaud lächelte. »Sie brauchen sich um gar nichts zu kümmern, es ist bereits alles erledigt. Eine Sekretärin im Innenministerium war höchst effektiv. Außerdem hat ihr jemand den Tipp gegeben, dass Sie nicht gerne im Hotel wohnen und sich am liebsten selbst versorgen. Deshalb hat sie ein Ferienhaus für Sie gemietet. Der Schlüssel wurde heute Morgen in der Gendarmerie abgegeben.« Jetzt strahlte er über das ganze Gesicht, die Überraschung war gelungen.

Lagarde war tatsächlich verblüfft, damit hatte er nicht gerechnet.

»Das hört sich großartig an.«

»Kommen Sie, wir gehen zu meinem Dienstwagen, dann fahre ich Sie zu Ihrem Domizil. Hoffentlich gefällt es Ihnen.«

Vom Parkplatz der Gendarmerie aus war es nicht weit zu dem Haus. Sie fuhren ein Stück auf der Hauptstraße, die nach Norden führte, und bogen dann rechts ab. An einem kleinen Kreisverkehr bog Renaud scharf rechts in die Avenue Brémontier ein, eine schattige ruhige Straße. Renaud parkte auf dem Grünstreifen, und sie stiegen aus. Er zeigte auf die alte herrschaftliche Villa, die sich zwischen Seekiefern, efeuumrankten Zedern und Ahornbäumen erhob. »Das ist Ihr Ferienhaus. Was sagen Sie?«

Lagarde war überrascht, denn mit so einem beeindruckenden Haus hatte er nicht gerechnet. »Es ist wunderschön, und das ist ein Ferienhaus?«

»Erst seit kurzem. Bedauerlicherweise steckt eine traurige Geschichte dahinter. Ursprünglich hat hier ein kinderloses Ehepaar gelebt. Als der Mann starb, kam die Witwe mit dem großen Haus nicht mehr zurecht. Schließlich erkrankte sie und zog schweren Herzens in ein Pflegeheim. Sie will das Haus auf keinen Fall verkaufen. Da jedoch die Kosten für das Heim sehr hoch sind, hat sie ein Maklerbüro beauftragt, es an Feriengäste zu vermieten.«

Durch ein schmiedeeisernes Tor, dessen Angeln quietschten, gelangten sie in den Garten. Unkraut überzog den sandigen Boden, das Gras war verdorrt, Büsche wucherten wild, Agaven hatten sich ungehindert vermehrt. Am Zaun entlang wuchsen hohe Stockrosen mit violetten und weißen Blüten. Sie gediehen immer dort am besten, wo sich niemand um sie kümmerte. Das Grundstück wurde von einer Ligusterhecke begrenzt. Die einstöckige Fachwerkvilla war sonnengelb gestrichen. Im ersten Stock gab es eine Loggia, die durch seitliche Verglasungen vor dem Wind geschützt wurde. Als Lagarde den gemalten Schriftzug über dem Eingang entdeckte, musste er schmunzeln. Die imposante Villa hieß *La Pâquerette*, das Gänseblümchen.

Renaud sperrte auf, und gemeinsam besichtigten sie die Villa. Im Erdgeschoss befanden sich die Küche, ein großer Salon mit Essbereich und eine Toilette. Oben gab es zwei Schlafzimmer, ein weiteres kleines Wohnzimmer, ein geräumiges Bad und eine Abstellkammer. Die Zimmer waren geschmackvoll und wohnlich eingerichtet. Als Willkommensgruß waren kalte Getränke im Kühlschrank deponiert worden. Auf dem Tisch standen ein Strauß Blumen sowie eine Schale mit Obst. Durch eine Hintertür in der Küche gelangte man auf eine Terrasse, auf der ein Holztisch und zwei Bänke standen. Ein Vordach spendete Schatten. Dieser Platz gefiel Lagarde besonders gut. Sonnenstrahlen fielen durch die Baumkronen und sprenkelten das Laub golden, es duftete nach Holz und Wildblumen, Vögel zwitscherten im Geäst, ansonsten herrschte eine himmlische Ruhe.

»Schön ist es hier«, stellte er fest. »Wollen wir ein Bier trinken?«

»Sehr gerne.«

Lagarde holte zwei Flaschen aus dem Kühlschrank und wollte sich zu Renaud auf die Bank setzen, als dieser plötzlich aufsprang.

»Ich habe etwas vergessen, kommen Sie bitte mit.«

Gemeinsam umrundeten sie das Haus und gelangten zu einer Garage. Der junge Mann sperrte auf und öffnete die Flügeltüren. »Schauen Sie, das ist Ihr Dienstwagen für die Zeit in Biscarrosse. Er gehört zum Haus, genau wie die Fahrräder.«

Im Dämmerlicht der Garage stand ein olivgrüner verbeulter Toyota Pritschenwagen, der mindestens fünfzehn Jahre alt war.

»Er fährt«, versicherte Renaud. »Dupré hat ihn heute Morgen ausprobiert. Er sagt, der Motor läuft wie ein Uhrwerk.«

Lagarde freute sich und bedankte sich für die schöne Überraschung. Sein Renault Express hatte auch schon etliche Jahre auf dem Buckel. Schließlich ließen sich die Männer auf der schattigen Terrasse nieder, jeder mit einer Flasche Bier in der Hand. Sie prosteten sich zu und tranken durstig. Eine Weile schwiegen sie und genossen den schönen Platz und die sommerliche Ruhe. Dann unterbrach Renaud die Stille. Er sah ein wenig angespannt aus.

»Ich hoffe, es ist alles zu Ihrer Zufriedenheit. Mir ist klar, dass Sie andere Teams gewöhnt sind. Wir arbeiten hier mit zwei Gendarmen zusammen, die über keinerlei Erfahrung mit Kapitalverbrechen verfügen.«

»Aber nein, machen Sie sich keine Gedanken, es passt schon so. Wir werden uns zusammenraufen und uns an die Aufklärung des Falles machen. Ich bin zuversichtlich, dass wir es schaffen.«

Renaud machte einen erleichterten Eindruck und trank einen Schluck Bier. Schließlich grinste er. »Ich hatte Sorge, dass Sie sofort empört wieder abreisen.«

»Wie kommen Sie denn darauf?«

»Nun ja, jemand mit Ihrer Erfahrung und diesem beruflichen Hintergrund. Ihr Ruf eilt Ihnen weit voraus.«

»Es gibt kein Problem. In Barfleur arbeite ich auch manchmal mit Gendarmen zusammen. Sie sind sehr engagiert und tüchtig. Hier wird es genauso sein. Marat und Dupré machen einen kompetenten Eindruck.«

»Ja, das stimmt.« Er zögerte einen Augenblick. »Sie kannten Bertrand Delcroix, nicht wahr?«

»Ja, er war einige Jahre mein Chef bei der GIGN. Bertrand war genau der richtige Mann für diesen Posten, hart, gerecht, durchsetzungsstark, schnell bei Entscheidungen – er war ein strategisches Genie. Solche

Truppen müssen gut geführt werden, wir hatten schließlich die Lizenz zum Töten.«

»Sie haben bestimmt tolle und aufregende Sachen erlebt.«

»Das ja, aber auch schlimme Sachen. Auf jeden Fall habe ich ihn sehr geschätzt.«

»Und jetzt suchen Sie seinen Mörder.«

»Ich werde nicht eher Ruhe geben, bis ich ihn gefunden habe.«

»Daran zweifle ich nicht.« Man merkte Renaud an, dass er gerne noch mehr Fragen stellen wollte, sich aber nicht traute. Schließlich kannten sie sich erst seit einigen Stunden. Entschlossen straffte er die Schultern und wechselte das Thema.

»Was halten Sie von der Geschichte mit diesem Enkel Léon?«

»Es könnte eine Spur sein. Wir müssen mit ihm reden.«

Renaud nickte. »Es ist bisher unsere einzige Spur.«

»Wir haben ja auch erst angefangen.«

»Da haben Sie recht.« Er trank sein Bier aus und erhob sich. »Ich mache mich jetzt besser auf den Weg. Ich will noch recherchieren, und anschließend fahre ich heim zu meiner Frau. Seit sie schwanger ist, ist sie nicht mehr so gerne alleine.«

»Machen Sie das. Wir sehen uns morgen früh bei unserer Besprechung in der Gendarmerie. Und danke für alles. Meine Unterkunft ist großartig, und ich freue mich schon auf die erste Spritztour mit dem Auto. Gibt es hier in der Nähe einen Supermarkt? Ich will noch für das Abendessen einkaufen.«

»Kurz vor der Fußgängerzone ist ein kleiner Einkaufsmarkt, dort finden Sie alles Nötige. Jeden Freitag ist Markt am Kirchplatz von Bourg, dort kann man frisches Obst, Gemüse und weitere einheimische Produkte kaufen.«

»Danke für die Info.«

Lagarde begleitete den jungen Kommissar zu seinem Dienstwagen, in dem noch sein Gepäck und die Mappe mit den Berichten lagen. Als Renaud davonfuhr, winkte er ihm nach, dann ging er zurück in sein Gänseblümchen, um auszupacken.

Lagarde hatte sich für das Schlafzimmer entschieden, das nach hinten zum Garten lag. Inzwischen hatte er seine Reisetasche ausgepackt, geduscht und eine bequeme Jeans und ein T-Shirt angezogen. Es war noch immer sehr heiß. Er beschloss, einen Spaziergang zu machen, es zog ihn an das Meer. Als er damals vor vier Jahren Bertrand besucht hatte, hatten sie drei Tage in einem Hotel in Bordeaux gewohnt. Sie wollten sich das Fußballspiel ansehen, und sein Freund hatte geplant, ihm die Stadt einschließlich des Nachtlebens zu zeigen. Deshalb war Lagarde damals nicht an der Silberküste gewesen und wollte es jetzt nachholen.

Auf der Kommode im Salon lag eine Mappe mit

Landkarten, Tipps für Ausflüge, Sehenswürdigkeiten und weiteren nützlichen Informationen. Ein Blick auf die Karte von Biscarrosse-Plage sagte ihm, dass es drei Strände gab, den Südstrand, den FKK-Anhänger bevorzugten, die *Plage Central* mit der Promenade und den Nordstrand, dem sich eine weitläufige, unter Naturschutz stehende Dünenlandschaft anschloss. Er machte sich auf den Weg zum nördlichen Strand.

Er kam an einem kleinen Kreisverkehr vorbei und folgte einem Schotterweg, der zur Hauptstraße führte. An der Ecke gab es eine Surfschule, aus der karibische Musik herausdrang, zu sehen war aber niemand. Gegenüber begann der Pfad, der über die Düne an den Atlantik führte. Er war mit Matten ausgelegt, um den Aufstieg zu erleichtern. Lagarde überholte eine Gruppe von kleinen Jungs, die, ihre Surfbretter fachmännisch unter die Arme geklemmt, verschiedene Techniken des Wellenreitens diskutierten. Als er den Sattel des Sandgebirges erreichte, blieb er überwältigt von dem Anblick stehen. Vor ihm erstreckte sich der ultramarinblaue Ozean, der in der Ferne mit dem Himmel verschmolz. Gewaltige Brecher mit Schaumkronen rollten auf den Strand zu. Gischt spritzte auf und bildete einen feuchten Nebel, auf dem sich glitzernd das Sonnenlicht brach. Das Meer als archaische Urgewalt brodelte, grollte und rauschte. Niedrigwasser hatte eingesetzt, und so kam es zwischen dem Strand, den Sandbänken und dem offenen Meer zu gigantischen

Strömungen und Strudeln, die gurgelnd und saugend alles mit sich rissen.

Lagarde lief die Flanke der Düne hinunter, setzte sich in den Sand und beobachtete das muntere Treiben. Kinder buddelten Löcher, Jugendliche spielten Volleyball, Erwachsene lagen unter farbenfrohen Schirmen, lasen, schauten auf das Meer oder hielten ein Nickerchen. Am meisten faszinierten ihn die Wellenreiter. Sie kämpften sich mit ihren Boards durch die Brecher, bis sie den Bereich hinter dem Brandungssaum erreicht hatten. Dort setzten sie sich rittlings auf die schaukelnden Bretter, ließen sich treiben und warteten auf die perfekte Welle. Kam sie, legten sie sich auf das Surfbrett, paddelten kräftig mit den Armen in Richtung Strand, knieten sich hin und standen schließlich blitzschnell auf. In eleganter Haltung, die Knie leicht gebeugt, sich mit den Händen ausbalancierend, kreuzten sie durch die Wellen, bis sie im Niedrigwasser absprangen. Dann ging es wieder hinaus in die Fluten.

Lagarde erinnerte sich, dass er vor vielen Jahren in der Bretagne im Finistère einen Surfkurs gemacht und an diesem Sport Gefallen gefunden hatte. Er nahm sich fest vor, zu Hause in Barfleur wieder einmal zu surfen.

Schließlich zog er die Schuhe aus, erhob sich und schlenderte am Strand entlang zur *Plage Central*. Der Sand unter seinen Füßen fühlte sich weich an, das Wasser war kalt. Über Holzstufen stieg er zur Promenade hinauf. Hier, am Hauptstrand, gab es einen Badebereich, der mit blauen Flaggen markiert war. Unter den wachsamen Augen der Wasserwacht standen einige Sommerfrischler bis zu den Hüften im Meer, versuchten, der Brandung standzuhalten oder über sie hinwegzuspringen. Niemand schwamm weiter hinaus, das war viel zu gefährlich.

Als er am *L'Étoile de Mer* vorbeikam, winkte Déborah Touraine, die Besitzerin, ihm zu. Freundlich grüßte er zurück. In der Fußgängerzone kam er an der kleinen Markthalle vorbei und beschloss, für das Abendessen Fisch zuzubereiten. Er entschied sich für Kabeljaufilets. Öl, Baguette und Salat würde er im Minimarkt kaufen, den Renaud ihm beschrieben hatte.

Zurück in seinem Ferienhaus bereitete er den Salat zu und nahm Teller und Besteck aus dem Küchenschrank. Als er gerade den Tisch auf der Terrasse deckte, rief eine freundliche Stimme: »Bonsoir, Monsieur.«

Er schaute sich um und entdeckte eine Frau, die hinter der Ligusterhecke auf dem angrenzenden Grundstück stand und ihm mit breitem Lächeln zuwinkte. Höflich winkte er zurück. »Bonsoir, Madame.« Da sie sich nicht abwandte, sondern abwartend stehen blieb, ging er zu der Abgrenzung und sah sie fragend an. »Kann ich etwas für Sie tun, Madame?«

Die Frau war so groß wie er und von kräftiger, durchtrainierter Statur. Das ärmellose Shirt und die Shorts gaben den Blick auf definierte Muskeln frei. Ihre

Haut schimmerte goldbraun, die Haare waren weizen-
blond und streichholzkurz geschnitten. Das Gesicht
war nicht klassisch schön, aber mit den hohen Wan-
genknochen, der breiten Nase, den eigenwillig ge-
schwungenen Lippen und den kobaltblauen Katzen-
augen sehr apart. Als sie ihn anlachte, zeigte sie eine
Reihe weißer ebenmäßiger Zähne.

»Ich bin Ihre Nachbarin, mein Name ist Charlotte
Duflot. Ich wollte mich nur kurz vorstellen.« Sie reich-
te ihm über die Hecke eine Schale mit Mirabellen.
»Ein kleines Einstandsgeschenk von mir. Ich habe die
Früchte gerade in meinem Garten gepflückt.«

Lagarde lächelte, nahm das Obst entgegen und bedankte sich. »Ich bin Philippe Lagarde.«

»Sie haben das Ferienhaus gemietet.«

»Ja, heute bin ich eingezogen, es ist wunderschön.«

»Machen Sie Urlaub hier?«

»Nicht direkt, ich bin dienstlich unterwegs.«

»Ach so, das habe ich mir fast schon gedacht. Ich
habe nämlich gesehen, wie Sie heute Nachmittag mit
einem Polizeifahrzeug gekommen sind. Sind Sie Polizist?«

»Ja, ich bin Commissaire.«

»Ich will nicht neugierig sein, aber bei uns ist ein
furchtbares Verbrechen geschehen. Zwei Menschen
wurden getötet. Sind Sie deshalb hier?«

Lagarde sah keinen Sinn darin, den Grund seiner
Anwesenheit zu leugnen. Er konnte schließlich nicht

im Untergrund ermitteln. Die Presse würde präsent sein, permanent berichten und ihre Arbeit unter Umständen in Frage stellen. Die Bewohner des Ortes würden die Ermittlungen ebenso aufmerksam verfolgen. In Biscarrosse würde erst wieder Ruhe einkehren, wenn der Täter gefasst war.

»Ja, deshalb bin ich hier. Haben Sie die beiden gekannt?«

»Nur vom Sehen, wie das so ist in einem Ort.« Sie musterte ihn nachdenklich, als wollte sie noch etwas sagen, entschied sich jedoch dagegen. »Ich will Sie nicht länger aufhalten, Sie sind bestimmt sehr beschäftigt. Für Ihre Ermittlungen wünsche ich Ihnen viel Erfolg. Einen schönen Abend noch.«

»Danke Madame, auch für die Mirabellen, die esse ich zum Dessert. Ebenfalls einen schönen Abend.«

Sie hob lässig grüßend die Hand und verschwand dann zwischen Holunderbüschen. Er sah ihr nach und ging schließlich in die Küche zurück, um den Fisch zu braten.

Nach dem Essen blieb er mit einem Glas Wein auf der Terrasse, während die Dämmerung hereinbrach und die ersten Glühwürmchen durch den Garten tanzten. Den Bordeaux Grand Cru Château Miraval Montagne hatte er im Minimarkt entdeckt, der tiefrote Wein hatte ein Aroma von Kirschen, Johannisbeeren und Waldfrüchten. Schließlich schlug er die Mappe auf und las im Schein der Außenbeleuchtung konzentriert sämtliche Berichte über den Fall. Er entdeckte nichts, was ihn auf eine heiße Spur führen könnte.

Gegen zweiundzwanzig Uhr dreißig, als er sich eine Strategie zurechtgelegt hatte, klappte er die Akte zu und beschloss, zu Bett zu gehen. Zum Rauschen der Bäume schlief er ein. Es war ein langer Tag gewesen.

Plötzlich fuhr er aus seinem Traum hoch. Ein Geräusch hatte ihn geweckt. Er lauschte. Da war es wieder, irgendetwas klackerte im Garten. Er stand auf und spähte durch das geöffnete Fenster auf die Terrasse. Es war unmöglich, sie ganz einzusehen, ein Teil war durch das Vordach verdeckt. Mondlicht schimmerte durch die Bäume. Da nahm er eine Bewegung wahr, direkt unter ihm auf den Steinfliesen. Als er den Verursacher des Klapperns entdeckte, lächelte er. Eine kleine getigerte Katze spielte mit einem Kiefernzapfen, den sie mit ihrer winzigen Pfote in die Luft wirbelte, so dass er klackernd auf den Böden hüpfte. Immer und immer wieder. Sie wurde des Spiels nicht überdrüssig. Wenn sie morgen noch da war und kein Zuhause hatte, würde er sie füttern und ihr den Namen Tintin geben. Ein wenig Gesellschaft wäre doch schön, und er liebte Katzen.

DAS SEEROSENBILD VON MONET
FÜNFTER TAG

Am nächsten Morgen saß Tintin auf der Terrasse, wartete, bis Lagarde die Tür öffnete, und maunzte ihn an. Die hellblauen Augen des Kätzchens folgten ihm, während er zurück in die Küche ging. Als er einen Unterteller mit Fischstückchen und eine Schale Wasser auf die Fliesen stellte, hörte er die Stimme seiner Nachbarin, die ihm einen schönen guten Morgen wünschte und ihn fragte, ob er über Nacht eine Katze adoptiert habe. Er drehte sich zu ihr um. »Bonjour, Madame! Wissen Sie, wem das Wollknäuel gehört?«

»Nein, ich habe es noch nie gesehen. Aber es kommt hier immer wieder vor, dass herrenlose Katzen auftauchen.«

»Dann kann ich sie doch füttern?«

»Klar, wenn es Ihnen Freude macht, aber das Kätzchen wird dann bestimmt sehr anhänglich. Aber entschuldigen Sie, ich muss los.« Mit schnellen Schritten verließ sie den Garten, stieg in ihren Kleinwagen und fuhr davon.

Lagarde hatte es auch eilig. Nach einer Dusche und einem *Petit Déjeuner* musste er zu der angesetzten Besprechung in die Gendarmerie. Doch zuvor beobachtete er noch kurz Tintin, die sich ausgehungert über die Mahlzeit hermachte. Er ging zu Fuß, da es nur einige Hundert Meter bis zur Polizeiwache waren, obwohl es ihn in den Fingern juckte, den Toyota auszuprobieren.

Das Ermittlerteam versammelte sich um den Besprechungstisch, die Blicke der Kollegen waren erwartungsvoll auf Lagarde gerichtet.

»Fangen wir an«, sagte er. Marat und Dupré berichteten, dass sie heute Morgen den Nachbarn des Ehepaars Delcroix angetroffen hatten. Er konnte sich erinnern, an dem fraglichen Abend gegen neunzehn Uhr einen weißen Lieferwagen gesehen zu haben. Er parkte auf dem Picknickplatz im Kiefernwäldchen, der sich ungefähr zweihundert Meter hinter der letzten Häuserzeile befand. Misstrauisch geworden, hatte der Nachbar sich das Kennzeichen notiert. Eine Anfrage im zentralen Polizeiregister hatte ergeben, dass die Nummernschilder auf dem Parkplatz eines Supermarktes in Anglet, einem kleinen Ort im Baskenland, gestohlen worden waren.

»Es könnte sein, dass das Diebesgut mit diesem Fahrzeug weggebracht wurde«, zog Marat den Schluss. »Wir haben es zur Fahndung ausschreiben lassen, allerdings machen wir uns wenig Hoffnung. Der Täter kann weitere Kennzeichen stehlen oder ein anderes Auto benutzen.«

»Trotzdem gute Arbeit«, lobte Lagarde sie.

Dupré informierte die Kollegen, dass ein Mitarbeiter von KNOX Sicherheit und Tresore am Nachmittag in das Manoir kommen werde, um den Safe zu öffnen. Der richterliche Beschluss lag inzwischen vor.

Jetzt war Marat an der Reihe, von ihren Recherchen über weitere Angriffe mit Macheten zu berichten.

»Vor zwei Wochen hat ein Tunesier im Zug von Avignon nach Marseille eine Seniorengruppe mit einem Samurai-Schwert angegriffen. Eine Frau verstarb sofort, ein Mann erlitt einen Herzinfarkt und starb ebenfalls am Tatort. Ein weiterer Herr erlag seinen Verletzungen im Krankenhaus. Zwei weitere Opfer befinden sich noch dort zur Beobachtung. Der Täter wurde nach der Attacke von Polizisten überwältigt und festgenommen, er sitzt in Untersuchungshaft.« Sie hielt kurz inne und runzelte die Stirn. So viel Brutalität war sie von ihrem Dienst in Biscarrosse nicht gewohnt. »Dann gab es noch einen Vorfall. In einem abgelegenen Weiler in den Cevennen ging ein betrunkener Mann mit einer Machete auf seine Tochter los, als sie ihm sagte, dass sie von ihm schwanger sei. Die Frau und das Baby haben überlebt, der Kindsvater wurde in die geschlossene Psychiatrie eingewiesen. So kommen beide Männer für unseren Fall nicht in Frage.«

»Danke, Stéphanie«, sagte Lagarde. »Gute Recherchearbeit.«

Sie strahlte. Nach einem kurzen Blickkontakt mit Lagarde ergriff Renaud das Wort.

»Der Baumwollfaden, den die Techniker der Spurensicherung am Zaun des Manoir gefunden haben, weist keine DNA auf. Weiter habe ich mit Lloyds in Bordeaux telefoniert, sie schicken heute Nachmittag einen Versicherungsagenten in die Villa *Stella Maris*. Dann komme ich zur Vita des Ehepaars Delcroix. Also, Bertrand Delcroix war in erster Ehe mit Clothilde-Eulalie Delcroix, geborene Sadirac, verheiratet. Sie ist fünfundsiebzig Jahre alt. Gemeinsam haben sie Zwillinge, Gabrielle-Louise und Edmond-Pierre, zweiundvierzig Jahre alt. Gabrielle-Louise hat einen Sohn, Léon, neunzehn Jahre alt. Er wurde kurz vor dem Baccalauréat aus einem Nobelinternat in Zürich ausgeschlossen, so wie es aussieht wegen Drogenkonsums und -handels. Vor zwanzig Jahren ließ sich Bertrand von seiner Frau scheiden und heiratete Madeleine Viard, eine damals sehr erfolgreiche Richterin in Paris. Nach vier Jahren bekamen sie eine Tochter, Dalida-Caroline. Sie lebt seit etlichen Jahren in einem Heim in Bayonne, aber ich habe bisher nicht herausfinden können aus welchem Grund. Aber ich habe ihre Facebookseite besucht und ein ziemlich aktuelles Foto von ihr gefunden.«

Er holte sein Smartphone aus der Aktentasche, suchte das Bild und zeigte es den Kollegen. Das Mädchen saß auf einem Pony, das von einer Frau am Zaumzeug geführt wurde. Es lächelte seltsam schief in die Kamera. Das volle Gesicht wirkte leicht verschoben, die

Knopfaugen ausdruckslos. Ihre dunklen Haare fielen ihr wirr in die Stirn. Auffällig war auch, dass sie stark übergewichtig und klein war. Keiner sagte ein Wort, als sie die Fotografie betrachteten. Als er sein Handy wieder einsteckte, meinte Marat: »Das Mädchen sieht aus, als hätte es eine Behinderung.«

Renaud nickte zustimmend und fuhr mit seinem Bericht fort. »Die Eltern von Madeleine Delcroix leben nicht mehr. Sie hat einen Bruder, Jean-Michel Viard, sechsundfünfzig Jahre alt. Bis vor zwei Jahren hat er mit großem Erfolg als Bühnenbildner gearbeitet, in Libourne, in Blois und jedes Jahr beim Theaterfestival in Avignon. Dann hat er seinen Beruf aufgegeben und sich nach Bergerac zurückgezogen. Mehr konnte ich in der Kürze der Zeit nicht in Erfahrung bringen.«

Lagarde bedankte sich für die Ausführungen. Er war überrascht. Zwar hatte er gewusst, dass Bertrand geschieden war und Madeleine seine zweite Frau war. Doch von einem gemeinsamen Kind hatte er nie etwas gehört. Allerdings hatte sein ehemaliger Chef so gut wie nie über sein Privatleben gesprochen, er hatte Beruf und Privates strikt getrennt. Schließlich ergriff er das Wort und berichtete den beiden Gendarmen über die Befragung von Madame Che Sangui.

»Sie hat den Enkel erwähnt, diesen Léon, der Streit mit seinem Großvater hatte. Wir müssen mit ihm sprechen, mal sehen, wann wir das machen. Die Angestellten von KNOX und Lloyds kommen ja heute

Nachmittag, und ich möchte mir den Tatort in Ruhe ansehen. Außerdem brauchen wir mehr Informationen über Dalida-Caroline Delcroix, die Hintergründe könnten für unseren Fall aufschlussreich sein.« Er wandte sich an Renaud. »Vor den Terminen im Manoir möchte ich gerne in das Rechtsmedizinische Institut von Arcachon. Ich will mit dem Rechtsmediziner sprechen und Bertrand noch einmal sehen. Können Sie das arrangieren?«

»Selbstverständlich, ich rufe Fouché gleich an. Er wird es schon einrichten können.«

»Danke, ich schlage vor, wir machen für unsere Raucher eine kleine Pause.«

Der Rechtsmediziner Fouché hatte für das Gespräch zwölf Uhr vorgeschlagen. Er könne sich eine halbe Stunde freimachen, mehr Zeit habe er nicht. So waren Lagarde und Renaud um elf Uhr aufgebrochen. Nach Arcachon würden sie, je nach Verkehrslage, eine gute halbe Stunde brauchen.

Als sie den Ort erreichten, fuhr der junge Kommissar die Straße entlang, die an die Promenade und den Stadtstrand grenzte. Vor der Seebrücke reihten sich Häuschen, in denen Tickets für Bootsfahrten nach Cap Ferret zur Vogelinsel oder für eine Rundfahrt durch die Austerngärten verkauft wurden. Am Anleger schaukelten Ausflugsboote und warteten auf Gäste. Gegenüber der Pier drehte sich träge ein altmodisches goldverziertes Karussell. In der Ferne erhob sich im flirrenden Licht der Leuchtturm von Cap Ferret.

Das Rechtsmedizinische Institut war in einem Fachwerkhaus untergebracht, das direkt an der Promenade lag. Renaud fuhr durch ein steinernes Tor in den Hof und stellte den Dienstwagen auf den letzten freien Parkplatz. Die Pförtnerin, die am Eingang hinter einer Glasscheibe saß, ließ sich die Dienstausweise zeigen, telefonierte kurz und informierte anschließend die Besucher: »Monsieur Fouché erwartet Sie, gehen Sie bitte den Gang entlang, die zweite Tür links, dort befindet sich sein Büro.«

Kaum hatten sie angeklopft, öffnete Fouché die Tür, begrüßte seine Gäste und bat sie in das große, lichtdurchflutete Zimmer. Es war spartanisch eingerichtet. Fouché setzte sich an seinen Schreibtisch, die Kommissare nahmen gegenüber auf Stühlen Platz. Der Rechtsmediziner bot Getränke an, die sie dankend ablehnten. Im Aschenbecher auf dem Schreibtisch qualmte ein Zigarillo vor sich hin, den Fouché energisch ausdrückte, ehe er Lagarde ein unterkühltes Lächeln schenkte.

»Sie sind jetzt also der leitende Ermittler.«

Lagarde fand den Ton etwas herablassend, entschied jedoch, sich davon nicht provozieren zu lassen.

»Ja, das bin ich. Vielen Dank, dass Sie sich Zeit für uns nehmen, ich werde Sie nicht lange aufhalten. Bertrand Delcroix und ich haben uns gut gekannt, ich möchte ihn gerne ein letztes Mal sehen. Das ist doch möglich?«

Der Rechtsmediziner wurde etwas zugänglicher. »Selbstverständlich, mein Assistent hat schon alles vorbereitet.« Er wollte sich erheben.

»Ich habe noch einige Fragen«, bremste Lagarde ihn.

Der Arzt sah demonstrativ auf seine Armbanduhr. »Ja, bitte?«

»Ich habe die Fotos von den Wunden gesehen, und ich stimme Ihnen zu, dass die Waffe eine Machete gewesen sein muss.«

Fouché zog eine Augenbraue hoch.

»Mir ist auch klar«, fuhr der Kommissar unbeirrt fort, »dass der Kraftaufwand für solch einen Schlag aufgrund der Konstruktion eines Buschmessers gar nicht so groß sein musste. Ich frage mich nur, warum der Täter diese Waffe benutzt hat, sie ist doch sehr ungewöhnlich.«

»Ja, das stimmt, mit einer Machete als Waffe hatte ich noch nie zu tun. Die Verletzungen, die sie verursacht, sind entsetzlich.«

»Ich würde einfach gerne eine Schilderung Ihres Eindrucks hören, den Sie am Tatort hatten.«

»Nun, ich bin Arzt und kein Polizist, es ist nicht meine Aufgabe, Schlussfolgerungen über die Täter zu ziehen, das ist Ihr Job.«

Lagarde stimmte ihm zu. »Aber gegen einen Aus-

tausch der Eindrücke ist dennoch nichts einzuwen-
den, manchmal hilft das weiter.«

»Ich kann nur sagen, dass ich ziemlich sicher bin,
dass die Opfer überrascht wurden.«

»Ja, das habe ich in Ihrem Bericht gelesen. Ich will
auf etwas anderes hinaus, auf die Wahl der Waffe. Sie
ist so martialisch, als ob der Täter großen Hass empfand oder sich für irgendetwas rächen wollte. Ein
Einbrecher, der es auf die Wertgegenstände im Haus
abgesehen hatte, hätte doch zum Beispiel einfach
schießen können, mit einem Schalldämpfer. Niemand
hätte etwas gehört. Es könnte doch sein, dass das Motiv ein persönliches war, und das würde bedeuten, dass
Täter und Opfer sich gekannt haben.«

»Das ist meiner Ansicht nach reine Spekulation.«

Lagarde fand die Abfuhr etwas ruppig, von den Ermittlungen in Cherbourg war er es gewohnt, dass auch
die beteiligten Gendarmen und die Rechtsmedizinerin Delphine Moreau ihre Eindrücke schilderten. Ein
gemeinsames Brainstorming und freies Assoziieren
hatten sie schon häufig zu neuen Impulsen und An-
sätzen geführt.

»In Ordnung. Kann ich jetzt die Opfer sehen?«

»Kommen Sie mit.«

Der Obduktionssaal lag am Ende des Korridors und
nahm eine Seite des Hauses ein. Fouché stellte den
jungen Mann, der hinter den Edelstahlliegen stand,
als seinen Assistenten vor. Er hatte die Toten bereits

aus den Kühlfächern geholt. Sie waren bis zum Hals mit einem Tuch bedeckt, um die schwer verletzten Schädel war eine Art Turban gewickelt.

»Bitte«, sagte der Arzt. »Jetzt können Sie Delcroix und seine Frau ein letztes Mal sehen.«

Lagarde hatte Madeleine vielleicht drei- oder viermal getroffen, und das war lange her. Er stellte jedoch fest, dass sie immer noch so schön war, wie er sie in Erinnerung hatte. Ihre Augen waren geschlossen, als ob sie schliefe, die Haut glatt und durchscheinend. Bertrand dagegen war alt geworden, das Gesicht von Furchen durchzogen, die geschlossenen Augen von Runzeln gekränzt. Bei Lagardes Besuch vor vier Jahren hatte er noch viel jünger ausgesehen. Hatten ihn Sorgen geplagt? Er wusste es nicht, noch nicht. Wenn es so wäre und wenn es mit dem Fall zu tun hätte, würde er es herausfinden.

Sanft zeichnete er mit seinem Zeigefinger ein Kreuz auf die Stirn seines Freundes. »Adieu, Bertrand«, murmelte er. Als er sich wieder gefangen hatte, bedankte er sich bei Fouché.

»Dann gehen wir jetzt wieder.«

Daraufhin griff der Assistent nach der Edelstahlliege, auf der Madeleine lag, und wollte sie wieder in das Kühlfach schieben. Dabei stieß er ungeschickt an einen Tisch und verursachte ein rumpelndes Geräusch. Madeleines Arm rutschte unter dem Laken hervor, fiel von der Liege und baumelte für den Bruchteil einer Sekunde in der Luft. Blitzschnell war Fouché bei ihr und legte den Arm sanft zurück auf die Liege. In dieser Geste lag eine Zärtlichkeit, die Lagarde sich nicht erklären konnte. Vielleicht behandelte der Mediziner die Toten mit mehr Fingerspitzengefühl als die Lebenden.

Fouché drehte sich wie von der Tarantel gestochen um und fuhr seinen Assistenten an: »Können Sie nicht aufpassen? Wie kann man nur so ungeschickt sein? Ich verlange von meinem Personal, dass es die Würde der Toten achtet. So etwas dulde ich hier nicht.«

Das Gesicht des gescholtenen Mannes färbte sich rot. »Es tut mir leid, Monsieur le Docteur. Es kommt bestimmt nicht wieder vor.«

Der Arzt winkte verärgert ab. »Gehen Sie mir aus den Augen, und räumen Sie endlich den Raum mit dem Becken für die Knochen auf, dabei können Sie kein Unheil anrichten.«

Der Assistent suchte, so schnell er konnte, das Weite und stammelte noch immer Entschuldigungen. Als er zur Tür hinaus war, wandte sich der Arzt an die Kommissare.

»Es tut mir leid, so etwas darf nicht passieren. Sie können sich gar nicht vorstellen, wie schwierig es ist, gutes Personal zu finden.«

Lagarde versuchte, ihn zu beschwichtigen. »Jedem kann einmal ein Fehler passieren.«

»Aber nicht in meinem Autopsiesaal. Kommen Sie

bitte, ich bringe Sie noch zum Ausgang. Wenn Sie noch Fragen zu meinem Bericht haben, können Sie sich jederzeit an mich wenden, Monsieur le Commissaire.«

Als die Besucher vor dem Haus standen, sahen sie sich an. »Ist er immer so reizbar?«, wollte Lagarde wissen.

»Nein, eigentlich nicht.«

»Na ja, vielleicht hat er einen schlechten Tag. Fahren wir zurück nach Biscarrosse-Plage. Ich bin gespannt auf die Auskunft des Versicherungsagenten und den Inhalt des Safes.«

Als die Kommissare das Manoir *Stella Maris* erreichten, sahen sie einen jungen Mann neben einem Lieferwagen stehen. Auf der Schiebetür prangte das Logo der Firma *KNOX Sicherheit und Tresore*. Der Handwerker trug einen grauen Overall, auf den roten Locken saß eine Kappe, die lässig aus der Stirn geschoben war. Er empfing die Ermittler mit einem breiten Grinsen.

»Bonjour, Messieurs, Hubert Dumont zu Diensten. Ich soll hier einen Safe öffnen. Ich war ein bisschen zu früh hier, mein vorheriger Termin ist nämlich geplatzt. Die Wartezeit habe ich genutzt, um in Ruhe eine zu rauchen und mich umzusehen, noble Gegend hier. Mein Chef hat gesagt, dass ich mir Ihre Dienstausweise und den richterlichen Beschluss zeigen lassen soll. Von dem Beschluss brauche ich eine Kopie.«

Die Polizisten kamen der Aufforderung nach. Dumont warf einen prüfenden Blick darauf und steckte die Kopie ein.

»Okay, jetzt haben wir alle Formalitäten erledigt, von mir aus kann es losgehen.« Er griff nach einer Tasche und einem Werkzeugkasten, die neben ihm auf dem Boden standen. Gemeinsam gingen sie durch den Vorgarten zum Eingangsportal, und Renaud entfernte das Siegel. Währenddessen plauderte der Handwerker munter weiter. »Ist ja schrecklich, was hier passiert ist. Es stand in allen Zeitungen. Hoffentlich finden Sie den Täter bald, der gehört hinter Schloss und Riegel. Ich drücke Ihnen jedenfalls die Daumen.«

Im Haus war die Luft abgestanden und stickig, der Geruch nach verwelkten Blumen und fauligem Wasser hing in der Eingangshalle, eine unheimliche Stille herrschte. Über die Treppe in der Eingangshalle gelangten sie in den ersten Stock und folgten dem Korridor zum Arbeitszimmer von Bertrand Delcroix. Als Dumont das Seerosenbild entdeckte, blieb er abrupt stehen. »*Mon Dieu*, ist das echt?«

»Kommen Sie bitte weiter«, forderte Lagarde ihn auf. »Der Safe befindet sich in diesem Zimmer.«

»Weiß ich doch, ich habe mir heute früh die Pläne angesehen.«

Renaud öffnete die Tür und gab den Blick auf die verstreuten Unterlagen auf dem Boden frei. »Wir haben alles so gelassen, wie es war«, wandte er sich erklärend an Lagarde. »Damit Sie einen authentischen Eindruck vom Tatort bekommen.«

»Das ist gut.«

Der junge Polizist ging um die Papiere herum zu dem Wandteppich, griff nach einer Rahmenecke und klappte das gewebte Bild auf die Seite. »So, bitte, Monsieur Dumont, Sie können anfangen.«

»Kein Problem, das haben wir gleich. Dieses Tresor-modell ist eines unserer besten und teuersten Exemplare. Es handelt sich um einen Wertschutztresor, versicherbar mit bis zu vier Millionen Euro. Er ist fest in die Wand eingemauert, man kann ihn nicht einfach entfernen. Dafür braucht man Spezialisten, oder man sprengt die Steine in die Luft.« Er lachte über seinen Scherz. »Wer diesen Panzer aufschweißen will, braucht ziemlich lange. Außerdem geht bei unsachgemäßer Behandlung ein schriller Alarm los, den man in der gesamten Nachbarschaft hören würde.«

Versonnen betrachtete er den Safe. »Wenn ich Reichtümer oder Geheimnisse hätte, würde ich mich für dieses Modell entscheiden. Aber das ist leider nicht der Fall.«

»Würden Sie ihn jetzt bitte öffnen«, bat Lagarde ihn.

»Aber klar doch, Monsieur le Commissaire, das ist ganz einfach, wenn man alles hat, was man braucht. Man benötigt den Code und zusätzlich zwei verschiedene Sicherheitsschlüssel für die Doppelbartschlösser.«

Er nahm eine Mappe aus seiner Tasche und schlug sie auf. Halblaut las er die Ziffern, eine neunstellige Zahlenfolge, und tippte sie auf dem Display ein. Dann nahm er die beiden Schlüssel aus einer Klarsichthülle und drehte sie in den Schlössern.

»Sesam öffne dich«, flüsterte er, griff nach dem Knauf und zog die Tür problemlos auf. »Bitte schön«, sagte er stolz. »Auf *KNOX Sicherheit und Tresore* ist Verlass. In dem richterlichen Beschluss steht, dass Sie alle Gegenstände aus dem Safe als Beweismittel sicherstellen und mitnehmen. Jetzt brauche ich noch eine Unterschrift von Ihnen.«

Lagarde unterschrieb.

»Danke.« Der Handwerker tippte mit dem Zeigefinger an den Rand seiner Kappe. »Schönen Tag noch und viel Erfolg. Ich finde alleine hinaus.« Schon war er aus der Tür.

Nachdem die Kommissare sich Einmalhandschuhe übergezogen hatten, wandten sie sich dem Inhalt des Safes zu. Da waren ein dickes Bündel Zweihundert-Euro-Scheine und eine Pistole. Bei der Waffe handelte es sich um eine Manurhin MR-73–9mm, die Dienstpistole von Bertrand, da war Lagarde sich sicher. Er hatte sie nicht, wie es Vorschrift war, beim Eintritt in den Ruhestand abgegeben, oder er hatte sie behalten dürfen, das kam bei hochrangigen Beamten hin und wieder vor. Die Waffe war geladen. Auf einem Samtkissen prangten eine Medaille für die Tapferkeit im

Dienst sowie weitere Auszeichnungen. Es gab mehrere Ordner mit persönlichen Unterlagen, Versicherungspolicen und Urkunden, bei denen es sich offenbar um die Originale handelte. Die Dokumente auf dem Fußboden waren zumindest teilweise Kopien. Das gesamte Material musste mitgenommen und gesichtet werden.

An die Tresorwand gelehnt, stand ein Fotoalbum. Lagarde blätterte es unter den Blicken seines Kollegen kurz durch. Es waren sehr persönliche Fotografien, alle stammten aus Bertrands erster Ehe mit Clothilde-Eulalie, ihre Beziehung war chronologisch dokumentiert worden: Verlobung, Hochzeitsfeier, Geburt der Zwillinge, Einschulung der Kinder mit Riesenschultüten, Swimmingpool-Partys, Urlaubsschnappschüsse, Geburtstagsfeiern. Das letzte Bild zeigte das Ehepaar mit ihren Zwillingen als jungen Erwachsenen vor einer Bergkulisse. Clothilde-Eulalie machte einen traurigen Eindruck, die Aufnahme musste kurz vor der Scheidung gemacht worden sein.

Dann gab es noch ein handgeschriebenes Manuskript. Lagarde griff nach dem zusammengehefteten Papierstoß und las den Text auf dem Deckblatt vor.

»Meine Memoiren, darunter der Name des Verfassers: Bertrand Delcroix.« Der Kommissar schlug die erste Seite auf und zitierte die Widmung: »Für die Gauner und Betrüger aus Politik und Gesellschaft, die meinen Weg kreuzten und die dachten, sie würden davonkommen. Ihr habt euch zu früh gefreut. Man soll den Tag nicht vor dem Abend loben.«

Verblüfft sahen Lagarde und Renaud sich an.

»Was hat das zu bedeuten?«, wollte Renaud wissen.

»Wir müssen das Manuskript lesen«, erwiderte Lagarde, »dann wissen wir es. Es könnte aber sein, dass er etwas über Unregelmäßigkeiten, Dienstvergehen oder sogar Straftaten herausgefunden hat, die er in seinen Memoiren veröffentlichen wollte. So ein Coup würde ihm ähnlich sehen. Falls meine Vermutung richtig ist, haben wir ein Motiv, und was für eines.«

Renaud schüttelte fassungslos den Kopf. »Wenn Sie recht haben, ist dieses Manuskript eine Zeitbombe.«

»Es war eine Zeitbombe, Mathieu.«

Dann klingelte jemand ungeduldig an der Eingangspforte. Sie verließen das Büro, Lagarde verschloss die Zimmertür, zog den Schlüssel ab und steckte ihn in die Hosentasche. Er würde das Manuskript nach der Tatortbesichtigung mit in sein Ferienhaus nehmen und es heute Abend in Ruhe lesen. Das Geld und die anderen Gegenstände konnte Renaud auf das Präsidium in Arcachon bringen.

Als die Männer das Erdgeschoss erreichten, trafen sie auf eine Frau, die eine Aktentasche aus Leder unter den Arm geklemmt hatte. Offenbar hatte der Handwerker die Tür offen stehen lassen. Die Dame war schätzungsweise fünfundzwanzig Jahre alt, mittelgroß und sehr schlank. Die dunklen Haare hatte sie zu einem strengen Knoten gesteckt, das schöne Gesicht war ungeschminkt. Sie trug ein hellgraues Kostüm, eine Perlenkette und hochhackige elegante Schuhe.

»Lila Azur«, stellte sie sich vor. »Ich arbeite als Versicherungsagentin bei Lloyds, wir haben einen Termin um fünfzehn Uhr.«

Lagarde stellte sich und seinen Kollegen ebenfalls vor, und erneut wiesen sie sich aus. »Wir möchten gerne wissen, welche Wertgegenstände bei Ihnen versichert sind, und in welcher Höhe«, erklärte Lagarde.

»Ja, natürlich.« Geschäftig zog sie eine Mappe aus ihrer Tasche und schlug sie auf.

»Setzen wir uns doch an den Esstisch«, schlug er vor. »Wir müssen das nicht im Stehen erledigen.«

»Gerne.« Sie nahm Platz und zeigte auf die erste Fotografie in der Akte. »Dieses Gemälde hängt im Büro von Monsieur Delcroix. Es heißt *Blick auf Saint Émilion*, von Paul Cézanne, Öl auf Leinwand, und ist mit achthunderttausend Euro versichert.« Sie deutete auf die zweite Aufnahme. »Dieses Bild befindet sich im Schlafzimmer von Monsieur Delcroix, *Weiblicher Akt im Sommerlicht* von Auguste Renoir, Öl auf Leinwand, Versicherungswert sechshunderttausend Euro.« Sie ließ ihren Blick suchend durch den Salon streifen. »Hier müsste auch ein Gemälde hängen«, erklärte sie. »*Der Leuchtturm in Collioure* von André Derain, ebenfalls Öl auf Leinwand, versichert mit vierhunderttausend Euro.«

»Diese drei von Ihnen aufgeführten Bilder wurden bei dem Einbruch gestohlen«, sagte Renaud. »Sind noch mehr Gemälde versichert?«

»Eines noch, ein Seerosenbild der blauen Serie von Monet, Versicherungswert eine Million Euro, es müsste sich im ersten Obergeschoss in der Diele befinden.«

»Da hängt es auch noch«, bestätigte Renaud.

»Es wurde nicht gestohlen?«

»Nein.«

»Das ist aber merkwürdig, es ist das wertvollste der Gemälde.«

»Das ist allerdings sehr merkwürdig«, stimmte er ihr zu.

»Waren noch andere Gegenstände versichert?«, wollte Lagarde wissen.

»Nein. Schmuck, Aktien und andere Wertgegenstände werden in einem Tresor in einer Bank aufbewahrt, Monsieur Delcroix hielt das für sicherer. Er wollte nur die Gemälde bei Lloyds versichern.«

Selbstsicher sah sie in die Runde.

»Ob Lloyds die Versicherungssumme auszahlen wird, muss nun geprüft werden. Aber so, wie es aussieht, waren die speziellen Alarmanlagen ausgeschaltet. Jedes Bild ab einem bestimmten Wert muss durch eine eigene, in der Regel kabellose Funkalarmanlage gesichert sein. Auf diese Weise ist jedes Gemälde doppelt durch zwei Funkfrequenzen abgesichert. Wird ein Bild abgenommen, ertönt ein stiller Alarm zunächst nur in der Zentrale der jeweiligen Security-Firma. Dann wird automatisch sofort zurückgerufen. Wenn sich nach dem fünften Klingelton niemand meldet, schrillt eine unsichtbare Außensirene los. Damit wird die Nachbarschaft informiert, dass etwas nicht stimmen könnte. Gleichzeitig setzten sich der Sicherheitsdienst und in der Regel jemand aus der nächstliegenden Polizeistation in Bewegung zum Objekt. Es ist nachweislich kein Alarm bei der Sicherheitsfirma eingegangen. Es ist nachvollziehbar, dass Hausbesitzer die normale Alarmanlage ausschalten, wenn sie tagsüber daheim sind, aber weshalb hätten sie die Funkalarmanlage ausschalten sollen? Die Gemälde sind immer gesichert, außer sie werden zum Beispiel zum Reinigen abgenommen.«

»Jemand hat die Anlage ausgeschaltet«, folgerte Lagarde, »aber sicher nicht die Opfer.«

»Normalerweise wissen nur die Eigentümer, wo sich der Schalter befindet, und natürlich die Versicherung.«

»Können Sie uns zeigen, wo der Schalter ist?«, fragte Renaud.

Nachdem sie einen Blick in die Unterlagen geworfen hatte, sagte sie: »Selbstverständlich. Er ist im Keller im Sicherungskasten.«

Gemeinsam gingen sie über die steile Treppe in das Kellergeschoss. Der Sicherungskasten befand sich in einer Nische, die mit einem Bewegungsmelder ausgestattet war. Er war so in die Wand integriert, dass er kaum auffiel. Lila Azur öffnete ihn und zeigte auf einen Schalter, der mit der Beschriftung »Waschmaschine« gekennzeichnet war.

»Das ist er«, sagte sie. »Sehen Sie die Stellung des Schalters? Die Funkalarmanlage ist ausgeschaltet. Sie sollte wegen des Monet wieder aktiviert werden.«

Nachdem sie zurück in das Erdgeschoss gelangt waren, verabschiedeten die Kommissare sich von der Versicherungsagentin.

»Wir danken Ihnen, dass wir so rasch einen Termin mit Ihnen vereinbaren konnten«, sagte Lagarde. »Sie haben uns mit Ihren Ausführungen sehr geholfen.«

»Keine Ursache, das ist mein Job. Wenn Sie noch Fragen haben, können Sie mich gerne jederzeit anrufen, ich lasse Ihnen meine Visitenkarte da.«

»Danke, ich begleite Sie noch zur Tür.«

Als er zurückkam, sah Renaud ihn stirnrunzelnd an. »Warum hat der Täter das Seerosenbild nicht mitgenommen?«

»Das frage ich mich auch, Mathieu. Ausgerechnet das wertvollste Gemälde lässt er zurück, das ergibt doch keinen Sinn.«

»Hat er womöglich nicht gewusst, wie wertvoll es ist?«

»Das kann ich mir kaum vorstellen.« Er überlegte kurz. »Die Versicherungsagentin hat sicher recht mit ihrer Einschätzung, dass es für die Delcroix keinen Grund gab, die Funkalarmanlage auszuschalten, das wäre äußerst leichtsinnig gewesen. Die entscheidende Frage ist doch: Wer wusste noch, wo sich dieser Schalter befindet? Wenn wir diese Person finden, haben wir wahrscheinlich auch den Täter.«

»Und wenn der Täter ihn doch zufällig gefunden hat?«

»Da hätte er lange suchen und großes Glück haben müssen, diese Variante halte ich für unwahrscheinlich.«

»Das stimmt. Wollen Sie jetzt das Haus ansehen?«

»Ja, bitte.«

Sie gingen zurück in die Eingangshalle, wo auf dem Teppich mit Kreide die Umrisse eines Körpers aufgezeichnet waren. »Bertrand Delcroix lag hier«, sagte Renaud. »Seine Frau wurde in der Küche gefunden, schauen Sie.«

Lagarde betrachtete die Zeichnung auf den Fliesen neben dem Küchentisch. Dort, wo sich der Kopf befunden hatte, waren eingetrocknete rostrote Flecken.

»Der Täter kam durch die geöffnete Terrassentür in den Salon, dann weiter in die Halle«, überlegte er. »Er trifft auf Delcroix und tötet ihn. Anschließend betritt er die Küche und spaltet Madeleine Delcroix den Schädel. Warum hat er eine Machete benutzt? Das muss etwas zu bedeuten haben. Diese Waffe zu gebrauchen ist extrem brutal.«

»Ja. Es könnte auch so gewesen sein, dass der Eindringling zunächst Madame Delcroix getötet hat und Monsieur dazu kam, dann war es genau andersherum.«

»So könnte es auch gewesen sein. Auf jeden Fall lassen beide Möglichkeiten keine Schlussfolgerungen zu, auf wen der Täter es eigentlich abgesehen hatte.«

Sie liefen in den ersten Stock und betraten das Schlafzimmer von Bertrand Delcroix. Lagarde nahm das Chaos in sich auf. Auf den ersten Blick konnte er nicht sagen, ob es sich um Vandalismus handelte oder ob der Einbrecher etwas gesucht hatte. Renaud zeigte ihm das Etui für die Uhren. »Vier Uhren fehlen, eine hat er getragen, die anderen sind verschwunden.«

Im Büro des Hausherrn erkundigte sich Lagarde nach den Dokumenten, die verstreut auf dem Boden lagen. »Sind sie gesichtet worden?«

»Zunächst oberflächlich, es ist das Übliche, Kopien von Kaufverträgen, Versicherungspolicen, Fahrzeugunterlagen, Bankgeschäften, Immobilien. Es war nichts Auffälliges dabei. Aber im Präsidium werden die Unterlagen noch einmal genau gesichtet.«

»Seltsam ist, dass nur die Zimmer von Bertrand durchsucht wurden.«

»Ja. Vielleicht hat der Täter etwas gesucht, das Delcroix persönlich gehörte?«

»Das könnte sein.«

Auf dem Dachboden betrachtete Lagarde nachdenklich das Schaukelpferd. Dahinter, in einer düsteren Ecke, entdeckte er eine weitere Kiste. Er zog sie hervor und hob den Deckel. Staub wirbelte auf. In der Schachtel befanden sich Spielsachen, Puppen, ein Teddybär, eine Spieluhr, Puppenkochgeschirr, ein Mobile mit winzigen Sternen und einige Kinderbücher.

»Ob das die Spielsachen von Dalida-Caroline waren? Warum lebt sie in einem Heim? Es sieht Bertrand überhaupt nicht ähnlich, sein Kind wegzugeben, ich verstehe das nicht.«

»Wir müssen zu der Einrichtung fahren und mit ihr und der Heimleitung sprechen.«

»Ja, aber dazu brauchen wir eine richterliche Anordnung, sie ist schließlich minderjährig.«

»Die Anordnung werde ich besorgen.«

Als Lagarde den Keller besichtigt hatte, kamen sie über die hintere Treppe in den Garten und liefen zu dem Blockhaus am Zaun. Der Kommissar konnte nichts Auffälliges entdecken. Gerade als sie zurück in das Haus gehen wollten, kam ihnen ein Mann entgegen.

»Sind Sie von der Polizei?«, rief er.

Sie stellten sich vor und zeigten ihre Ausweise. »Und wer sind Sie, Monsieur?«, fragte Renaud.

»Entschuldigen Sie, Maurice Jarre ist mein Name, ich bin ein Nachbar von Bertrand und Madeleine. Ich war einige Tage im Krankenhaus, weil ich mich einer kleinen OP unterziehen musste, deshalb melde ich mich erst jetzt bei Ihnen. Vorher ging es mir nicht besonders gut. Ich habe eine Meldung zu machen.«

»Was für eine Meldung, Monsieur Jarre?«, erkundigte sich Lagarde.

»Ich habe etwas beobachtet, an dem Abend, als meine Nachbarn ermordet wurden. Am nächsten Tag musste ich ja ins Krankenhaus. Gegen neunzehn Uhr war ich mit meinem Hund spazieren, da habe ich sie gesehen.«

»Wen haben Sie gesehen?«

»Ein Mädchen, sie stand hinter der Hecke, die das Grundstück der Delcroix begrenzt. Dort, wo der Wald anfängt. Sie hat auf das Manoir gestarrt und war so vertieft in diesen Anblick, dass sie mich gar nicht bemerkt hat. In ihrem Gesicht lag ein Ausdruck, den ich nur als böse beschreiben kann, böse und erfüllt von Hass, er ließ mir das Blut in den Adern gefrieren.«

»Wissen Sie, wer das Mädchen war?«

»Leider nein.«

»Welche Kleidung trug sie?«

»Sie war ganz in Schwarz gekleidet, dunkle Hose, schwarzer Pullover, ebensolche Schuhe. Darüber habe ich mich gewundert, weil es doch ein schöner sonniger Tag war.«

»Wie alt war sie, was denken Sie?«

»Sie war noch sehr jung, Anfang zwanzig.«

»Wie lange stand sie denn da?«

»Das weiß ich nicht, ich bin mit meinem Hund weitergegangen, und als ich zurückkam, war sie weg.«

»Hatte sie eine Tasche dabei?«

»Sie hatte einen großen Rucksack geschultert.«

»Ist Ihnen sonst noch etwas an dem Mädchen aufgefallen?«

»Ja, sie hatte ein auffällig rundes Gesicht, und sie war sehr klein und dick.«

Renaud sah ihn verblüfft an. Schnell zückte er sein Smartphone und suchte nach dem Schnappschuss von Dalida-Caroline Delcroix.

»Kann es sein, dass es dieses Mädchen war?«

Der Mann war überrascht. »Ja, das ist sie, hundertprozentig.«

»Sind Sie ganz sicher?«

»Aber ja, dieses Gesicht, die gedrungene Statur, dieses Mädchen stand am Zaun.«

»Danke, Monsieur Jarre, Sie haben uns sehr geholfen. Können Sie bitte morgen im Laufe des Vormittags auf die Polizeiwache kommen, um Ihre Aussage zu Protokoll zu geben? Sie müssen sie dann auch unterschreiben. Oder ist es Ihnen lieber, wenn jemand zu Ihnen kommt?«

»Nein, nein, das schaffe ich schon, Monsieur le Commissaire. Au Revoir, Messieurs.«

Als er gegangen war, sahen sie sich an. Lagarde rieb sich grübelnd das Kinn. »Sie war hier, am Abend des Verbrechens, ganz in der Nähe der Villa.«

»Meinen Sie, das Mädchen hat seine Eltern getötet?«

»Ich weiß es nicht, aber sobald wir den richterlichen

Beschluss haben, fahren wir nach Bayonne und reden mit ihr.«

»Gut, ich kümmere mich darum. Was ist der weitere Plan für heute?«

»Wir machen Feierabend. Und morgen früh fahren wir nach Saint-Émilion, ich möchte Bertrands Enkel, Léon, kennenlernen. Einverstanden?«

»Aber ja, dann bis morgen. Soll ich Sie zu Ihrem Ferienhaus mitnehmen?«

»Nein danke, die paar Meter laufe ich. Bis morgen, Mathieu. Ach, übrigens!«

»Ja?«

»Die Zusammenarbeit mit Ihnen funktioniert bisher wunderbar.«

Renaud strahlte, er freute sich sichtlich über diese Anerkennung. »Danke, Philippe.«

Lagarde war der Meinung, dass es jetzt Zeit war, den in die Jahre gekommenen Toyota Pick-up auszuprobieren und eine kleine Spritztour zu unternehmen. Nach dem längeren Aufenthalt in der Villa mit ihren Gespenstern und Erinnerungen brauchte er frische Luft, und er konnte am besten nachdenken, wenn er alleine war. Anschließend wollte er einkaufen. Er sperrte das Garagentor auf, entriegelte die Fahrertür und setzte sich erwartungsvoll hinter das Steuer. Als er den Zündschlüssel drehte und der Motor stotternd ansprang, gab es einen Knall. Im Rückspiegel sah er

Rauchschwaden hinter dem Fahrzeug aufsteigen. Der Rückwärtsgang ließ sich nur schwer einlegen. Schließlich rollte das Auto aus der Garage. Er wendete auf dem Vorplatz und fuhr im Schritttempo vom Grundstück. Auf der Straße gab er Gas. Nach einigen Fehlzündungen und heftigem Geruckel lief der Motor wie ein Uhrwerk. Der Kommissar kurbelte das Seitenfenster herunter und genoss den Fahrtwind, der sich in seinen Haaren verfing. Die frische, nach Jod und Tang riechende Seeluft vertrieb die Gedanken an die düstere Atmosphäre der Villa. Neugierig schaltete er den Kassettenrecorder ein, und als das Lied *Moi avec une chanson* von Maurice Chevalier erklang, pfiff er gedankenverloren mit.

Er beschloss, die Straße am See entlang nach Biscarrosse-Bourg zu nehmen, da es nicht schaden konnte, sich in der Umgebung ein wenig auszukennen. Den Weg hatte er vom gestrigen Studium der Landkarten im Kopf. Er verließ Biscarrosse-Plage in nördlicher Richtung und bog außerhalb der Ortes an einem Kreisverkehr rechts ab. Nach circa zwei Kilometern erreichte er den *Lac Nord*. Eingebettet in einen lichten Kiefernwald erstreckte er sich vor ihm und glitzerte im Sonnenlicht.

Lagarde fuhr die Anhöhe hinunter und folgte der Straße, die sich am See entlangschlängelte. An einfachen Anlegern aus Holz zwischen hohem Schilfgras wiegten sich Motorboote und Segelschiffe. Kinder spielten im flachen Wasser, Kajakfahrer paddelten weit hinaus und überquerten die Grenzlinie zwischen türkisem und schwarzblauem Wasser, die eine Abbruchkante markierte. Am Strand unter den hohen Baumkronen saßen Menschen um Campingtische und genossen ihr Picknick. Auf dem Fahrradweg war eine Gruppe Mountainbiker unterwegs. Lagarde überquerte eine Brücke, die über den Kanal führte, der den *Lac Nord* mit dem kleineren, südlich gelegenen See verband. Auf der Böschung standen Angler mit konzentrierten Blicken neben ihren Eimern, während Graugänse über das brackige Wasser glitten.

Nach einigen Kilometern erreichte er den Hauptort Bourg und bog auf den Parkplatz des Supermarktes Le Clerc ein. Dort holte er sich einen Einkaufswagen und betrat den Konsumtempel. Er hatte Lust auf Steaks und Gemüse, außerdem brauchte er Wein und Katzenfutter. Da er sich in dem Supermarkt nicht auskannte, dauerte es etwas länger, bis er alles beisammenhatte.

Zurück in seinem Ferienhaus deponierte er seine Einkäufe in der Küche und trat auf die Terrasse. Die Sonne schien durch die Äste der Zeder und würde sich bald verabschieden, ein leichter Wind fuhr durch die Nadelfächer. Plötzlich schoss ein Wollknäuel um die Ecke, sprang auf die Terrasse und maunzte vorwurfsvoll.

Lagarde gab Tintin Kaninchenragout für Babykatzen und Wasser, vermischt mit Katzenmilch. Sie ließ es sich schmecken und beachtete ihn nicht mehr. Er setzte sich mit einem Bier auf die Bank, streckte die Beine aus und sah der Katze zu. Nach dem Abendessen würde er Odette anrufen, darauf freute er sich. Sie hatten verabredet, dass er sich jeden Tag melden würde.

Gestern hatte sie erzählt, dass sie mit der Gästeliste und der Menüfolge für ihre Verlobungsfeier beschäftigt war, was ihr aber am meisten Kopfzerbrechen bereitete, war die Wahl ihrer Kleidung. Dabei war sie noch keinen Schritt weitergekommen. Er vermisste sie jetzt schon, es wäre schön, wenn sie neben ihm säße und sich mit ihm über den Tag unterhielte. Seine Gedanken wanderten zu dem Fall, er hatte bereits jetzt den Eindruck, dass er ziemlich kompliziert war, komplizierter, als es zunächst den Anschein hatte. Er teilte mit Renaud die Meinung, dass hinter dem Verbrechen mit Sicherheit keine osteuropäische Einbrecherbande steckte, das Vorgehen dieser mafiaähnlichen Organisationen lief fast immer nach einem bestimmten Schema ab. Hier war es anders.

Bei dem Mädchen, das der Nachbar Maurice Jarre gesehen hatte, handelte es sich offenbar um Dalida-Caroline Delcroix, die ihr Elternhaus beobachtet hatte. Konnte es sein, dass eine Sechzehnjährige Mutter und Vater tötete? Wenn ja, welches Motiv könnte sie haben? Hasste sie ihre Eltern? In welcher psychischen Verfassung musste man sein, um nahen Angehörigen mit einer Machete den Schädel zu spalten? Er hoffte sehr, dass der zuständige Staatsanwalt einer Befragung zustimmen würde.

Was ihn auch beschäftigte, war das zurückgelassene Seerosenbild von Claude Monet. Warum hatte der Täter es nicht mitgenommen? Ging es gar nicht um Geld? Lagardes Gedanken wurden durch das Knurren seines Magens unterbrochen. Er hatte nach dem Besuch des Rechtsmedizinischen Institutes mit Renaud nur eine Kleinigkeit in der Markthalle gegessen. Also trank er sein Bier aus und ging in die Küche, um das Abendessen zu kochen. Tintin hatte sich auf einem sonnigen Plätzchen auf der Wiese zusammengerollt und schlief.

Gerade, als er mit dem Essen beginnen wollte, rief eine Stimme seinen Namen.

»Monsieur Lagarde! Monsieur le Commissaire, sind Sie zu Hause?«

Als er um die Hausecke ging, sah er Déborah Touraine, die unschlüssig im Vorgarten stand. Sie trug ein zitronengelbes Sommerkleid, hatte sich ein gleichfarbiges Band um die Haare geschlungen und sah bezaubernd aus.

»Hier bin ich«, sagte er, ging auf sie zu und reichte ihr die Hand. »Bonsoir, Madame Touraine. Das ist ja eine gelungene Überraschung.«

»Bonsoir, Monsieur Lagarde. Ich dachte, ich besuche Sie mal.«

»Das ist sehr nett von Ihnen. Kommen Sie doch bitte mit, ich bin auf der Terrasse.«

Sie folgte ihm und sah sich um. »Schön haben Sie es hier, richtig idyllisch. Eine alte Villa als Ferienhaus und ein romantischer, ein wenig verwilderter Garten mit alten Bäumen und duftenden Blumen. Da haben Sie Glück gehabt, die meisten Ferienhäuser sind Neubauten, oft aneinandergereiht, um Platz zu sparen.« Sie reichte ihm eine Flasche Wein. »Ich dachte, ich schaue mal, wie es Ihnen geht, und wir trinken ein Glas zusammen. Natürlich nur, wenn ich Sie nicht störe.«

»Sie stören mich nicht, ich wollte gerade zu Abend essen. Darf ich Sie dazu einladen? Ich habe zwei Steaks und genug Gemüse.«

»Wirklich? Das ist sehr nett von Ihnen, ich will aber nicht aufdringlich sein.«

»Ich freue mich über Ihre Gesellschaft, es ist nicht schön, alleine zu essen. Und zuallererst öffne ich den Wein.«

Als sie am Tisch saßen, stießen sie an. »Darauf, dass Ihre Ermittlungsarbeit sehr bald von Erfolg gekrönt wird«, sagte Déborah.

»Danke. Guten Appetit. Sagen Sie, woher wissen Sie eigentlich, wo ich wohne?«

»Na, das war wirklich nicht schwer herauszufinden.«

Sie lobte die Steaks, die Butterbohnen und die Bratkartoffeln und ließ es sich schmecken. Lagarde fand seinen Gast sehr charmant und unterhaltsam. Sie versuchte nicht, etwas über den Stand der Ermittlungen herauszufinden, sondern erzählte in anschaulicher Weise von den landschaftlichen Schönheiten dieser Region, die er vermutlich aufgrund seiner vielen Arbeit nicht zu Gesicht bekommen würde. Er empfand die Unterhaltung als sehr angenehm. Als sie einige kuriose Geschichten aus dem Weinanbaugebiet Entre-Deux-Mer mit den berühmten Châteaus zum Besten gab, lachten sie zusammen, besonders über die Versuche mancher Winzer, den Konkurrenten Weinpanscherei nachzusagen.

Nach dem Essen bedankte sich Déborah für die Einladung und erhob sich.

»Ich gehe jetzt wieder, Sie haben bestimmt noch viel zu tun.«

Als er sie zur Ausgangspforte begleitete, sah er seine Nachbarin Charlotte Duflot, die in ihrem Garten werkelte. »Bonsoir, Madame Duflot.«

Sie winkte ihm kurz zu. »Bonsoir, Monsieur le Commissaire, bonsoir, Déborah. Mein Garten verwildert, ich muss unbedingt etwas dagegen unternehmen.« Dann wandte sie sich wieder ihrer Arbeit zu und riss Unkraut aus einem Beet.

Als er sich von seinem Besuch verabschiedete, fragte er: »Sie kennen meine Nachbarin?«

»Ja, vom Sehen, sie ist auch Mitglied im Freundeskreis der Städtepartnerschaft Biscarrosse–Forchheim, manchmal isst sie auch in meinem Restaurant. So, jetzt mache ich mich auf den Weg, ich wünsche Ihnen noch einen schönen Abend.«

Als sie in der Dämmerung die ruhige Straße entlangging, sah er ihr lange nach. Was hatte sie jetzt eigentlich von ihm gewollt?

Schließlich kehrte er auf die Terrasse zurück. Es drängte ihn, das Manuskript von Bertrand zu lesen. Nachdem er ein längeres Telefonat mit Odette geführt hatte, vertiefte er sich in den Text, während Tintin schon ganz vertraut neben ihm auf einem Kissen lag und leise schnarchte.

Als Lagarde die knapp zweihundert Seiten überflogen hatte, legte er das Manuskript auf den Tisch und atmete einmal tief durch. Das waren ganz spezielle Memoiren, die Bertrand da geschrieben hatte, eigentlich eher ein Vermächtnis, oder besser gesagt ein Dossier. Er erzählte nichts über seine Kindheit, sein Leben als junger Mann, seine berufliche Laufbahn, seine spektakuläre Karriere bei der Polizei, die großen Erfolge. Auch von seinem Privatleben, seinen Ehefrauen, den Kindern erfuhr man rein gar nichts. Es war, wie Lagarde bereits aufgrund der Widmung vermutet hatte, eine Aufzeichnung der dubiosen Machenschaften von bekannten Persönlichkeiten des öffentlichen Lebens, sozusagen die Kehrseite einiger französischer Lichtgestalten, die er gekannt hatte. Lagarde vermutete, dass Bertrand durch diese Berichte darstellen wollte, dass manches nicht so war, wie es schien, und dass sich die Gesellschaft gerne blenden ließ. Vielleicht hatte er diese Personen auch persönlich nicht gemocht und sie deshalb ausgewählt. Über jede Person hatte er ein Dossier angelegt, Fakten gesammelt, Gespräche geführt, Zeugen gesucht, gefunden und namentlich benannt, Opfer dazu motiviert, auszusagen, und Vermutungen notiert.

Sechs Personen hatte er ausgewählt, fünf Männer und eine Frau. Er hatte ihnen Pseudonyme gegeben, aber Lagarde wusste dennoch, um wen es sich handelte. Die angehefteten Fotoaufnahmen waren dafür nicht nötig gewesen.

Einen Rugbyfunktionär aus Marseille, den in Frankreich jeder kannte, verdächtigte er der Steuerhinterziehung in Millionenhöhe.

Von einem hochrangigen Politiker in Paris behauptete er, er beschäftige Familienangehörige, allerdings nur auf dem Papier. Es ging hier um Sozialversicherungsbetrug und Missbrauch von Steuergeldern im mindestens sechsstelligen Bereich.

Einen Gewerkschaftsboss aus Nantes, der stets medienpräsent war, beschuldigte er, von Firmenchefs bestochen worden zu sein. Sie hatten ihm die Teilnahme an luxuriösen Reisen und kostspieligen Kostümfesten mit Prostituierten aus der Ukraine und Moldawien ermöglicht. Einige der Damen sollten minderjährig gewesen sein.

Einer Drogenbeauftragten, die häufig Gast in Talkshows war und sich für ein Alkoholverbot in der Öffentlichkeit einsetzte, unterstellte er, Kokain zu konsumieren und öffentliche Gelder zu veruntreuen, um ihre Sucht zu finanzieren.

Der Polizeichef einer französischen Metropole wurde verdächtigt, in einem Hotelzimmer ein Zimmermädchen vergewaltigt zu haben, das nicht bereit war auszusagen.

Von einem populären Sänger behauptete er, dass er Angehöriger eines Kinderpornorings sei und auch selbst in armen Regionen südosteuropäischer Länder Pornofilme mit Kindern drehte.

Es ging um Straftatbestände wie Steuerhinterziehung, Betrug, Missbrauch von Steuergeldern, Prostitution, Unzucht mit Minderjährigen, Zuhälterei, Menschenhandel, Drogen, Veruntreuung, Vergewaltigung, Einschüchterung von Zeugen und Bestechung. Wenn es dabei zu Verurteilungen vor Gericht käme, wären Hunderte von Jahren Haft die Folge.

Soweit Lagarde die Sammlung von Informationen beurteilen konnte, reichten die Beweise jedoch bei weitem nicht aus, um Anklage zu erheben. Es waren mehr Vermutungen und wenig erhärtete Schlussfolgerungen, dennoch war Bertrand von ihrer Schuld überzeugt gewesen. Wollte er ihnen durch die Veröffentlichung seiner Memoiren schaden, durch einen Rufmord? Hatte er sich zu deren Richter berufen gefühlt? Oder war er noch nicht fertig gewesen mit seinen Nachforschungen?

War dieses Dossier das Motiv für die Morde? Hatte der Täter das Manuskript gesucht? Wussten die betreffenden Personen überhaupt von der Existenz dieser geheimen unautorisierten Ermittlungen, wussten sie, dass er sie veröffentlichen wollte? Wären Untersuchungen eingeleitet worden? Hatte eine dieser Personen die Nerven verloren?

Fragen über Fragen türmten sich in Lagardes Kopf. Er fuhr sich durch die Haare und fragte sich, wie er weiter vorgehen sollte. Sollte er die Alibis der betreffenden Personen überprüfen? Wie war das zu bewerkstelligen? Konnte er beispielsweise bei diesem Politiker in Paris vorstellig werden und ihn fragen, wo er sich zum Zeitpunkt der Morde aufgehalten hatte? Wahrscheinlich würde sich dieser über die haltlosen Anschuldigungen empören, ihn vor die Tür setzen und ein juristisches Verfahren wegen Verleumdung in die Wege leiten. So würde das nicht gehen. Aber wie dann?

Als er beschloss, für heute Schluss zu machen, schlug die Kirchturmuhr zwölfmal. Danach legte sich eine samtene Stille über den Ort.

DIE HÖHLEN VON SAINT-ÉMILION
SECHSTER TAG

Als Lagarde am nächsten Morgen erwachte, stand er gähnend auf und sah aus dem geöffneten Fenster. Dunkle Wolken jagten über den Himmel, der Wind rüttelte an den Fensterläden, feiner Nieselregen ließ die Blätter der Laubbäume glänzen. In der Ferne grollte der Ozean. Während er sich rasierte und anschließend duschte, lief der Kaffee in die Glaskanne. Mit einem Milchkaffee setzte er sich auf die Terrasse. Von Tintin war weit und breit nichts zu sehen. Schließlich beschloss er, beim Bäcker frische Croissants und im Bar-Tabac-Laden eine Zeitung zu holen. Bis zur morgendlichen Besprechung war noch reichlich Zeit. Er wusste, dass in der Garage nicht nur der Toyota Pick-up, sondern auch zwei Fahrräder standen. Er entschied sich für das größere Modell, pumpte die Reifen auf, staubte den Sattel ab und machte sich auf den Weg.

Trotz des schlechten Wetters waren schon einige Menschen unterwegs und stemmten ihre Schirme gegen die Böen, die über den Dünenkamm fegten. Im Salon de Thé hatte sich die um diese Uhrzeit übliche

Schlange gebildet. Er konnte den Chocolatines nicht widerstehen und nahm für die Besprechung noch Rosinenschnecken mit.

Unter dem Schutz des Vordaches frühstückte er auf der Terrasse. Das Kätzchen war inzwischen aufgetaucht und trank gierig. Nachdem er das Frühstücksgeschirr abgeräumt hatte, ging er zu Fuß zur Gendarmerie. Sie würden mit Renauds Dienstwagen nach Saint-Émilion fahren.

Als er den Besprechungsraum betrat, saßen Marat und Renaud bereits am Tisch, Dupré brachte gerade Kaffee und Wasser. Lagarde hatte den Eindruck, dass das Team nach und nach zusammenfand, die Atmosphäre war gelöst, alle wirkten frisch und engagiert. Marat schenkte Kaffee ein, dann begannen sie. Lagarde überließ dem jungen Kommissar das Wort, der die Gendarmen über den Inhalt des Tresors und das Gespräch mit der Versicherungsagentin informierte. Alle waren sich einig, dass es wahrscheinlich der Täter gewesen war, der die Alarmanlage für die Gemälde ausgeschaltet hatte, und dass er gewusst haben musste, wo sich der Schalter befand. Sie diskutierten darüber, wie er an dieses Wissen gelangt sein könnte.

»Die Versicherungsunterlagen befanden sich im Safe?«, fragte Marat.

»Ja«, antwortete Renaud. »Unter den Dokumenten auf dem Fußboden im Büro waren sie nicht, das habe ich bei der ersten Sichtung überprüft.«

»Ein betrügerischer Versicherungsagent?«, spekulierte Dupré.

»So einfach ist es nicht, in einer Versicherungsagentur an solche Unterlagen zu kommen«, meinte Lagarde. »Und falls es doch gelungen wäre, würde derjenige dann mit einer Machete kommen und die Hausbewohner töten? Nein, da hätte es weniger blutrünstige Methoden gegeben, diese Möglichkeit können wir ausschließen.«

»Vielleicht haben die Delcroix einer Person ihres Vertrauens erzählt, wie die Funkalarmanlage ausgeschaltet wird«, überlegte Marat.

Der Kommissar nickte. »Diese Option ist wahrscheinlicher.«

»Dann suchen wir einen Täter, der aus dem näheren Umfeld der Opfer stammt«, stellte Renaud fest.

»Das könnte durchaus sein, es wäre aber auch möglich, dass der Eindringling vorher die Gegebenheiten ausspioniert hat, oder er hat sich die Information gekauft.«

Bei der Frage, weshalb der Täter das wertvolle Seerosenbild nicht mitgenommen hatte, kamen sie nicht weiter, diese Tatsache blieb rätselhaft.

Dann berichtete der Kommissar von dem Gespräch mit dem Nachbarn. »Sobald der richterliche Beschluss vorliegt, fahren wir in das Heim und sprechen mit Dalida-Caroline Delcroix. Sie muss uns erklären, was sie in Biscarrosse-Plage wollte.«

»Ist sie eine Verdächtige?«, wollte Dupré wissen.

»Oh ja, sie ist im Moment die Hauptverdächtige. Als Familienangehörige könnte sie doch wissen, wie die Anlage ausgeschaltet wird.«

»Aber würde ein sechzehnjähriges Mädchen ihre Eltern töten, um an diese Bilder zu kommen? Wollte sie sie verkaufen? Und warum hat sie dann die Räume verwüstet?«

»Vielleicht hat sie es gar nicht auf die Gemälde abgesehen und wollte nur davon ablenken, dass es um die Eltern ging? Der Zweck ihres Besuches war, ihre Eltern zu töten.«

»Ein behindertes Mädchen? Mit einer Machete?«

»Warten wir das Gespräch in Bayonne ab. Wir müssen einen persönlichen Eindruck von ihr gewinnen, und wir kennen ihre Diagnose noch nicht.«

Jetzt wandten sie sich den Memoiren zu. Lagarde schilderte in kurzen Worten deren brisanten Inhalt. Als seine Kollegen die Namen der Personen und die Straftaten, deren Bertrand sie bezichtigte, erfuhren, starrten sie den Kommissar ungläubig an.

»Das kann nicht sein«, sagte Dupré fassungslos. »Dieser Rugbyfunktionär ist ein ehrenwerter Mann. Mein Sohn hat sogar ein Autogramm mit Widmung von ihm.«

Auch Renaud schüttelte ungläubig den Kopf. »Meine Frau ist ein großer Fan dieser Drogenbeauftragten, sie verpasst keine Talkshow mit ihr.«

Lagarde sah das nicht so blauäugig. Bertrand war kein Dummkopf gewesen, er hatte immer genau gewusst, was er tat. Der Kommissar konnte sich absolut vorstellen, dass sein Freund mit diesen Anschuldigungen recht hatte.

»Es stellt sich die Frage, wie wir mit diesen Informationen umgehen sollen. Dass sie zunächst topsecret sind und diesen Kreis nicht verlassen dürfen, versteht sich von selbst. Die Beweise, die Delcroix gesammelt hat, sind eher dürftig, sie reichen niemals für eine Anklage. Wie gehen wir also vor? Wir dürfen dieses Dossier auf keinen Fall ignorieren. Es könnte ja durchaus sein, dass eine oder mehrere dieser Personen von seinen Ermittlungen Wind bekommen und beschlossen haben, ihn zu töten.«

Marat zögerte, äußerte dann aber einen Vorschlag.

»Wir könnten versuchen, die Alibis dieser Personen unauffällig zu überprüfen. Diese Leute stehen im Rampenlicht, man könnte eventuell über das Internet, soziale Netzwerke oder Zeitungsartikel herausfinden, wo sie sich zum Tatzeitpunkt aufgehalten haben. Wenn wir auf diesem Weg nicht über alle etwas erfahren, überlegen wir uns die nächsten Schritte.«

Lagarde sah sie aufmerksam an. Denselben Gedanken hatte er auch schon gehabt, eine andere Möglichkeit gab es zum jetzigen Stand der Dinge nicht.

Die Gendarmin wurde nervös. »Habe ich etwas Falsches gesagt?«

»Nein«, beruhigte Lagarde sie. »Ihre Idee ist gut, sehr gut, wir machen das so und schauen, wie weit wir kommen.«

Der Gendarm meldete sich zu Wort. »Ich gebe es nicht gerne zu, aber mit diesen Internetsachen kenne ich mich nicht gut aus.« Er lächelte unsicher. »Ich bin ein Polizist alter Schule und habe es bisher geschafft, um alle Computerfortbildungen einen großen Bogen zu machen.«

Seine Kollegin beruhigte ihn. »Das ist doch kein Problem, Nicolas. Diese Recherchen kann ich übernehmen, ich bin da inzwischen ganz versiert. Wenn man eine Tochter hat, die den Finger kaum mehr vom Display ihres Smartphones nehmen kann, muss man sich auskennen und auf der Hut sein, um sie zu schützen. Diese naiven Kinder geben ansonsten jede private Information und sogar Fotos, seien sie noch so intim, an Fremde weiter. Man kann zusammenfassend sagen, dass ich eine Amateurspezialistin bin.«

Dupré wirkte sehr erleichtert. »Dafür übernehme ich einen Teil deines Dienstes.«

Lagarde bedankte sich bei ihr. »Sehen Sie einfach, wie weit Sie kommen, Stéphanie.« Er rieb sich erwartungsvoll die Hände und überlegte. »Was das weitere Vorgehen betrifft, schlage ich vor, dass Mathieu und ich jetzt nach Saint-Émilion fahren und den Enkel von Bertrand befragen. Sie halten hier die Stellung, wir können nicht zu viert kommen. Falls es etwas gibt, telefonieren wir, ansonsten sehen wir uns morgen früh.«

Die Kommissare verabschiedeten sich und machten sich auf den Weg.

Lagarde hatte nichts dagegen, dass Renaud wieder das Steuer übernahm, so konnte er seinen Gedanken besser nachspüren und auch ab und zu einen Blick auf die Landschaft werfen. Von Biscarrosse-Plage bis Saint-Émilion waren es etwa hundertfünfundzwanzig Kilometer, und da sie teilweise über Nationalstraßen fahren mussten, würden sie knapp zwei Stunden für die Strecke brauchen.

Der Regen hatte sich verzogen, und der Himmel klärte sich auf, erste Sonnenstrahlen drangen durch die Wolken. Sie passierten Bordeaux und verließen bei Libourne die Autobahn. Diese Stadt bildete ungefähr die Mitte des Bordelais, das sich zweihundert Kilometer entlang den Flüssen Gironde und Dordogne bis an die Mündung in den Atlantik zog. Schließlich erreichten sie Saint-Émilion, einen pittoresken mittelalterlichen Ort mit weniger als zweitausend Einwohnern, der am Jakobsweg lag.

Ihr Weg führte sie durch den Ortskern, vorbei an hohen, schmalen Sandsteinhäusern, belebten Plätzen, blankgetretenen Kopfsteinpflastergassen, Kirchen, Weingeschäften, Pâtisserien und Restaurants. Den Mittelpunkt bildete eine Felsenkirche aus dem neunten Jahrhundert mit ihrem gewaltigen Turm, die in den Kalksandstein gehauen worden war. Die Ortschaft lag eingebettet in Weinberge und sanfte Hügel, die sich erstreckten, soweit das Auge reichte. Das Gebiet um Saint-Émilion wurde von kilometerlangen Kalksteinhöhlen durchzogen, die seit Jahrhunderten von den Winzern als Aufbewahrungsort für die Weine benutzt wurden. Dort gab es in manchen Nischen Platz für die Muttergottes oder für Heilige, die Schutz gewähren sollten. Ein Teil des Höhlenlabyrinths wurde schon lange nicht mehr genutzt, stand leer, verfiel und war einbruchgefährdet. Manche Stollen waren noch immer unerforscht. Wie viele Höhlen es insgesamt gab und über welche Anzahl die einzelnen Châteaus verfügten, wusste kein Mensch.

Das Château von Clothilde-Eulalie Delcroix befand sich zwei Kilometer außerhalb des Ortes inmitten eines Weingartens. Reihe um Reihe lagen die Rebstöcke unter einem mittlerweile azurblauen Himmel, über den Schafswolken trieben. Die Zufahrt bildete eine gewundene schmale Straße, die von einer Steinmauer begrenzt wurde, darauf stand in dicken roten Buchstaben: *Clos Miraval de Montagne*.

Das Anwesen selbst bestand aus einem Haupthaus und verschiedenen Nebengebäuden. Das schlossähnliche Bauwerk hatte einen einstöckigen Mittelteil, bedeckt von einem Schieferdach, auf dem eine Gaube saß. Die cremefarbene Fassade war von Efeu über zogen. Auf das Haus liefen weitere Weinstöcke zu. Die Auffahrt zum Château war von einer Pappelallee gesäumt, das schmiedeeiserne Eingangstor stand offen.

Als sie über den Hof fuhren, knirschte Kies unter den Reifen. Die Kommissare stiegen aus und schauten sich um, kein Mensch war zu sehen. Sie liefen über die Treppe zu der Eingangspforte, und Lagarde betätigte den Türklopfer, eine bronzene Weinranke. Nach kurzer Zeit wurde die Tür geöffnet, vor ihnen stand die Hausherrin. Lagarde erkannte sie sofort wieder. Er hatte sie zwar nie persönlich kennengelernt, wusste aber aus den Medien, wie sie aussah. Sie hatte ihren Mann früher hin und wieder zu Veranstaltungen begleitet. Ihr schmales Gesicht mit der aristokratischen Nase, den leuchtend veilchenblauen Augen und den sinnlichen Lippen war zeitlos schön. Ihre blonden Haare wurden elegant von einem Samtband zusammengehalten. Sie trug ein hochgeschlossenes, violettblaues Samtkleid, das die Farbe ihrer Augen betonte.

Renaud musste sich zwingen, sie nicht anzustarren, denn sie sah Catherine Deneuve, der berühmten französischen Filmschauspielerin, zum Verwechseln ähnlich. Freundlich lächelnd blickte sie ihre Besucher an.

»Bonjour, Messieurs, was kann ich für Sie tun?«

Sie stellten sich vor und zeigten ihre Dienstausweise. »Bonjour, Madame.«

Als sie die Namen hörte, stutzte sie.

»Philippe Lagarde? Mein Mann, ich meine natürlich mein Exmann, hat oft von Ihnen erzählt, er hat Sie
sehr geschätzt.«

»Ja, Madame. Ich wurde vom Innenminister gebeten, mitzuhelfen, das Verbrechen an Madeleine und
Bertrand Delcroix aufzuklären, und habe die Funktion
als leitender Ermittler.«

Bei dem Namen Madeleine zuckte sie unmerklich
zusammen, hatte sich aber sofort wieder im Griff. Der
Kommissar fuhr fort.

»Wir sind gekommen, um mit Ihrem Enkel Léon zu
sprechen und auch mit Ihnen, wenn das möglich ist.«

»Léon ist nicht zu Hause, aber ich erwarte ihn in
etwa einer Stunde zum Mittagessen. Ich stehe Ihnen
selbstverständlich zur Verfügung, ich möchte, dass
diese entsetzlichen Morde so schnell wie möglich aufgeklärt werden. Aber was wollen Sie denn von meinem Enkel?«

»Nun, wir möchten ihn gerne im Rahmen unserer
Ermittlungen befragen. Soweit wir wissen, hat er seinen Großvater kürzlich besucht, womöglich kann er
uns weiterhelfen.«

Sie zog eine Augenbraue hoch, ging darauf jedoch
nicht ein. »Wissen Sie was? Trinken wir doch eine
Tasse Tee zusammen, Sie hatten schließlich einen
weiten Weg. Gehen wir in den kleinen Salon, dort können wir in Ruhe miteinander sprechen. Kommen Sie
doch bitte mit.«

Die Männer folgten ihr durch eine Diele in einen Raum im Ostflügel, der sehr geschmackvoll mit Antiquitäten eingerichtet war. Sie zeigte auf einen Tisch und eine Gruppe samtbezogener Sessel.

»Nehmen Sie doch bitte Platz, ich gehe nur rasch in die Küche. Meine Haushaltshilfe hat heute frei. Ist Tee recht?«

Beide nickten. »Sehr gerne.«

Während sie auf ihre Gastgeberin warteten, sahen sie sich im Raum um. »Louis-XV-Stil«, stellte Renaud fest. »Sehr schön.«

Schon kam Madame Delcroix mit einem Tablett zurück und servierte den Tee. »Er muss noch ein paar Minuten ziehen«, sagte sie. Auf einem Porzellanteller waren Macarons angerichtet, Mandelplätzchen, eine Spezialität aus Saint-Émilion.

»Greifen Sie zu, Messieurs«, forderte sie sie auf. Sie faltete die Hände und sah sie ernst an. »Ich bin entsetzt über dieses Verbrechen und hoffe sehr, dass Sie es bald aufklären können. Niemand, der so etwas tut, darf frei herumlaufen. Wie Sie ja wissen, waren Bertrand und ich schon lange geschieden und hatten seitdem nicht oft Kontakt, aber sein Tod hat mich sehr mitgenommen, das muss ich zugeben.«

»Haben Sie sich manchmal persönlich getroffen?«, erkundigte sich Lagarde.

»Nein, eher selten, vielleicht zwei-, dreimal im Jahr zum Essen. Madeleine mochte es nicht, wenn wir uns trafen, aber wir haben hin und wieder telefoniert oder uns eine Karte geschrieben.«

»Hat Ihr Exmann dabei etwas erwähnt, das uns möglicherweise weiterhilft, etwas, das in Zusammenhang mit der Tat stehen könnte, irgendeine Kleinigkeit, die Ihnen damals vielleicht nicht wichtig vorkam?«

Sie dachte lange nach. »Mir fällt überhaupt nichts ein, es tut mir leid, ich möchte so gerne helfen.«

»Wissen Sie, ob er über etwas beunruhigt war, hat ihm etwas Sorgen bereitet, fühlte er sich bedroht?«

Sie schüttelte den Kopf. »Davon hat er nie etwas gesagt.« An Lagarde gewandt, sagte sie lächelnd: »Sie haben ihn doch gut gekannt. Wenn er sich bedroht gefühlt hätte, hätte er etwas dagegen unternommen, er war kein Mann, dem man so einfach Angst einjagen konnte.«

»Da kann ich Ihnen nur zustimmen, Madame.«

Gedankenverloren griff sie nach einem Plätzchen. »Ich möchte mich um seine Beerdigung kümmern, Bertrand soll ein würdevolles Begräbnis haben.«

»Das Rechtsmedizinische Institut hat ihn noch nicht freigegeben. Wenn es so weit ist, sagen wir Ihnen umgehend Bescheid«, versicherte Lagarde. Zögernd fuhr er fort. »Ich habe eine Frage, aber ich möchte nicht, dass sie Ihnen ungehörig erscheint.«

»Fragen Sie nur.«

»Es geht um Bertrands finanzielle Verhältnisse. Er hatte sehr wertvolle Gemälde in seinem Haus. Ich weiß, er hat sehr gut verdient, aber einen Monet für eine Million Euro? Einen Renoir, einen Derain und einen Cézanne? Haben Sie dafür eine Erklärung?«

Die *Grande Dame* lächelte wehmütig. »Ich habe ihm die Bilder bei unserer Scheidung überlassen, sozusagen als Abschiedsgeschenk. Es waren seine Lieblingsgemälde.«

Renaud konnte diese großzügige Geste kaum fassen. Sie ließ erahnen, dass Madame Delcroix ihren Exmann noch immer liebte. Er fragte sich, warum Delcroix so eine Frau verlassen hatte, er würde seine Simone niemals im Stich lassen. Dazu fiel ihm eine Frage ein.

»Hatten Sie den Eindruck, dass Ihr Exmann mit seiner zweiten Frau glücklich war? Oder gab es vielleicht Probleme?«

Ihr Blick verdüsterte sich. »Über Madeleine haben wir nie gesprochen.«

Lagarde wollte nicht, dass sie verärgert war, und lenkte das Gespräch schnell auf ein anderes Thema. »Sie besitzen ein wunderschönes Weingut, war es schon immer im Familienbesitz?«

Sie wandte sich ihm zu, ein stolzes Lächeln erschien auf ihrem Gesicht. »Ja, mein Großvater hat als Garagenwinzer begonnen. Auf einem kleinen Weinberg hat er die Rebsorten Merlot und Cabernet Franc angebaut. Er hat es geschafft, mit seinen Weinen bis in die Kategorie Grands Crus Classés zu kommen. Mein Vater war ebenfalls ein begnadeter Weinbauer, er hat die Familientradition fortgeführt. Nach seinem Tod habe ich das Weingut geerbt und widme mich dem Vermächtnis meiner Vorfahren, und zwar sehr erfolgreich. Alles, was ich über Wein weiß, habe ich von meinem Vater gelernt. Ich richte mich noch immer nach seinen jährlichen Aufzeichnungen bezüglich der Pflanzung, der Lese sowie des Kelterns, und ich habe Weinberge dazugekauft. Zu meiner Unterstützung habe ich einen hervorragenden Önologen angestellt. Wir produzieren achtzigtausend Flaschen im Jahr zu einem Preis im dreistelligen Bereich.«

Die Kommissare waren beeindruckt. »Und Sie leben hier mit Ihrem Enkel?«, fragte Lagarde.

»Ja, meine Tochter Gabrielle-Louise wohnt auch hier, ist aber selten zu Hause. Sie ist Konzertcellistin und reist ständig durch die ganze Welt, gerade hat sie ein Engagement in Sydney.«

»Und Léons Vater?«

»Gabrielle hat sich während ihres Studiums in Paris in einen Senegalesen verliebt. Er hat Medizin studiert, und als er sein Studium beendet hatte, wollte er in seine Heimat zurück und dort ein Krankenhaus aufbauen. Meine Tochter weigerte sich, ihn zu begleiten, und so trennten sie sich im Guten. Damals war sie im fünften Monat schwanger. Léon hat seinen Vater nie kennengelernt.«

»Geht er noch zur Schule?«

»Er hat ein Internat in Zürich besucht, kurz vor dem Baccalauréat wurde er relegiert, weil ein Lehrer ihn beim Konsum von Cannabis erwischt hat. Dabei war es der Joint eines Mitschülers, den er nur kurz gehalten hat.« Sie seufzte. »Dennoch war nichts zu machen. Er wechselt jetzt auf ein kleines Lycée in Libourne und macht dort sein Baccalauréat. Ich habe persönlich mit der Direktorin gesprochen und ihr versichert, dass ich mich gerne in den Kreis der Förderer dieser Schule einreihen würde. Sie brauchen dringend eine zweite Turnhalle, da ist man doch gerne behilflich. Nach dem Abitur wird mein Enkel Önologie studieren und Ingenieur für Weinbau werden.« Jetzt lächelte sie zufrieden. »Léon soll mein Nachfolger werden. Gabrielle interessiert sich nur für ihre Musik, und mein Sohn Edmond hat an Wein keinerlei Interesse. Er ist IT-Spezialist und lebt mit seiner amerikanischen Frau und seinen vier Kindern im Silicon Valley.«

»Wie war denn das Verhältnis zwischen Léon und seinem Großvater?«

»Gut, die beiden haben sich prächtig verstanden. Léon hat ihn manchmal besucht. Haben Sie bei Ihrer Ankunft den gelben Sportwagen im Hof gesehen? Das war ein Geschenk von Bertrand, als Léon den Führerschein bestanden hatte. Ich fand, ein so großzügiges Geschenk hätte nicht sein müssen, ein gebrauchter Kleinwagen hätte es auch getan, aber Bertrand hat seinen Enkel immer schon verwöhnt.«

Lagarde beschäftigte noch eine Frage. »Bertrand hatte mit seiner zweiten Frau eine Tochter, Dalida-Caroline. Wir wissen nur, dass sie in Bayonne in einem Heim lebt. Können Sie uns vielleicht mehr darüber erzählen? Wir können das Ganze noch nicht so recht einordnen.«

»Ja, selbstverständlich. Dalida ist ein Sorgenkind, Bertrand und ich haben oft über sie gesprochen. Das Wohl seiner Tochter lag ihm sehr am Herzen. Dalida war schon als Baby schwierig und als Kleinkind äußerst problematisch. Sie sprach nicht, lief nicht, und sie neigte bereits in diesem Alter zu entsetzlichen Wutausbrüchen. Manchmal zeigte sie autistische Züge und kapselte sich völlig von ihrer Umwelt ab. Bertrand war völlig verzweifelt. Im Alter von vier Jahren hat ein Nervenarzt hebephrene Schizophrenie diagnostiziert. Bertrand war am Boden zerstört. Er hat alles für sie getan, sie hatte Kinderärzte, Ergotherapeuten, Logopäden, Kinderpsychologen, Psychiater und, auf deren Empfehlung hin, ein eigenes Pferd. Man hatte immer den Eindruck, dass dieses Tier das einzige Lebewesen war, das Dalida liebte. Andere Tiere quälte sie, zündete sie beispielsweise an. Mein Exmann litt entsetzlich unter dieser Situation. Als Dalida zehn Jahre alt war, wurde ihre Mutter nicht mehr mit ihr fertig, wenn sie einen Wutanfall bekam. Sie verfügte über Bärenkräfte. Nur Bertrand konnte sie noch bändigen. Eines Tages ist sie mit einem Küchenmesser auf ihn losgegangen. Daraufhin kam sie in dieses Heim in Bayonne. Sie war verhaltensgestört, extrem aggressiv und hochintelligent. Dalida fühlte sich von ihren Eltern abgeschoben und im Stich gelassen, und dafür hasste sie sie. Deshalb hat sie jeden Kontakt mit ihnen abgelehnt. Und so kam ich ins Spiel. Bertrand bat mich, Dalida regelmäßig im Heim zu besuchen, nach ihr zu sehen und ihm von ihr zu berichten. Er wollte meine Eindrücke erfahren, den Berichten der Psychologen misstraute er. Da ich ihm nie eine Bitte abschlagen konnte, stimmte ich zu. Seitdem besuche ich seine Tochter einmal im Monat in Bayonne. Wir bummeln durch die Stadt, machen Ausflüge oder gehen ins Kino. Wir verstehen uns gut, sie bekommt Medikamente, die sie ruhiger machen. Sie darf mich auch manchmal übers Wochenende besuchen, und sie liebt es, bei der Weinlese zu helfen.«

»Ist Ihnen an dem Mädchen in letzter Zeit eine Veränderung aufgefallen, war sie anders als sonst?«

»Nein, überhaupt nicht. Sie benimmt sich mir gegenüber meistens gut, ich habe sogar überlegt, ob ich ihr ein Pferd schenken soll, wenn sie es dort halten darf. Dem Heim ist eine Landwirtschaft angegliedert, da könnte man das Tier doch unterbringen.«

»Danke, Madame, für Ihre Offenheit. Je mehr Hintergrundinformationen wir bei einer Ermittlung bekommen, desto besser können wir uns ein Bild machen.«

»Keine Ursache.«

Plötzlich wurde die Salontür aufgerissen, und ein junger Mann in blauem Sweatshirt kam ins Zimmer.

»Salut, grand-mère«, rief er. »Entschuldige bitte die Verspätung.« Er war hochgeschossen und dünn, Rastalocken umrahmten sein hübsches Gesicht mit dem dunklen Teint.

Als er die Männer sah, verstummte er und sah seine Großmutter fragend an.

»Das sind zwei Herren von der Polizei, Léon«, sagte sie. Weiter kam sie nicht. Ihr Enkel machte auf dem Absatz kehrt und stürmte aus dem Wohnzimmer.

Lagarde sprang auf. »Bleiben Sie bitte hier, Léon, wir wollen nur mit Ihnen reden«, rief er.

Der junge Mann hörte nicht auf ihn, schon war er hinaus in den Hof gerannt.

»Kommen Sie«, forderte Lagarde seinen Kollegen auf und lief hinterher. Renaud folgte ihm. Madame Delcroix sah ihnen verblüfft nach und schüttelte ob dieser Verfolgungsjagd ungläubig den Kopf.

Als die Kommissare die Begrenzung des Hofes erreichten, sahen sie sich suchend um und nahmen gerade noch einen blauen Schemen wahr, der durch einen steinernen Bogen huschte und schnell verschwunden war. Sie liefen zu der Stelle und fanden dort, fast verdeckt von weißblühenden Hortensienbüschen, zwei Höhleneingänge. Darüber lag eine mehrschichtige Kalksteinplatte, die von mächtigen Steinpfeilern getragen wurde.

Sie hatten gesehen, dass Léon die links gelegene Höhle gewählt hatte, und folgten ihm. Sie tasteten sich wenige Meter über staubtrockene Erde abwärts, den Fels dicht über ihren Köpfen, und gelangten in einen hohen Raum, der spärlich vom eindringenden Tageslicht erhellt wurde. An den rauen Wänden reihte sich Holzfass an Holzfass, gelagert auf massiven Gestellen. In einer Nische darüber stand eine goldene Statuette der Muttergottes mit ihrem Kind. Es gab zwei aus dem Stein gehauene Ausgänge, die offensichtlich tiefer in den Weinberg hineinführten und in völliger Dunkelheit lagen.

»Wir brauchen Taschenlampen«, sagte Lagarde.

»Im Handschuhfach sind welche«, erwiderte Renaud. »Ich bin gleich wieder da.«

In der Zwischenzeit untersuchte der Kommissar die zwei Ausgänge. Welchen hatte der junge Mann gewählt? Wenn er das Stollensystem des Weingutes kannte, waren ihre Chancen, ihn zu finden, nicht besonders gut, außer es gab keinen anderen Weg, der wieder aus dem Berg führte. Aber vielleicht hatten sie Glück, versuchen würden sie es auf alle Fälle. Als Renaud mit zwei Taschenlampen und Ersatzbatterien zurückkam, machte Lagarde ihn auf eine umgekippte leere Flasche aufmerksam, die auf dem Boden des rechten Stolleneinganges lag. »Ich glaube, er ist hier entlanggelaufen.«

Der Weg führte weiter in die Tiefen des Berges, die

Lichtkegel der Taschenlampen huschten über das graue Gestein, in dem winzige Mineralien glitzerten. Die Luft hier unten war trocken, es roch nach Lehm und Kalk. Sie bewegten sich vorwärts, so schnell sie konnten, nur ihre Schritte und Atemzüge waren leise zu vernehmen. Plötzlich, nach etwa zweihundert Metern, tat sich vor ihnen eine weitere Höhle auf. Auf Holzregalen, die bis zur Decke reichten, waren Weinflaschen gelagert, auf denen sich Staub abgesetzt hatte.

Lagarde lenkte den Strahl seiner Taschenlampe auf ein Messingschild mit einer Gravur, das am Holz verschraubt war. »Ein Premier Grand Cru, Château Miraval de Montagne, Jahrgang 2005, *mon Dieu*, eine Kostbarkeit«, murmelte er.

In einer gemauerten Wand saß ein großes bogenförmiges Fenster, das wie in einer Kirche aus buntem Glas bestand. Als Renaud dieses Stillleben mit seiner Taschenlampe anstrahlte, leuchteten die Elemente in allen Farben des Regenbogens. Auf dem Bild waren Winzer mit Körben auf den Rücken in ihren Weingärten dargestellt. Obwohl das Motiv ausgesprochen irdisch war, verlieh das magische Leuchten der Höhle einen sakralen Charakter. Vor dieser Mauer befand sich ein Fass, das als Tisch diente, flankiert von zwei Bänken. Darauf stand eine leere Weinflasche. Diesmal gab es vier Ausgänge, von denen einer verschüttet war, einer zugemauert, die beiden anderen waren niedrig, schmal und stockfinster. Auf der staubigen Erde meinte Lagarde ganz vage einen Fußabdruck erkennen zu können. Léon hatte sich diesmal für den linken Tunnel entschieden. Hintereinander drangen sie in den Höhlengang ein und mussten die Köpfe einziehen, um sich nicht zu stoßen. Renaud fühlte mit den Fingern den rauen Stein und hatte inzwischen das Gefühl, dass die Wände immer näher rückten. Das Atmen fiel ihm schwer. Als hätte Lagarde es gespürt, fragte er: »Ist alles in Ordnung, Mathieu?«

»Ja, aber ich bin mir nicht sicher, ob es hier noch genug Sauerstoff gibt.«

»Wir folgen dem Stollen noch ein kleines Stück, dann kehren wir um. Ich denke, dass der junge Mann bereits über alle Berge ist.«

Auf einmal war ein Poltern zu vernehmen, das durch das steinerne Labyrinth hallte. Die Quelle des Geräusches lag irgendwo vor ihnen. Sie gingen weiter und erreichten bald die dritte Höhle. Renaud stellte erleichtert fest, dass die Luft dort frischer war, und atmete tief durch. Lagarde ließ den Lichtstrahl über leere, mit Spinnweben überzogene Regale wandern. Hier wurde kein Wein gelagert, die Höhle wurde offenbar nicht mehr genutzt. An der Stirnseite war ein großes verschlossenes Holztor in die Felswand eingelassen und bewegte sich beim Rütteln und Ziehen keinen Millimeter. Vermutlich hatte man es von außen verriegelt. Durch das Schlüsselloch konnte Lagarde grüne Blätter und Sonnenstrahlen sehen.

»Es ist wohl ein Nebenausgang aus dem Stollensystem, aber durch dieses Tor kann Léon nicht nach draußen gelangt sein.« Er leuchtete die Höhle weiter aus. Eine Leiter führte auf eine Plattform, von der aus es versetzt einen weiteren Aufstieg gab, der zu einer fast runden Öffnung führte. Durch das Loch konnte man den Himmel sehen.

»Da oben ist der Kalkstein durchgebrochen, dort ist er nach draußen gelangt.« Unter der Plattform lagen Fässer, einige waren ein Stück weit gerollt. »Anscheinend ist er beim Hinaufklettern gegen den Stapel mit leeren Fässern gestoßen, und das hat den Lärm verursacht.«

Renaud nickte. »So hat er es gemacht, aber warum hat er gewartet, bis er uns gehört hat? Er muss doch schon viel früher als wir hier gewesen sein?«

»Wir fragen ihn, wenn wir ihn erwischt haben. Wahrscheinlich wollte er wissen, ob wir überhaupt bis hierher folgen oder ob er hier einfach abwarten kann, bis wir wieder weggefahren sind.« Lagarde erklomm die erste Leiter und stieg auf die Plattform. Renaud folgte ihm. Über den zweiten Aufstieg gelangten sie zu der Öffnung, die etwa einen halben Meter Durchmesser hatte. Lagarde stemmte sich am Rand hoch und setzte den Fuß auf dunkle, mit Fichtennadeln übersäte Erde. Dann reichte er seinem Kollegen die Hand und half ihm aus dem Loch.

Sie standen auf einer Lichtung in einem Wald und

klopften sich die Hosenbeine ab. Dabei studierten sie aufmerksam die Umgebung. Von dem jungen Mann war nichts zu sehen.

»Er ist über alle Berge«, bemerkte Renaud. »Und wir haben keinen Anhaltspunkt, wohin er geflüchtet sein könnte.«

»Ja, aber wir kriegen ihn schon noch, lassen Sie uns zum Weingut zurücklaufen. Ich frage mich nur, in welcher Richtung es liegt, jetzt würde uns nur noch fehlen, dass wir uns verlaufen.«

Renaud betrachtete den Stand der Sonne und überlegte, dann zeigte er nach Südwesten. »Ich glaube, es liegt da drüben.«

Er sollte recht behalten, nach ungefähr einem Kilometer durch den Wald, über einen Feldweg und quer durch eine Obstwiese erreichten sie das Weingut. Gegenüber den Höhleneingängen, auf einem Stück Rasen, saß Madame Delcroix an einem Bistrotisch unter einem Sonnenschirm. Vor ihr standen eine Karaffe mit Wasser, in der Limonenscheiben schwammen, und drei Kristallgläser. Als die Kommissare vor ihr standen, fragte sie: »Sie haben ihn nicht gefunden, nicht wahr? Ich bedauere es wirklich sehr, dass Sie durch meinen Enkel solche Umstände haben. Bitte setzen Sie sich doch und trinken ein Glas gekühltes Wasser, es ist so heiß heute.«

»Er ist in die Stollen gelaufen«, berichtete Lagarde. »Und dort ist er uns entkommen.«

»Sie hatten keine Chance, Léon kennt die Höhlen wie seine Westentasche. Ich muss mich für ihn entschuldigen, sein Verhalten ist völlig unangemessen und respektlos. Er hat von mir gelernt, sich ruhig verbal mit Problemen auseinanderzusetzen und nicht einfach davonzulaufen. Ich weiß nicht, was in ihn gefahren ist, aber ich vermute, er ist einfach erschrocken, als er hörte, dass Sie von der Polizei sind. Er hat wohl überreagiert. Ich habe keine Vorstellung, wo er sein könnte, er taucht schon wieder auf. Aber was werden Sie jetzt unternehmen?«

Lagarde musste über die Nonchalance dieser Dame innerlich grinsen. Er nahm einen Schluck von dem erfrischenden Getränk und wandte sich ihr zu. »Wir haben jetzt zwei Möglichkeiten, Madame. Léon ist volljährig und hat sich durch Flucht unserer Befragung entzogen, wir können ihn zur Fahndung ausschreiben.«

»Und wie lautet die zweite Möglichkeit?«

»Nun, wir suchen öffentlich nach ihm und bitten ihn, sich zu melden, weil er ein wichtiger Zeuge für uns ist.«

»Ja, so ist es doch auch, er ist ein Zeuge. Sobald er zurückkommt, werde ich mich unverzüglich bei Ihnen melden, und Léon wird mit Ihnen sprechen.«

»Gut, Madame Delcroix, dann bedanken wir uns für das informative Gespräch und die freundliche Bewirtung, ich lasse Ihnen eine Visitenkarte da.«

Sie begleitete die Kommissare noch bis zu deren Dienstwagen. »Ich möchte jedem von Ihnen eine Kiste Wein schenken, einen Premier Grand Cru Classé, Jahrgang 2008, das war ein besonders gutes Jahr. Sie werden begeistert sein.«

»Sie wissen doch sicher, dass wir das nicht annehmen dürfen«, sagte Lagarde.

»Als ob man Sie bestechen könnte … Es ist nur ein kleines Geschenk in Erinnerung an Bertrand, das dürfen Sie nicht ablehnen.«

Lagarde gab sich geschlagen. Als ein Mitarbeiter des Weingutes die Kisten im Kofferraum verladen hatte, trat Madame Delcroix an das Seitenfenster. »Ich nehme an, Sie gehen jetzt Mittag essen. Darf ich Ihnen ein Restaurant in Saint-Émilion empfehlen? Es liegt direkt am Vorplatz der monolithischen Kirche, und so heißt es auch: *Chez L'Église Monolithe*. Man kann dort hervorragend speisen.«

»Danke für den Tipp, Madame Delcroix.«

Sie winkte ihnen nach.

Renaud fand einen Parkplatz in der Nähe der Kirche. Die wenigen Meter zum Restaurant gingen sie zu Fuß. Touristen flanierten durch den Ort, bestaunten die Auslagen der Geschäfte, ließen sich zu Weinproben einladen und kauften Souvenirs.

Die Terrasse des Lokals lag unter den ausladenden Ästen einer alten Linde direkt gegenüber der dreischiffigen Benediktinerkirche. Sie hatten Glück und fanden einen freien Tisch. Ein Kellner eilte mit Speisekarten herbei und empfahl die Spezialität des Hauses, ein Rippenstück, auf Weinwurzeln rosa gegrillt. Dazu würden als Vorspeise Weinbergschnecken an Sauce Tatar passen. Dazu bestellten sie eine Karaffe Bordeaux und Mineralwasser.

Während sie ihr Mittagessen genossen, beschäftigte Renaud eine Frage. »Warum schreiben wir Léon Delcroix nicht zur Fahndung aus? Er hat sich unserer Befragung schließlich durch eine Flucht entzogen.«

Lagarde nahm einen Schluck Wein. »Madame Delcroix hätte sofort ihren Anwalt angerufen, der hätte einen Eilantrag bei Gericht gestellt und dafür gesorgt, dass keine Fahndung stattfinden wird.«

»Tatsächlich, so läuft das?«

»In diesen Kreisen, ja. Glauben Sie mir, es ist besser so. Madame Delcroix wird dafür sorgen, dass Léon sich meldet, sobald er wieder auftaucht, und das wird er auch bald, wenn wir weg sind. Dann reden wir mit ihm. Außerdem sagen wir der Gendarmerie von Saint-Émilion Bescheid, dass sie die Augen offen halten sollen. Wenn er mit den Verbrechen an Madeleine und seinem Großvater etwas zu tun hat, kriegen wir ihn so oder so.«

»Meinen Sie, er war es?«

»Das kann ich jetzt noch nicht sagen, erst muss ich mit ihm sprechen.«

»Glauben Sie wirklich, dass er so harmlos ist, wie seine Großmutter ihn dargestellt hat?«

Lagarde lächelte. »Ich glaube, dass Eltern ihre Kinder und Großeltern ihre Enkelkinder immer in ein besonderes Licht rücken. Aber, wie auch immer, um Léon kümmern wir uns später. Was nehmen wir als Dessert?«

»Ich hätte Lust auf einen großen Eisbecher mit frischen Früchten. Schauen Sie, so wie der am Nebentisch, der sieht doch richtig gut aus.«

Beim Mokka besprachen sie ihr weiteres Vorgehen.

»Ich möchte gerne mit dem Bruder von Madeleine Delcroix sprechen, mit Jean-Michel Viard«, meinte Lagarde. »Er wohnt in Bergerac, schaffen wir das noch?«

»Aber klar, dann kommen wir eben später nach Biscarrosse-Plage zurück.«

»Aber was ist mit Ihrer Frau? Sie ist doch nicht gerne so lange alleine.«

»Ich werde sie anrufen und es ihr erklären, sie hat bestimmt Verständnis. Und außerdem«, er freute sich über seinen Einfall, »bringe ich ihr eine Schachtel mit diesen köstlichen Macarons mit. Seit sie schwanger ist, ist sie ganz versessen auf Süßigkeiten.«

»Das ist eine gute Idee, das mache ich auch.«

Als sie bezahlt hatten, fragten sie den Kellner, wo es die besten Macarons gab, und erfuhren, dass es die echten Mandelplätzchen aus Saint-Émilion nur bei *Ferlion Macarons* in der *Rue Gaudet* gab.

Dort verriet ihnen die Verkäuferin das Original-
rezept aus dem Jahr 1620. Lagarde kaufte eine große
Geschenkschachtel für Odette und eine kleine Dose
Calissons für Déborah. Das hatte nichts zu bedeu-
ten, er fand sie nur sehr charmant. Nachdem sie ihre
Einkäufe erledigt hatten, machten sie sich auf den
Weg nach Bergerac.

Über eine Landstraße fuhren sie in einer guten Stunde nach Bergerac, der Hauptstadt des Périgord, die
an der Dordogne inmitten von Weinbergen lag. Über
eine weitgeschwungene steinerne Brücke erreichten
sie das Zentrum. Der alte Hafen erinnerte daran, dass
in früheren Zeiten der Transport von Waren und die
Fischerei neben dem Weinanbau eine wichtige Rolle
gespielt hatten. Auf dem Fluss tummelten sich vor
der malerischen Kulisse der *Église Notre-Dame* flache
Boote mit weißen Sonnensegeln, sogenannte *Gabares*,
die jetzt im Dienst des Tourismus standen. Hinter der
Kaimauer drängten sich alte Häuser mit verwitterten
Dächern. Auf dem Platz *Pélissière* erhob sich die Statue
des Cyrano de Bergerac, des Helden aus der Komödie
von Edmond Rostand.

Jean-Michel Viards Haus, ein ehemaliger Einödhof
mit dem Namen *Les Trois Chênes*, Die Drei Eichen, lag
außerhalb von Bergerac und war über eine schmale
Schotterstraße zu erreichen. Es handelte sich um ein
ockerfarbenes, einstöckiges Gebäude mit Sprossen-

fenstern und weißlackierten Fensterläden, an das sich ein kleineres Haus und ein langgestreckter Flachbau anschlossen. Das ganze Ensemble wirkte vernachlässigt. Auf dem Vorplatz stand ein dunkelblauer Peugeot, vor dem Hof erhoben sich drei Eichen, und dahinter graste auf einem Weinberg inmitten von Wiesen eine Schafherde.

Ein Mann saß auf einer Bank und hielt das Gesicht in die Sonne. Auf seinem Schoß lag ein Lämmchen. Als er das Fahrzeug hörte, öffnete er die Augen und blinzelte. Er nahm das Tier auf den Arm, stand auf, um zu schauen, wer da kam. Die Kommissare stiegen aus und begrüßten ihn, anschließend zeigten sie ihre Dienstausweise vor.

»Wir möchten gerne mit Monsieur Jean-Michel Viard sprechen«, sagte Lagarde.

»Das bin ich«, antwortete der Mann. »Sonst gibt es hier niemanden, ich wohne alleine.« Er war klein und dürr und sah älter aus, als er vermutlich war. Sein Gesicht war von Furchen durchzogen, die Augen wirkten müde. Ein grauer Dreitagebart und vom Kopf abstehende wirre Haare ließen ihn ungepflegt erscheinen. Dieser Eindruck wurde durch seine Kleidung noch verstärkt. Er trug eine Art Schlafanzughose, ein Hemd mit einem Loch über der Brusttasche und zerschlissene Filzpantoffeln.

»Sie kommen wegen des Mordes an meiner Schwester Madeleine, nicht wahr? Ich habe natürlich mit Ihrem Besuch gerechnet. Ich konnte es erst gar nicht glauben, als ein Gendarm vorbeikam und mich über ihren Tod unterrichtete. Zunächst war ich völlig schockiert und wie gelähmt, irgendwann habe ich es dann begriffen. Seitdem kaufe ich mir jeden Tag die Zeitung und verfolge die Ermittlungen. Es ist eine so schreckliche Geschichte. Jetzt habe ich überhaupt keine Familie mehr. Haben Sie schon etwas herausgefunden?«

»Über laufende Ermittlungen dürfen wir nicht sprechen«, klärte Renaud ihn auf. »Können wir uns irgendwo zusammen hinsetzen und reden?«

»Natürlich, gehen wir doch in die Küche.« Er stellte das Lamm sanft auf den Boden. »Lauf zu deiner Herde.«

Sie folgten ihm einen düsteren Flur entlang in einen schmalen Raum. Durch das einzige Fenster drang wenig Licht herein. Auf dem Gasherd stapelten sich benutzte Töpfe und Pfannen. Rasch nahm Viard einen Teller und Besteck vom Tisch und stellte das Geschirr in die Spüle, dann wischte er mit der Hand Krümel von der Resopaloberfläche.

»Setzen Sie sich doch«, forderte er die Kommissare auf. »Darf ich Ihnen einen Kaffee anbieten?«

Dankend lehnten sie ab.

»Sie wohnen hier also alleine?«, begann Lagarde das Gespräch.

»Ja, seit zwei Jahren.«

»Gehört der Weinberg Ihnen?«

»Ja, aber ich produziere nur für den Eigenbedarf, viel gibt der Weinberg nicht her. Außerdem züchte ich Schafe und Ziegen. Mit dem Verkauf der Wolle, des Fleisches und der Milch komme ich gerade so über die Runden. Aber ich will nicht klagen, schließlich habe ich mir dieses Leben ausgesucht.«

»Darf ich fragen, was Sie vorher gemacht haben?«

Er lächelte wehmütig. »Ich war Bühnenbildner, das war meine große Leidenschaft. Ich habe an vielen Bühnen gearbeitet, auch an großen Schauspielhäusern, aber am liebsten in Avignon während des jährlich stattfindenden Theaterfestivals. Ich war für die Dekoration bei den Aufführungen im Papstpalast, im Karmeliterkloster und auf dem Platz vor dem Uhrturm zuständig, es war eine herrlich aufregende Zeit. Was waren wir verrückt, richtig besessen, innovativ, kreativ, die Köpfe voller Ideen, nichts schien unmöglich. Ich hatte ein Hausboot auf einem Seitenarm der Rhône, auf dem oft Partys stattfanden. Wir haben gefeiert bis zum Morgengrauen. Nach dem Festival zog der Künstlertross weiter, auf zu neuen Herausforderungen und Abenteuern.«

»Sie haben dieses Leben geliebt und es dennoch aufgegeben?«

Er schwieg für einen Moment. »Ja, es ging nicht anders. Eines Tages fand ich heraus, dass meine Freundin, eine Sängerin, mich mit einem Schauspieler betrog. Nachdem ich sie zur Rede gestellt hatte, verließ sie mich. Daraufhin wurde ich krank, ich bekam Depressionen. Es war mir unmöglich, mich auf die Arbeit zu konzentrieren. Ich verlor meinen Enthusiasmus, mir gingen die Ideen aus, ich war nicht mehr inspiriert. Es ging einfach nicht mehr, ich war nervös, unglücklich und unfähig. Schließlich verkaufte ich mein Hausboot und erwarb dieses Haus mit dem Weinberg und der Wiese, das Geld reichte gerade so, für die Renovierung war jedoch nichts mehr übrig. Ich habe mich hierher zurückgezogen, oder besser gesagt, ich habe mich hier verkrochen.«

Er stand auf, nahm eine Flasche Rotwein aus dem Kühlschrank und schenkte sich ein Glas ein. »Wollen Sie auch einen Schluck? Mein Wein ist gut, trocken, würzig und mit dem Aroma von Kirschen.«

Sie schüttelten den Kopf. »Nein, danke. Wir müssen beide noch fahren«, bedauerte Lagarde.

Viard setzte sich wieder an den Tisch und trank einen großen Schluck. »Ich möchte meine Schwester beerdigen, auf dem Friedhof, wo auch meine Eltern begraben sind.«

»Wir sagen Ihnen Bescheid, wenn die Rechtsmedizin sie freigibt«, sicherte Renaud ihm zu. »Das kann aber noch einige Tage dauern.«

»Danke.«

»Hatten Sie Kontakt zu Ihrer Schwester?«, wollte Lagarde wissen.

»Wir haben ab und zu telefoniert.«

»Hat sie Ihnen etwas erzählt, das uns weiterhelfen könnte? Gab es etwas, das sie beunruhigte? War etwas anders als sonst?«

»Es tut mir leid, ich kann mich an nichts Besonderes erinnern.«

»Wie war die Beziehung Ihrer Schwester zu ihrem Mann?«

»Eigentlich ganz gut, hatte ich den Eindruck, obwohl die Geburt von Dalida ihre Ehe auf eine harte Probe gestellt hat. Das Mädchen ist behindert und wohnt seit einigen Jahren in einem Heim. Nur letztes Jahr hatten Madeleine und Bertrand wohl eine Krise. Sie hat mich für zwei Wochen besucht und mir bei den Tieren und im Weinberg geholfen. Was genau vorgefallen war, hat sie mir aber nicht erzählt. Ich habe nur herausgehört, dass sie von dem beschaulichen Leben in Biscarrosse-Plage schon lange nicht mehr so begeistert war. Sie wollte zurück nach Paris, und Bertrand war damit nicht einverstanden. Dann hat sie noch gesagt, dass er hauptsächlich seine Interessen pflege und keine große Lust mehr habe, mit ihr auszugehen. Madeleine liebte die Oper. Na ja, ich glaube, sie hat sich ein wenig gelangweilt und ihr Glamourleben in Paris vermisst.«

»Und nach zwei Wochen kehrte sie zu ihrem Mann zurück?«

»Ja.« Viard grinste. »Bertrand hat sie mit einer Reise

nach Martinique gelockt, einschließlich einer Karibik-kreuzfahrt, da konnte sie nicht widerstehen.«

»Fällt Ihnen sonst noch etwas ein, was uns eventuell weiterhelfen könnte?«

»Da war mal eine seltsame Geschichte, das ist aber schon lange her. Bei ihrem Besuch hat sie gar nicht mehr davon gesprochen, deshalb fällt es mir erst jetzt wieder ein.«

»Was für eine Geschichte?«

»Vor ihrer Heirat mit Bertrand war Madeleine eine sehr erfolgreiche Richterin in Paris. Ihr letzter Prozess war ziemlich spektakulär, er erregte großes Aufsehen und ging durch alle Medien. Sie verurteilte einen An-geklagten aufgrund von Indizienbeweisen. Die Zeu-gen waren wohl bestochen worden und schwiegen eisern. Er war angeklagt, seine Frau mit Benzin über-gossen und angezündet zu haben. In Flammen ste-hend, ist sie vor ihm aus der Wohnung geflüchtet, vom Balkon aus dem ersten Stock gesprungen und schließ-lich auf der Straße zusammengebrochen. Dort erlag sie ihren schweren Brandverletzungen. Der Mann beteu-erte immer, dass es ein Unfall gewesen sei. Madeleine, der Staatsanwalt sowie die Beisitzer haben ihm nicht geglaubt, und so hat sie ihn zu einer lebenslangen Haftstrafe wegen Mordes verurteilt. Als der Mann aus dem Gerichtssaal geführt wurde, brüllte er: ›Wenn ich herauskomme, bringe ich dich um, du Justizschlampe.‹ Ein Reporter hat die Szene gefilmt, man konnte sie im

Fernsehen sehen. Dann bekam Madeleine jedes Jahr einen Brief mit derselben Drohung. Sie hat sich darüber jedes Mal furchtbar aufgeregt. Die Briefe kamen aus verschiedenen Ländern, das war ganz merkwürdig, aus Kolumbien, Pakistan, Mali, obwohl der Verurteilte doch in einem französischen Gefängnis seine Haftstrafe absaß. An mehr kann ich mich nicht erinnern.«

»Wissen Sie noch, wie der Mann heißt?«

Viard überlegte. »Ah, jetzt weiß ich es wieder, sein Name ist Dominique Riva.«

»Ist er inzwischen aus der Haft entlassen worden?«

»Keine Ahnung.«

»Und bei ihrem letzten Besuch hat Ihre Schwester nicht mehr darüber gesprochen?«

»Nein, ich denke, wenn sie wieder einen Brief bekommen hätte, hätte sie mir davon erzählt. Diese Drohungen haben sie immer so aufgewühlt. Nicht, dass Sie mich falsch verstehen. Sie hatte keine Angst vor diesem Mörder, sie war empört darüber, dass es möglich war, aus dem Gefängnis heraus eine solche Drohbriefserie zu organisieren.«

»Danke, Monsieur Viard, das ist ein interessanter Ansatzpunkt, wir werden der Sache nachgehen. Sollte Ihnen noch etwas einfallen, rufen Sie uns bitte an.«

Dann verabschiedeten sie sich und gingen zu ihrem Wagen.

Viard stand im Hof und sah ihnen lange nach. Er hatte ihnen nicht alles erzählt, nichts von dem großen Streit mit seiner Schwester. Nach seinem Zusammenbruch in Avignon hätte er dringend ihre Hilfe gebraucht, aber sie hatte ihn damals im Stich gelassen.

Die Rückfahrt nach Biscarrosse-Plage dauerte zweieinhalb Stunden. Die Sonne stand bereits tief und blendete sie mit einer Intensität, so dass sie die Schutzblenden herunterklappen mussten. Während der Fahrt reflektierten die Kommissare das Gespräch mit Jean-Michel Viard.

»Ist es nicht merkwürdig, dass der Mann in so einfachen, um nicht zu sagen ärmlichen Verhältnissen lebt, während seine Schwester wohlhabend war?«, fragte Renaud.

»Er hat erwähnt, dass für die Renovierung des Einödhofes kein Geld mehr übrig war«, antwortete Lagarde.

»Vielleicht hat er sich einen Zuschuss von seiner Schwester erhofft, ihn aber nicht bekommen.«

»Dringt er deshalb in ihr Haus ein und tötet sie und ihren Mann mit einer Machete, zwei Jahre später?«

Renaud dachte nach. »Das hört sich nicht sehr wahrscheinlich an, es ist aber auch nicht unmöglich. Wer weiß, was noch dahintersteckt.«

»Wir behalten die Sache im Auge. Außerdem müssen wir herausfinden, ob dieser Dominique Riva noch im Gefängnis sitzt oder ob er bereits entlassen wurde, und wenn ja, wann.«

»Ich kümmere mich darum.« Renaud zögerte. »Darf ich Sie etwas fragen?«

»Aber ja, was wollen Sie denn wissen?«

»Sie waren doch in dieser Eliteeinheit, deren Chef Delcroix war?«

»Ja, lange Jahre.«

»Ist es schwierig, in diese Truppe zu kommen?«

»Nun, Voraussetzung sind die Teilnahme an einer Spezialausbildung, die ziemlich anspruchsvoll ist, und die Bereitschaft, ein hartes Training auf sich zu nehmen. Man muss bereit sein, diszipliniert zu lernen und beim Sport und den praktischen Übungen sein Bestes zu geben, sonst schafft man es nicht. Außerdem braucht man Nerven wie Drahtseile.« Er sah Renaud von der Seite an. »Warum fragen Sie?«

»Ich möchte so gerne zu dieser Truppe, ich finde den Aufgabenbereich total interessant und herausfordernd. Meine Frau Simone ist absolut dagegen, sie sagt, sie müsste ständig Angst um mich haben, und außerdem bekommen wir doch ein Kind.«

»Ja, ganz ungefährlich sind diese Einsätze natürlich nicht, aber erstaunlicherweise passiert gar nicht so viel. Der Schutz der Polizisten wird sehr ernst genommen.«

»Sie sind aber schwer verletzt worden.«

Lagarde grinste. »Hat Ihre besorgte Frau gegoogelt?«

Der junge Kommissar wurde rot. »Tut mir leid.«

»Aber nein, das ist doch heutzutage ganz normal. Ja,

ich bin schwer verletzt worden, weil ich eine Situation falsch eingeschätzt habe.«

»Und dann haben Sie den Dienst quittiert?«

»Ja, so war das. Ich sagte vorhin, man brauche Nerven wie Drahtseile. Die hatte ich nach dem Angriff nicht mehr.«

»Das kann ich mir vorstellen.«

»Ich kann gerne einen Kontakt zu einem Informationsgespräch für Sie herstellen, über die Arbeit der GIGN werden Sie im Internet wenig finden.«

»Das werde ich mit Simone besprechen, aber erst mal vielen Dank.«

Als sie Biscarrosse-Plage erreichten, trugen die letzten Surfer ihre Bretter über den Dünenweg. Bald würde die Dämmerung einsetzen, und es war an der Zeit für einen Aperitif und ein Abendessen. Renaud setzte seinen Kollegen vor dessen Domizil ab und holte eine Weinkiste aus dem Kofferraum. Die Männer verabschiedeten sich.

»Einen schönen Abend«, sagte Lagarde.

»Das wünsche ich Ihnen auch, dann bis morgen.«

»Bis morgen.«

Lagarde hatte das Bedürfnis, sich nach der langen Autofahrt die Beine zu vertreten, und beschloss, noch einen kleinen Abendspaziergang zu machen und über ihre Befragungen nachzudenken. Er war gespannt darauf, wo sich Dominique Riva aufhielt und wann Léon Delcroix wieder auftauchen würde. Außerdem hoffte er, dass der richterliche Beschluss für das Gespräch mit Dalida-Caroline Delcroix bald eintreffen würde, er hielt das Mädchen für eine Schlüsselfigur in diesem Fall.

Wenn der Fischladen noch geöffnet hätte, würde er sich Accras für das Abendessen kaufen, er mochte diese frittierten Stockfischbällchen, die es in Barfleur nicht an jeder Ecke gab. Seine Runde führte an dem Kreisverkehr vorbei, von dem aus der Dünenpfad zum Nordstrand führte. Gegenüber lag die Surfschule, aus deren Räumen wieder Musik ertönte, diesmal Sambarhythmen. Über der Eingangstür war waagrecht ein Surfbrett befestigt, das den grellorangen Schriftzug *Surf Club Biscaii* trug. Daneben zeigte eine Fotocollage ausschließlich Wellenbilder.

Eine Frau war gerade dabei, Boards in die Halterungen zu stellen und sie mit einer verschließbaren Stahlkette vor Dieben zu schützen. Danach hängte sie nasse Neoprenanzüge auf Bügeln an einer Stange auf. Sie arbeitete schnell und effektiv. Als Lagarde näher kam, erkannte er, dass es seine Nachbarin Charlotte Duflot war.

»Bonsoir, Madame. Ich wusste gar nicht, dass Sie hier arbeiten.«

Erstaunt drehte sie sich um. »Bonsoir, Monsieur le Commissaire. Machen Sie einen Abendspaziergang?«

»Ja, ich will ein wenig nachdenken.«

»Darf ich Sie zu einem Bier einladen? Ich mache

jetzt Feierabend. In der Nebensaison schließe ich früher, da ist nicht so viel los. Im Juli und August hat der Laden bis zweiundzwanzig Uhr geöffnet. Dann ist es abends noch lange hell, das nutzen die Surfer aus, auch die Anfänger, weil das Meer im Hochsommer nicht ganz so tückisch ist wie jetzt.«

»Ein Bier trinke ich gerne, es war ein langer Tag.«

»Hoffentlich auch ein erfolgreicher.«

»Warten wir es ab.«

Sie verschwand kurz in den Geschäftsräumen der Surfschule und kam mit zwei Flaschen Bier zurück.

»Setzen wir uns doch an den Bistrotisch.«

Die Sitzgelegenheit stand zwischen Bananenstauden, an denen der Wind rüttelte. Sandschleier wirbelten über die Straße.

»Heute Nacht gibt es ein Gewitter«, meinte sie. Geschickt drehte sie die Kronkorken von den Flaschenhälsen und reichte ihm ein Bier. Es war sehr kalt. »Prost.«

Sie tranken und betrachteten die Dünenlandschaft, über die erste Schatten wanderten. Einer der letzten Sonnenstrahlen zeichnete Charlottes Profil nach. Sie war wirklich eine aparte Schönheit.

»Ich arbeite hier nicht nur, ich bin die Besitzerin«, erzählte sie.

»Ihnen gehört das Geschäft?«

»Ja, es läuft gut. Natürlich gebe ich keine Surfkurse mehr, das übernehmen inzwischen meine jüngeren

Angestellten, nur ab und zu führe ich einen Kinder-
kurs durch. Es macht so viel Spaß mit den Kleinen.
Außerdem verkaufe ich Boards und die ganze erforderliche Ausrüstung.« Sie lächelte. »Als junge Frau
habe ich dreimal hintereinander die Surfmeisterschaft
der *Côte d'Argent* gewonnen.«

»Das glaube ich sofort. Ich habe vor etlichen Jahren mal einen Kurs gemacht, das ist ein wunderschö-
ner Sport. Leider bin ich dann nicht mehr zum Surfen
gekommen.«

»Inzwischen haben sich die Bretter verändert, das
Material ist leichter und dennoch sehr stabil.«

»Was kostet denn so ein Brett?«

»Für ein gutes Board müssen sie fünfhundert bis
tausend Euro einplanen. Aber ich kann Ihnen gerne
einmal ein Surfbrett ausleihen, zum Ausprobieren,
kostenlos natürlich. Wenn Sie wollen, gebe ich Ihnen
einen Auffrischungskurs.«

Lagarde lachte. »Vielleicht, wenn der Fall gelöst ist,
im Moment habe ich leider keine Zeit.«

»Natürlich nicht, das verstehe ich.«

Er trank sein Bier aus und bedankte sich. »Ich mache mich wieder auf den Weg. Wissen Sie, ob der
Fischstand in der Fußgängerzone noch geöffnet hat?«

»Ja, bis einundzwanzig Uhr, das schaffen Sie noch.
Bonsoir, Monsieur le Commissaire.«

»Bonsoir, Madame Duflot.«

Lagarde hatte sich nach dem Abendessen mit einem Glas Wein auf der Terrasse niedergelassen und seine inzwischen umfangreichen Notizen durchgesehen und ergänzt. Dabei hatte ihn irgendetwas beschäftigt, es hatte aus seinem Unterbewusstsein an die Oberfläche dringen wollen. War es eine zufällige Bemerkung gewesen, eine flüchtige Beobachtung? Er war nicht darauf gekommen, obwohl der Gedanke fast greifbar war. Schließlich hatte er aufgegeben und im Bücherregal im Salon einen Kriminalroman von Georges Simenon, »Maigret verliert eine Verehrerin«, entdeckt. Die Geschichte klang spannend, deshalb hatte er das Buch mit ins Bett genommen und war darüber eingeschlafen.

Das Klingeln seines Handys weckte ihn, als das Display ein Uhr fünfundzwanzig anzeigte. Er meldete sich, es war Stéphanie Marat, die Spätschicht hatte.

»Hallo, Philippe, gerade kam ein Anruf von Maurice Jarre, dem Nachbarn der Delcroix. Er sagt, aus dem Manoir dringe ein Lichtschein, der sich bewegt, wie von einer Taschenlampe.«

»Sind Sie in der Gendarmerie?«

»Ja.«

»Ist jemand bei Ihnen?«

»Nein, ich bin alleine, meine Kollegen sind zu einer Discoschlägerei nach Parentis gerufen worden.«

»Okay, dann fahren wir zu zweit, wir dürfen keine Zeit verlieren.«

»Soll ich Sie abholen?«

»Ja, ich warte vor dem Haus. Kein Blaulicht, keine Sirene.«

»In zwei Minuten bin ich da.«

Lagarde schlüpfte schnell in Jeans, Pullover und Sportschuhe und steckte seine Dienstpistole in das Schulterholster, dann lief er die Treppe hinunter. Als er die Gartenpforte erreichte, näherten sich schnell Scheinwerfer, der Wagen kam direkt neben ihm zum Stehen. Rasch stieg er ein.

»Wir fahren nicht direkt zum Manoir«, entschied er. »Wir parken in der kleinen Nebenstraße. Der Eindringling könnte sonst den Wagen sehen und verschwinden.«

Die Gendarmin fuhr zügig durch die verlassenen Straßen, und nach drei Minuten hatten sie das Manoir *Stella Maris* erreicht. Aus dem Handschuhfach nahmen sie zwei Taschenlampen. Die Villa lag im milchigen Licht des Mondes und wirkte abweisend. Aus dem nahen Wald erklang der Lockruf einer Waldohreule. In der Luft lag der schwere Duft von Jasmin. Donner grollte in der Ferne, das Gewitter näherte sich allmählich.

Im Schutz der Hecke liefen sie zum Haupteingang, er war verschlossen. Aus den Fenstern im Erdgeschoss drang kein Lichtschein, kein Laut war zu hören. Marat ließ den Blick über die Fassade wandern.

»Da«, flüsterte sie, »im ersten Stock, ich habe einen

Lichtstrahl gesehen, nur ganz kurz. Es müsste das Schlafzimmer von Monsieur Delcroix sein.«

»Versuchen wir es an der Hintertür, die in die Küche führt.«

Geduckt liefen sie an der Mauer entlang um das Haus. Die Küchentür war aufgebrochen und angelehnt, das zerrissene Siegel flatterte im Nachtwind. Rasch schlüpften sie hinein und lauschten, es war ganz still. Mit gezogenen Waffen durchquerten sie die Küche, die im Dämmerlicht lag, und gelangten in die Eingangshalle. Durch die Glaskuppel sickerte Mondlicht.

»Wir gehen in den ersten Stock«, flüsterte Lagarde. »Sie bleiben dicht hinter mir. Wenn Sie bedroht werden, schießen Sie.«

Leise erklommen sie Stufe um Stufe. Der Flur war leer, das Schlafzimmer von Bertrand, dessen Tür offen stand, ebenso. Die Tür des nächsten Zimmers, in dem sich das Büro befand, war geschlossen. Langsam öffnete Lagarde sie und blickte hinein. Da war niemand.

Ein plötzliches Rumpeln ließ Marat zusammenfahren, es kam aus dem Schlafzimmer von Madeleine Delcroix. Sie schlichen darauf zu.

Auf einmal brüllte ein Mann: »Wo ist diese verdammte Justizschlampe? Das gibt es doch nicht, der Vogel ist ausgeflogen.«

Vorsichtig spähte der Kommissar in den Raum. Vor dem zerwühlten Bett stand ein Mann, in der linken

Hand eine Taschenlampe, in der rechten einen Re-
volver, und trat wütend mit seinem Stiefel gegen das
Rahmengestell. Er war groß und stämmig, hatte einen
dicken Bauch und trug einen Pferdeschwanz. Mehr
konnte Lagarde nicht erkennen. Das Bett wurde knar-
rend ein Stück zur Seite gerutscht.

»Hast du dich unter dem Bett versteckt, du Miststück? Dich kriege ich, und dann knalle ich dich ab.
Auf diesen Moment habe ich lange gewartet.« Er wollte sich gerade auf den Kleiderschrank stürzen, als er
Lagarde mit der auf ihn gerichteten Waffe im Türrahmen stehen sah. Der Mann reagierte blitzschnell. Vor
Wut brüllend packte er einen Stuhl als Schutzschild
und stürmte auf Lagarde zu. Es ging so schnell, dass
Lagarde nur noch in Deckung gehen konnte. Zum
Schießen blieb keine Zeit, die Kugel hätte an der Un-
terseite des Sitzes abprallen und Marat oder ihn ver-
letzen können. Der Mann ließ den Stuhl fallen, stieß
die Polizistin so heftig gegen die Flurwand, dass sie
stürzte, dann rannte er davon, als sei der Teufel hinter
ihm her. Marat keuchte auf.

»Haben Sie sich verletzt?«, fragte Lagarde.

»Nein, ich glaube nicht, ich bin nur erschrocken.«

Mühsam rappelte sie sich hoch, er half ihr beim Auf-
stehen. »Kommen Sie, den Burschen kriegen wir.«

So schnell sie konnten, rannten sie hinter ihm her,
über die Treppe, durch die Eingangshalle und die Küche, hinaus in den Garten. Der Mann hatte bereits die

hintere Pforte erreicht und trat sie mit dem Stiefel auf, dann flüchtete er in den Wald. Die Polizisten stürmten durch die Tür und nahmen die Verfolgung auf.

»Halt, Polizei!«, rief Lagarde. »Stehen bleiben! Bleiben Sie sofort stehen!« Der Mann, bei dem es sich nur um Riva handeln konnte, rannte über einen Waldpfad.

Sie holten auf und konnten seinen keuchenden Atem hören. Plötzlich stolperte der Gejagte über eine Wurzel und wäre fast gestürzt, fing sich aber wieder. Als er sah, wie dicht ihm Lagarde und Marat auf den Fersen waren, hob er die Waffe und schoss auf die Polizistin. Gleichzeitig stieß Lagarde sie zur Seite in ein Gestrüpp und erwiderte das Feuer. Er traf den Mann am Arm, der heulte auf, schwankte und stolperte weiter. Seine Pistole war ihm aus der Hand gefallen.

Nach wenigen Sekunden hatte Lagarde ihn eingeholt und überwältigt. Er warf ihn auf den Boden, drehte ihn auf den Bauch und legte ihm blitzschnell Handschellen an, während der Mann sich heftig wehrte und laut Beschimpfungen ausstieß. Lagarde stand neben ihm und sah auf ihn hinab.

»Einbruch, Angriff auf einen Polizisten und versuchte Tötung einer Polizistin, Sie sind schneller wieder im Gefängnis, als Sie es sich träumen lassen. Sie sind doch Dominique Riva?« Er erhielt keine Antwort.

»Mein Arm!«, schrie der Mann. »Ich verblute, ich brauche sofort einen Arzt.«

Lagarde besah sich die Wunde. Es war ein Streifschuss, keine lebensgefährliche Verletzung. Mit einem Taschentuch band er den Arm ab, dann forderte er Verstärkung und einen Notarzt an.

Marat hatte sich in der Zwischenzeit aus dem Gebüsch gekämpft, stellte sich neben ihn und klopfte die Diensthose ab.

»Es tut mir leid, dass ich so grob war«, sagte er, »aber er hätte Sie vielleicht getroffen.«

»Ich weiß, danke.«

Jetzt erst bemerkte er, dass sie zitterte und kalkweiß im Gesicht war.

»Alles in Ordnung mit Ihnen?«

»Ja, es ist nur … es war das erste Mal, dass jemand auf mich geschossen hat, aber es geht schon wieder.«

Der Kommissar kniete sich neben den Mann. »Sie sind Dominique Riva, nicht wahr?«

»Das geht Sie nichts an.«

»Ich finde es sowieso heraus, also?«

»Ja, das stimmt«, brummte er.

Von weitem war ein Martinshorn zu hören.

»Sie werden jetzt in ein Krankenhaus gebracht und dort medizinisch versorgt. Morgen reden wir.«

Marat lief zur Straße, um dem Notarzt und den Sanitätern den Weg zu zeigen. Inzwischen waren auch ihre Kollegen aus Parentis eingetroffen. Die Fahrzeuge holperten über den Waldweg, die Transportliege wurde herausgerollt.

Lagarde schloss die Handschellen auf, und sofort

nutzte Riva die Chance, trat nach ihm und wollte aufspringen und fliehen. Doch der Kommissar packte ihn an der Schulter, riss ihn herum und verschloss die Handschellen erneut, diesmal vor dem Bauch. Obwohl Riva sich massiv wehrte, wurde er auf die Bahre gedrückt und mit Gurten fixiert. Der Notarzt untersuchte die Wunde und versorgte sie.

Lagarde wandte sich an Marats Kollegen. »Sie begleiten ihn bitte und sorgen dafür, dass er nicht flüchtet. Er muss die ganze Nacht bewacht werden, morgen früh will ich mit ihm reden. Seien Sie bitte vorsichtig, der Mann ist sehr gefährlich.«

»In Ordnung.«

Riva wurde abtransportiert, die Liege verschwand im Krankenwagen. Nachdem die Fahrzeuge abgefahren waren, verließen Marat und Lagarde den Wald und gingen schweigend bis zu der Straße vor der Villa. Dort blieben sie stehen. Plötzlich wurde die Stille von einem Knall durchbrochen, die Himmelsschleusen öffneten sich, es schüttete wie aus Kübeln und grellweiße Blitze tanzten über das Firmament.

»Woher wussten Sie, wer dieser Mann ist?«, fragte die Gendarmin erstaunt.

»Der Bruder von Madeleine Delcroix hat heute von ihm erzählt.«

»Was wollte er denn in dem Haus?«

»Er wollte Madeleine töten.«

»Das verstehe ich nicht.«

»Wenn wir morgen mit ihm reden, wird sich hoffentlich alles aufklären.«

Eine Weile schwiegen sie gedankenverloren, während die Wassermassen ihre Kleidung durchnässten.

»Wo ist eigentlich Ihre Tochter, wenn Sie nachts Dienst haben?«

»Sie schläft bei unseren Nachbarn im Gästezimmer. Sie sind sehr nett und kümmern sich liebevoll um Nicolette.«

»Es ist sicher nicht immer einfach für Sie, Familie und Beruf unter einen Hut zu bringen.«

»Nein, immer nicht, aber wir kommen schon klar, wir sind ein super Team.«

»Aber sicher, davon bin ich überzeugt. Dann würde ich vorschlagen, dass Sie jetzt nach Hause fahren. Ihr Dienst ist doch schon längst zu Ende.«

»Das mache ich, mir sitzt der Schreck noch in den Gliedern.«

»Soll ich Sie fahren? Ich nehme mir ein Taxi zurück, das ist kein Problem.«

»Nein danke, es geht schon wieder.«

»Gut, wie Sie wollen. Ich laufe zurück. Dann *bonne nuit*, Stéphanie.«

»*Bonne nuit*, Philippe.«

Als sie in den Wagen stieg, hatte ihn die Dunkelheit bereits verschluckt.

Stéphanie Marat fuhr zurück zur Gendarmerie und parkte den Dienstwagen vor dem Gebäude. Nachdem sie die Schlüssel an das Brett im Eingangsbereich gehängt und die Eingangstür wieder verschlossen hatte, eilte sie durch den strömenden Regen zu ihrem Auto. Jetzt wollte sie nur noch nach Hause.

Als sie in die Hauptstraße einbog, stellte sie die Scheibenwischer auf die höchste Stufe, trotzdem wurden sie der Wassermassen kaum Herr. Die Lichtkegel der Straßenlaternen spiegelten sich in den Pfützen und Rinnsalen. Um diese Uhrzeit war kein Mensch mehr unterwegs, kein Fahrzeug war zu sehen, die Ortschaft schien verlassen, und Stéphanie hatte das Gefühl, alleine auf der Welt zu sein. Sie fröstelte in den nassen Kleidern und drehte die Heizung hoch. Bedrohlich tauchte das Bild des Mannes in ihrem Kopf auf, der auf sie geschossen hatte, es wurde immer eindringlicher. Ihre kalten Hände, die das Lenkrad umklammerten, begannen zu zittern. Wenn Philippe sie nicht aus der Schussbahn gestoßen hätte, wäre sie jetzt womöglich tot. Nicolette hätte keine Mutter mehr, was wäre dann aus ihr geworden? Diese entsetzliche Vorstellung ließ sie schaudern. Der Vater ihrer Tochter wäre nicht in der Lage, sich um sie zu kümmern.

Als sie Biscarrosse-Plage hinter sich ließ und in die Landstraße nach Bourg einbog, umhüllte sie fast vollständige Dunkelheit. Im Scheinwerferlicht sah sie Nebelschwaden aufsteigen, der Wald zu beiden Seiten wirkte wie eine undurchdringliche Wand, der Wind vom Meer pfiff durch die Wipfel. Kein einziger Stern war am Himmel zu sehen, der Mond verbarg sich hinter Wolken. Der Regen prasselte eintönig auf das Dach. Bisher war ihr nicht ein einziges Auto begegnet.

Vorhin hatte sie Philippe erzählt, dass sie und Nicolette gut klarkamen, das war nicht die ganze Wahrheit gewesen, so einfach war es nicht. Vor zehn Jahren hatte sie sich in einen Polizisten verliebt, den sie bei einer Fortbildung in Bayonne kennengelernt hatte. Gilles Marat, ein gutaussehender, charmanter Mann. Sie hatten geheiratet, sich ein hübsches kleines Haus in Biscarrosse-Bourg gekauft, und ein Jahr später war Nicolette auf die Welt gekommen. Das Glück schien perfekt, doch es währte nicht lange. Gilles war eifersüchtig und trank. Er trank, sobald Probleme auftauchten, das war seine Art, damit umzugehen. Einen Grund fand er immer, sein Chef behandle ihn unfair, die Kollegen akzeptierten ihn nicht, er werde bei Beförderungen übergangen. Als ein Kilo Kokain aus der Asservatenkammer verschwand, konnte man ihm nichts nachweisen, doch sein Chef ließ ihn versetzen, und Gilles quittierte empört den Dienst. Stéphanie wusste, dass er es gestohlen hatte. Damals hatte er es auf dem Dachboden versteckt, und ehe sie sich entschieden hatte, was sie tun sollte, war es weg. Als sie ihn darauf ansprach und eine Erklärung verlangte, schlug er sie zum ersten Mal. Danach schien ein

Damm gebrochen zu sein. Bei den geringsten Anlässen rastete er vollkommen aus und ging auf sie los. Einmal beschuldigte er sie, ein Verhältnis mit einem Kollegen zu haben, und verpasste ihr ein blaues Auge. Zunächst hoffte sie, dass er sein Verhalten ändern und einsichtig werden würde, allein schon seiner Tochter zuliebe, stattdessen wurde es immer schlimmer. Er fand keine neue Anstellung und trank immer mehr. Als er in einem Zustand trunkener Raserei auf die kleine Nicolette losging, rief sie Kollegen zu Hilfe, die ihre Anzeige aufnahmen und ihn abführten. Daraufhin ließ sie die Schlösser auswechseln und reichte die Scheidung ein. Gilles wurde zu einer Bewährungsstrafe verurteilt und hauste mittlerweile, nachdem er monatelang verschwunden gewesen war, in einer Obdachlosenunterkunft in Parentis. Seit diesem traumatisierenden Ereignis besuchte Nicolette einmal in der Woche eine Kinderpsychologin.

Marat hatte Schwierigkeiten, das Darlehen für das Haus abzubezahlen, sie mussten sich sehr einschränken. Deshalb hoffte sie auf eine baldige Beförderung, dann würde es leichter werden. Außerdem unterstützten ihre Eltern sie. Nicolette und sie waren glücklich zusammen und führten jetzt ein ruhiges Leben. Aber Stéphanie hatte noch immer schreckliche Angst vor Gilles, der, obwohl ein Richter ein Annäherungsverbot ausgesprochen hatte, schon ein paarmal aufgetaucht war und Geld verlangt hatte.

Energisch schob Stéphanie die Gedanken über ihren Exmann zur Seite. Ihr war im Wald nichts geschehen, sie war noch am Leben. Außerdem war sie stolz darauf, zu dem Ermittlerteam zu gehören. Die Arbeit war herausfordernd und spannend, sie hielt Philippe für sympathisch und sehr kompetent. Sie war neugierig, was bei der Befragung des Einbrechers herauskommen würde. Am Morgen würde sie mit Nicolette frühstücken und für sie Pfannkuchen mit Heidelbeerkompott zubereiten, die sie so gerne mochte. Nach Dienstschluss würden sie an den Strand fahren, Ball spielen und ein Picknick veranstalten. Alles war gut.

Nach zehn Kilometern erreichte sie den Hauptort Bourg und bog rechts in die Straße ein, die zum Zentrum führte. Nach einigen Hundert Metern erreichte sie ihr Haus und parkte in der Einfahrt. Erleichtert seufzte sie auf, jetzt wollte sie nur noch aus den feuchten Kleidern und ins Bett, sie war hundemüde.

Der Eingangsbereich wurde von einer Lampe beleuchtet. Als sie in ihrer Tasche nach dem Schlüssel kramte, erschreckte sie ein Geräusch, und sie blickte auf.

Er stand im Schatten neben der Tür und hatte offenbar auf sie gewartet. Entsetzt fuhr sie zusammen. Gilles sah schrecklich aus, völlig heruntergekommen. Als er aus der Dunkelheit auf sie zutrat, konnte sie sein Gesicht sehen. Es war grau und von Falten durchzogen. Eine gezackte wulstige Narbe, die von der linken Braue bis zum Kinn verlief und die er sich bei einer Kneipenschlägerei zugezogen hatte, leuchtete grellrot. Die Augen waren blutunterlaufen und fixierten sie mit einem hasserfüllten Blick. Die strähnigen Haare standen wirr vom Kopf ab, seine Hose war zerrissen, der Pullover starrte vor Schmutz. Er schwankte. Sie kannte ihn sehr gut und wusste, dass er sturzbetrunken war.

»Hast du dich wieder durch die Betten geschlafen, du Miststück?«, lallte er.

Darauf ging sie nicht ein. »Was willst du?«, fragte sie mit tonloser Stimme.

»Geld will ich, mir ist der Schnaps ausgegangen.«

»Von mir bekommst du keinen Cent. Verschwinde sofort, sonst rufe ich die Polizei.«

Er kicherte irre. »Die ist doch schon da. Komm, Stéphie, nur dreißig Euro, sei doch nicht so. Dann bist du mich los.«

Wütend funkelte sie ihn an. »Nein, hau ab.«

Er taumelte auf sie zu und erhob die Hand zum Schlag. Voller Angst wich sie zurück. Immer hatte sie Angst vor ihm, schon wieder fiel sie in die Opferrolle. Sie dachte an ihre Tochter, und plötzlich erfüllte sie unbändiger Zorn. Sie war kein Opfer, damit war jetzt endgültig Schluss.

Entschlossen stieß sie ihm das Knie in die Weichteile. Er stöhnte und sackte zusammen. Blitzschnell zog sie ihre Waffe und richtete sie auf ihn.

»Wenn du nicht augenblicklich verschwindest, knalle ich dich ab. Du hast es nicht besser verdient.«

So schnell er konnte, humpelte er davon und verschwand in der Dunkelheit. »Das wird dir noch leidtun!«, brüllte er.

Irgendwo wurde ein Fenster aufgerissen, und eine Männerstimme rief: »Ruhe da draußen!«

Rasch steckte sie ihre Pistole wieder weg. Sie zitterte am ganzen Körper. Hatte sie wirklich auf ihn schießen wollen? Nein, sie wollte nur, dass er sie endlich in Ruhe ließ.

Eilig betrat sie das Haus und verriegelte die Tür. In der Küche machte sie sich einen Tee. Mit der dampfenden Tasse ging sie zum Fenster und kippte es. Dann holte sie ihren Notvorrat an Zigaretten aus der Schublade. Sie sank auf einen Stuhl und zündete sich eine an. Was für ein Tag!

SCHOKOLADE AUS BAYONNE
SIEBTER TAG

Als Lagarde am nächsten Morgen erwachte, lag Tintin neben ihm auf dem zweiten Kopfkissen und schlief. Sie musste heute Nacht, als er nach Hause gekommen war, unbemerkt mit durch die Haustür geschlüpft sein.

Als er Kaffee aufsetzte, telefonierte er mit Renaud und informierte ihn über die Ereignisse der zurückliegenden Nacht. Der junge Kommissar war entsetzt, als er hörte, dass Riva auf Marat geschossen hatte. Zum Glück war ihr nichts geschehen, und sie war mit einem Schrecken davongekommen. Da Lagarde zuerst mit diesem Mann sprechen wollte, verabredeten sie sich um neun Uhr am Krankenhaus von Arcachon, ihre tägliche Besprechung würden sie danach abhalten.

Nachdem das geklärt war, ging er mit seiner Kaffeetasse auf die Terrasse und blinzelte in die blassgelbe Morgensonne. Nur die nasse Wiese und feucht glänzende Blätter wiesen noch darauf hin, dass es nachts geregnet hatte. Es roch nach Gras und feuchter Erde. Hinter ihm erklang ein Maunzen. Das Kätzchen saß neben dem Futternapf und sah ihn erwartungsvoll an.

Nachdem er es versorgt hatte, aß er ein Honigbaguette und trank eine zweite Tasse Kaffee. Dabei dachte er über den Fall nach, der immer komplizierter zu werden schien. Der Einsatz gestern Nacht war riskant gewesen, er hatte Stéphanie in Gefahr gebracht, das hätte nicht passieren dürfen. Andererseits war keine Zeit gewesen, auf Verstärkung zu warten, denn dann wäre der Einbrecher über alle Berge gewesen. In Zukunft würde er versuchen, solche Situationen zu vermeiden oder, falls es nicht anders ging, im Alleingang vorzugehen. Auch darin war er ausgebildet worden.

Um kurz vor halb neun machte er sich auf den Weg. Inzwischen kannte er sich in Arcachon schon ein wenig aus. Er fuhr am Bahnhof und an der Touristeninformation vorbei zur Frühlingsstadt, die auf einem Hügel lag. Von dort aus hatte man einen schönen Blick auf die von Austerngärten umgebene Vogelinsel im Bassin von Arcachon, die bei Flut fast ganz überspült wurde. Aus dem Wasser ragten dann nur noch Pfahlbauten, *Cabanes*, die früher der Entenjagd und der Überwachung der Austernplätze gedient hatten und jetzt als Sommerhäuser genutzt wurden. Das kleine Eiland lag im Sonnenlicht. Austernfischerboote, *Pinasses*, zogen über die glatte Wasseroberfläche zu den Gärten, die bei Ebbe gepflegt wurden.

Südlich der Frühlingsstadt lag in einem weitläufigen Park das Krankenhaus. Lagarde stellte den Toyota auf dem Parkplatz ab und ging zur Hauptpforte. Dort wartete bereits Renaud auf ihn. Nachdem sie sich einen guten Morgen gewünscht hatten, berichtete der junge Kommissar, dass Dominique Riva laut Auskunft des Pförtners in der Chirurgie lag.

Über einen gepflasterten Weg, der durch gepflegte Rasenflächen und Blumenrabatten führte, gingen sie zum Eingang und gelangten über eine Treppe in den ersten Stock. Ein Krankenpfleger saß hinter einem verglasten Tresen, begrüßte sie mit professioneller Höflichkeit und erkundigte sich nach ihrem Anliegen. Die Kommissare wiesen sich aus und erklärten, dass sie mit Dominique Riva sprechen wollten. Der Pfleger wusste sofort, wen sie meinten. »Der Mann, der von zwei Polizisten bewacht wird.«

»Ja«, bestätigte Lagarde. »Und vorher möchten wir gerne mit dem diensthabenden Arzt sprechen.«

»In Ordnung, ich funke Docteur Richard über ihren Piepser an. Nehmen Sie doch bitte einen Moment Platz, sie wird gleich kommen.«

Er deutete auf eine Sitzgruppe. Auf dem Tisch lag ein Stapel Zeitschriften, an der Wand hing ein riesiges abstraktes Gemälde in beruhigenden Farbtönen. Es dauerte nicht lange, dann kam eine Ärztin mit fliegenden Kittelschößen, um den Hals ein Stethoskop, den Flur entlanggeeilt. In der Hand hielt sie einen Kaffeebecher. Sie stellte sich als Stationsärztin Docteur Richard vor und setzte sich zu ihnen. Sie sah müde und erschöpft aus, aus ihrem strengen Chignon hatte sich eine Strähne gelöst, die ihr ins Gesicht fiel. Seit drei Stunden war ihr Dienst zu Ende, und ihr Nachfolger hatte sich krankgemeldet. Sie trank einen Schluck Kaffee, konzentrierte sich auf die Situation und lächelte die Kommissare freundlich an.

»Sie kommen wegen Dominique Riva und möchten mit ihm sprechen?«

»Ja, wenn sein Zustand es erlaubt«, entgegnete Lagarde.

»Dem Patienten geht es gut, sein Zustand ist stabil. Er hat eine Fleischwunde am linken Oberarm, die durch einen Streifschuss hervorgerufen wurde und nicht sehr tief ist. Ich habe sie mit neun Stichen genäht.«

»Dann können wir mit ihm reden?«

»Ja, es spricht nichts dagegen. Ich habe nur eine Bitte: Ich halte es für dringend erforderlich, dass er verlegt wird. Er ist sehr aggressiv. Heute Nacht wollte er unter allen Umständen sein Patientenzimmer verlassen und gehen, eine Nachtschwester hat mich daraufhin angefunkt. Als ich in sein Zimmer kam, war er gerade dabei, aufzustehen, hat gebrüllt wie ein Verrückter, nach der Schwester geschlagen und mich zur Seite gestoßen. Zum Glück haben zwei Gendarmen vor dem Zimmer Wache gehalten. Sie sind uns zu Hilfe geeilt und haben ihn mit Handschellen an das Bett gefesselt. Dabei hat er um sich geschlagen und weitergeschrien. Mir ist nichts anderes übriggeblieben, als ihn zu sedieren. Ich kann es nicht verantworten, dass andere Patienten gestört werden, dass Gewalt angewendet wird oder es gar zu Verletzungen kommt. So etwas habe ich noch nie erlebt.«

Lagarde hatte das schon befürchtet und Renaud gebeten, mit dem zuständigen Staatsanwalt zu sprechen.

»Riva wird heute im Lauf des Vormittags in das Gefängniskrankenhaus in Bordeaux verlegt, wenn er transportfähig ist«, informierte er die Ärztin.

»Das ist er.«

Der Staatsanwalt würde Anklage erheben, und Riva würde, wenn er das Gefängniskrankenhaus verlassen konnte, in Untersuchungshaft kommen.

»Da bin ich sehr erleichtert. Hier kann er nicht bleiben, der Mann ist unberechenbar und gewalttätig.«

Die Kommissare bedankten sich bei der Stationsärztin, dann meldete sich ihr Piepser. Sie entschuldigte sich und eilte davon.

Vor Rivas Zimmer saßen zwei Polizisten. Die Kommissare wiesen sich aus und berichteten den Kollegen, dass Riva bald verlegt werde.

»Das ist gut«, meinte der eine Polizist. »Dieser Mann ist eine wandelnde Zeitbombe.«

»Ist er jetzt wach?«, fragte Lagarde.

»Ich habe gerade nach ihm geschaut, bisher hat er geschlafen, aber ich glaube, er wacht bald auf. Er wälzt sich unruhig im Bett hin und her. Gehen Sie ruhig hinein, er kann nicht auf Sie losgehen, wir haben ihn ans Bett gefesselt.«

Ganz korrekt war das nicht, aber schließlich war Gefahr in Verzug gewesen, für das medizinische Personal ebenso wie für Patienten.

Sie betraten das Zimmer und setzten sich neben das zerwühlte Bett. Die Hauswirtschafterin, die für Ordnung und Sauberkeit zuständig war, hatte sich, nachdem sie von Kollegen von dem nächtlichen Aufruhr gehört hatte, strikt geweigert, das Patientenzimmer zu betreten. Die Luft war zum Schneiden und abgestanden, Renaud öffnete ein Fenster. Nachdem er sich wieder gesetzt hatte, betrachtete er Riva. Er lag auf dem Rücken, das Bettlaken hatte er weggestrampelt, so dass man den gewaltigen Bauch sah, der das Flügelhemd wölbte. Seine Beine waren dicht behaart, die Füße ungepflegt. Das rechte Handgelenk war mit einer Handschelle am Bettrahmen fixiert. Den linken Oberarm hatte man bandagiert und mit einer Schlinge ruhiggestellt. Der Mann hatte grobe Gesichtszüge und einen fahlen Teint. Die Haare waren fettig und von grauen Strähnen durchzogen.

Plötzlich schlug Riva die Augen auf und sah seine Besucher irritiert an. Dann schien er sich an Lagarde zu erinnern und schrie mit vor Wut verzerrtem Gesicht: »Du bist doch die Ratte, die auf mich geschossen hat! Du wolltest mich umbringen, du Bastard!« Flüche und Verwünschungen folgten wie Maschinen-

gewehrsalven in einer Sprache, die Lagarde als Portu-
giesisch identifizierte. Er hatte nachts im Wald schon
den Eindruck gehabt, dass Riva mit einem Akzent
sprach. Der Mann wollte aus dem Bett stürzen, wurde
jedoch von der Fessel zurückgehalten.

»Macht mir das verdammte Ding ab!«, brüllte er.
»Das ist Freiheitsberaubung, das dürft ihr nicht.« Er
zerrte an der Fessel und trat mit den Füßen nach ihnen. »Drecksbullen!«

Die Kommissare schwiegen und warteten darauf,
dass er sich beruhigte. Er spuckte und geiferte, schließlich ließ er sich erschöpft in die Kissen fallen. »Ich
habe Hunger, und ich will einen Kaffee.«

»Ich hole Ihnen gerne eine Tasse, wenn Sie bereit
sind, in Ruhe mit uns zu reden«, versuchte es Lagarde.

Riva sah ihn böse an und überlegte. »Also gut.«

Lagarde verließ das Zimmer und kam nach wenigen Minuten mit einem Kaffee aus dem Automaten
zurück. Er reichte den Becher Riva, der ihn trotz des
Verbandes problemlos nehmen konnte, und setzte
sich wieder. Einer Eingebung folgend, wandte er sich
blitzschnell ab, und tatsächlich versuchte der Mann,
ihm das heiße Getränk ins Gesicht zu schütten. Der
Kaffee platschte auf die Fliesen.

»Schade um den guten Kaffee«, meinte Lagarde.
»Jetzt habe ich leider kein Kleingeld mehr. Also, Monsieur Riva, entweder Sie reden jetzt mit uns, oder

wir kommen wieder, wenn Sie in Untersuchungshaft einsitzen. Wie Sie wollen.«

Der Mann erschrak. »Untersuchungsgefängnis? Ich komme doch gerade erst aus dem Gefängnis. Da will ich nie wieder hin. Wissen Sie, wie man da behandelt wird, wenn die Mitinsassen einem unterstellen, dass man seine Frau getötet hat?«

Darauf ging Lagarde nicht ein. »Wann sind Sie entlassen worden? Sagen Sie schon. Es kostet mich einen Anruf, dann habe ich die Information.« Riva entschied sich dazu, zu kooperieren. Die Aussicht auf eine erneute Unterbringung in einer Haftanstalt hatte in völlig demoralisiert. »Vor zwei Wochen.«

»Und was haben Sie dann gemacht?«

»Ich bin nach Portugal gefahren zu meiner Schwester Maria, sie lebt in Porto.«

»Warum sind Sie zu Ihrer Schwester gefahren?«

»Ich wusste nicht, wohin, und ich musste Ruhe finden und nachdenken, wie es weitergehen soll.«

»Wann sind Sie nach Frankreich zurückgekehrt?«

»Gestern, ich bin mit dem Zug zurückgefahren.«

»Und wie sind Sie nach Biscarrosse-Plage gekommen?«

»Mit einem Taxi, Maria hat mir Geld geliehen.«

»Weshalb sind Sie in das Haus der Delcroix eingebrochen?«

»Ich wollte Madeleine Delcroix einen Denkzettel verpassen.«

»Aus welchem Grund?«

»Sie hat mich für zwanzig Jahre in den Knast geschickt!«, schrie er außer sich. »Diese korrupte Schlampe, dabei war ich unschuldig.«

Ein Polizist steckte den Kopf zur Tür herein. »Ist alles in Ordnung?«

»Ja«, beruhigte ihn Lagarde. Der Mann zog sich zurück, und er setzte die Befragung fort.

»Sie hatten eine Waffe dabei, was wollten Sie damit tun?«

»Nichts, ich wollte ihr nur einen Schrecken einjagen, aber sie war nicht da.«

»Sie wollten Sie nicht erschießen für das, was sie Ihnen angetan hat?«

»Nein, natürlich nicht, ich bin doch kein Mörder.«

»Sie hätten heute Nacht beinahe eine Polizistin erschossen.«

Er gab keine Antwort.

»Waren Sie vorher schon einmal in dem Haus? Nach Ihrer Haftentlassung?«

»Ich habe doch schon gesagt, dass ich in Porto war.«

»Sind Sie wiedergekommen, um den Monet zu holen?«

»Was? Welchen Monet?« Er schien wirklich erstaunt.

»Gut, Monsieur Riva. Wir werden Ihre Angaben überprüfen. Wenn noch weitere Fragen auftauchen, melden wir uns.«

Es klopfte an die Tür, und vier Polizisten betraten

den Raum. »Wir sollen einen Dominique Riva abholen und ihn in das Krankenhausgefängnis bringen«, sagte einer von ihnen und nickte Renaud zu.

»Wir sind fertig«, informierte Lagarde die Kollegen. »Sie können ihn mitnehmen.«

Als Riva abtransportiert wurde, wütete er wie ein Berserker. Die Polizisten hatten Mühe, ihn zu bändigen. Erst als sich die Aufzugtüren hinter ihnen schlossen, kehrte wieder Ruhe ein.

Die Kommissare sahen sich an, Renaud schüttelte den Kopf. »So etwas habe ich noch nie erlebt. Jetzt brauche ich erst einmal einen Kaffee. Wie konnten Sie nur so ruhig bleiben, als er versucht hat, Ihnen das Getränk ins Gesicht zu schütten? Ich glaube, ich wäre total ausgerastet.«

»Man sollte immer versuchen, sich nicht provozieren zu lassen. Aber ich gebe zu, dass das in manchen Situationen nicht einfach ist. Bei der Ausbildung für die Elitetruppe GIGN ist Deeskalation ein immer wiederkehrendes Thema.«

»Und wie geht es jetzt weiter?«

»Wir trinken einen Kaffee, danach fahren wir nach Biscarrosse-Plage zu unserer Besprechung. Unterwegs telefonieren wir mit der Zentrale in Arcachon. Sie sollen sich mit der Polizei von Porto in Verbindung setzen und um Amtshilfe bitten. Rivas Alibi muss so schnell wie möglich überprüft werden.«

Gemeinsam gingen sie zum Kaffeeautomaten.

Als die Kommissare in der Gendarmerie von Biscar-rosse-Plage eintrafen, warteten Marat und Dupré bereits auf sie. Sie hatten vom Salon de Thé Chocolatines geholt und Kaffee gekocht. Die Gendarmin hatte ihrem Kollegen natürlich erzählt, was nachts passiert war. Sie setzten sich um den Besprechungstisch, und Lagarde fasste die Befragung von Dominique Riva zusammen.

»Wir müssen überprüfen, wann Riva aus dem Gefängnis entlassen wurde, ob er wirklich bei seiner Schwester in Porto war, und wenn ja, seit wann und wie lange. Ein Amtshilfeersuchen wird von der Kripo in Arcachon gestellt.«

Er schilderte auch den Eindruck, den er von Rivas Persönlichkeit hatte. »Der Mann ist äußerst gewalttätig, skrupellos und hat eine geringe Frustrationstoleranz und eine niedrige Hemmschwelle. Wenn er sich in die Enge getrieben fühlt, schreckt er vor nichts zurück.«

Marat nickte, sie sah immer noch blass und mitgenommen aus.

»Was wollte Riva in dem Haus?«, fragte Dupré. »Wollte er einen Diebstahl begehen?«

»Dazu habe ich zwei Theorien«, antwortete der Kommissar. »Ich möchte sie jedoch erst darlegen, wenn wir die Ergebnisse der Überprüfung haben.«

Die Kollegen waren einverstanden, und so beließen sie es dabei.

Renaud übernahm es, das Gespräch mit dem Bruder von Madeleine Delcroix, Jean-Michel Viard, zu schildern. »Viard hat erzählt, dass seine Schwester jedes Jahr einen Brief von Riva bekommen hat, in denen er drohte, sie umzubringen, wenn er entlassen würde. Sie kamen aus aller Welt.«

»Und in der darauffolgenden Nacht dringt er in das Haus der Delcroix ein, sucht offenbar Madeleine Delcroix und will sie erschießen«, meinte Marat verblüfft.

»Er hat ausgesagt, dass er ihr nur einen Schrecken einjagen wollte«, berichtete Lagarde.

»Dabei war sie doch schon tot.« Dupré schüttelte erstaunt den Kopf. »Hat er das nicht gewusst? Das ist wirklich eine sonderbare Geschichte.«

»Warten wir das Amtshilfeersuchen ab«, schlug der Kommissar vor. Er fand es auch überraschend, dass Riva ausgerechnet in der Nacht nach dem Gespräch mit Jean-Michel Viard in das Manoir *Stella Maris* eingedrungen war, aber er hatte im Laufe seiner Dienstjahre Dinge erlebt, die kein Mensch für möglich gehalten hätte.

Renaud berichtete weiter. »Auffällig ist, dass Viard in bescheidenen Verhältnissen lebt, während seine Schwester wohlhabend war. Es wäre zumindest theoretisch möglich, dass es deswegen einen Konflikt gab, der möglicherweise eskaliert ist. Erwähnt hat er darüber nichts. Ich hatte jedoch den Eindruck, dass er uns etwas, wenn nicht sogar einiges, verschweigt.«

Lagarde war beeindruckt von der Intuition und dem feinen Gespür seines jungen Kollegen, denn denselben Eindruck hatte er auch gehabt. Nun informierte er die Gendarmen über die Geschehnisse in Saint-Émilion.

»Léon Delcroix ist uns entwischt, er kennt sich in dem Stollensystem unter den Weinbergen sehr gut aus, wie uns seine Großmutter erzählte. Ich gehe davon aus, dass er bald auftaucht, dann sprechen wir mit ihm.«

»Ist die Flucht nicht ein Schuldeingeständnis?«, fragte Dupré.

»Nicht zwangsläufig, seine Großmutter meinte, er sei erschrocken, als er ›Polizei‹ hörte. Wir werden uns im Gespräch ein Bild von ihm machen.« Er warf einen kurzen Blick in seine Notizen. »Madame Delcroix konnte uns auch etwas über Dalida-Caroline erzählen. Sie ist im Alter von zehn Jahren, nachdem sie mit einem Messer auf ihren Vater losgegangen war, in diese Einrichtung in Bayonne gekommen. Schon vorher stellte ein Arzt die Diagnose hebephrene Schizophrenie, sie ist psychisch krank.«

Das Fax ratterte und spuckte den richterlichen Beschluss aus, dass sie mit Dalida-Caroline Delcroix sprechen durften. Sie beschlossen, dass die Kommissare gleich nach ihrer Besprechung und einer telefonischen Anmeldung hinfahren würden.

Einen Punkt gab es noch. Marats Recherchen über

die Memoiren von Bertrand Delcroix hatten erste Ergebnisse gebracht. Mit vor Aufregung geröteten Wangen berichtete sie, was sie herausgefunden hatte.

»Die Drogenbeauftragte von Bordeaux und Aquitaine, Capucine Abel, kann Delcroix nicht getötet haben, sie hat ein Alibi. Am fraglichen Abend ist sie live in einer Talkshow aufgetreten, ich habe mir Ausschnitte davon angesehen. Der Polizeichef von Lyon, Emanuel Orsay, kann es auch nicht gewesen sein, er hatte vor drei Wochen einen Herzinfarkt und ist an den Folgen gestorben. Die Zeitungen waren voll mit Beileidsbekundungen. Weiter bin ich noch nicht gekommen.«

»Sehr gute Arbeit, Stéphanie«, lobte Lagarde sie.
»Danke.«

Sie freute sich.

Renaud nahm die Landstraße über Parentis und fuhr hinter Ychoux auf die Autobahn. Nach Bayonne würden sie knapp zwei Stunden brauchen. Die heimliche Hauptstadt des Baskenlandes lag an der Mündung des Flusses Nive in den Fluss Adour und war berühmt für ihre Schokolade, den Schinken und die Stierkämpfe. Ab dem siebzehnten Jahrhundert war die Stadt durch die *Corsaires*, vom französischen König eingesetzte Piraten, zu Wohlstand gekommen. Im achtzehnten Jahrhundert war ein goldenes Zeitalter angebrochen, als der Handel mit Kaffee, Kakao und Zuckerrohr mit den Überseekolonien begann.

Die Nive trennte den westlichen Stadtteil Grand Bayonne von dem kleineren östlichen Petit Bayonne, die zusammen mit St. Esprit am Nordufer des Adour die Altstadt bildeten und zum Teil von Bastionen umgeben waren.

Da der *Pont Mayou* wegen Bauarbeiten gesperrt war, stellten sie ihr Fahrzeug auf einem Parkplatz nahe dem *Hôtel de Ville* ab, in dem das Stadttheater beheimatet war. Nachdem Renaud ein Ticket gezogen hatte, machten sie sich auf den Weg zu der früheren Mädchenschule, in der sich jetzt eine stationäre Einrichtung für psychisch kranke Kinder und Jugendliche befand. Ihr Weg führte an der wuchtigen Festung *Château-Vieux*, dem alten Schloss, vorbei, das vom Militär genutzt wurde und nicht zugänglich war. Südöstlich davon lag die *Cathédrale Sainte-Marie*, eine gotische Kirche, deren kegelförmige Aufsätze in den azurblauen Himmel ragten. Einfallende Sonnenstrahlen tauchten das mystische Gewölbe in bernsteinfarbenes Licht.

Lagarde hielt für einen kurzen Moment inne und nahm die Schönheit dieses Ortes auf. Er war noch nie in Bayonne gewesen und fand die Stadt am Fuße der Pyrenäen zauberhaft. An der *Place Pasteur* gab es einige schöne Restaurants und Cafés, die am frühen Nachmittag gut besetzt waren. Fröhliches Stimmengewirr erfüllte die Luft. Sie gingen über das Kopfsteinpflaster einer engen Gasse, die von Geschäften gesäumt war, hinunter zur Nive. Über die steinerne Brücke *Pont Marengo* erreichten sie Petit Bayonne. Direkt am Fluss befand sich das Heim, gleich in der Nähe des *Musée Basque.*

Es war ein zweistöckiger Bau, der von zwei Türmen flankiert wurde. Auf dem ockergelben Haus mit den türkisen Fensterläden saß ein Schieferdach, aus dem ornamentierte Erkerfenster ragten. Direkt vor dem Gebäude führte eine alte, mit Algen überzogene Slip-rampe für Trailer-Kapitäne in die Nive. Die Westfassa-de mit dem Eingangsportal war durch einen prächti-gen Arkadengang verschönert worden. Neben der Tür befand sich ein Messingschild, auf dem nur der Name des Hauses stand: *Maison du Soleil*, Sonnenhaus.

Lagarde drückte den goldenen Klingelknopf. Bald darauf öffnete ein Mann das Holzportal. Er war Ende fünfzig und schlank mit einem leichten Bauchansatz. Die graubraunen Haare hatte er aus der hohen Stirn gekämmt, die kleinen Augen waren rehbraun und er-innerten an ein Eichhörnchen. Flink glitten sie hin und her, und nichts schien ihnen zu entgehen. Er trug eine Stoffhose, ein gestreiftes Hemd, ein Jackett und Halbschuhe. Freundlich lächelte er sie an.

»Bonjour, Messieurs, Sie sind bestimmt die Kom-missare aus Biscarrosse. Mein Name ist Guillaume La-ville, ich bin der Heimleiter.«

Die Kommissare stellten sich ebenfalls vor und zeigten ihre Dienstausweise.

»Treten Sie doch näher«, forderte Laville sie auf. »Am besten gehen wir erst einmal in mein Büro.«

Sie folgten ihm durch eine hohe Eingangshalle, deren Boden mit Marmorplatten ausgelegt war. An den Wänden hingen goldgerahmte Ölgemälde, die Schiffe inmitten tosender Wellen zeigten. Das Büro, in das er sie führte, war geräumig, und durch die hohen Fenster drang Sonnenlicht. Der wuchtige antike Schreibtisch war mit Papieren übersät, auf dem Bildschirm des Laptops erkannte man verschiedene Tabellen. Sie setzten sich um einen runden Tisch, und der Heimleiter bot ihnen Kaffee an, den sie dankend ablehnten.

»Also«, sagte er, »Sie wollen mit Dalida-Caroline Delcroix sprechen.«

»Ja«, antwortete Lagarde. »Wie Sie sicher schon wissen, sind ihre Eltern getötet worden, wir ermitteln in diesem Fall und möchten sie befragen. Ein Nachbar hat sie am Abend der Tat in der Nähe der Villa ihrer Eltern gesehen.«

Laville runzelte die Stirn. »Welcher Tag war das?«

Lagarde nannte ihm das Datum.

»Das kann nicht sein, an diesem Tag hatten wir hier ein kleines Fest, das Sonnenblumenfest. Wir feiern es einmal im Jahr. Wenn es stattfindet, müssen alle Bewohner der Einrichtung anwesend sein, es gibt keinen Ausgang. Außerdem können unsere Zöglinge grundsätzlich die Einrichtung nur nach Absprache und in Begleitung eines Betreuers verlassen. Hier wohnen

Kinder und Jugendliche mit psychischen und geistigen Beeinträchtigungen, die alleine nirgendwohin dürfen.«

»Nun, wir werden sie fragen.«

»Das können Sie gerne tun, aber wie gesagt, das ist unmöglich. Dieser Nachbar muss sich getäuscht haben.« Er überlegte einen Moment. »Sie haben einen richterlichen Beschluss für das Gespräch?«

»Ja.« Lagarde reichte ihm das Schreiben.

Der Mann las es sorgfältig durch. »In Ordnung, Ihr Anliegen ist sicher berechtigt und legitimiert. Ich befürchte aber, dass sich Dalida sehr aufregen könnte. Seit sie vom Tod ihrer Eltern erfahren hat, ist sie verstört, verständlicherweise. Müssen Sie wirklich unbedingt mit ihr sprechen?«

Lagarde nickte. »Wir müssen mit ihr reden, und ich versichere Ihnen, dass wir behutsam vorgehen werden.«

»Also gut.« Er erhob sich. »Sie ist mit ihrer Psychologin im kleinen Aufenthaltsraum, unsere Fachkraft wird bei diesem Gespräch anwesend sein, darauf muss ich bestehen. Wir haben Dalida schon gesagt, dass Polizisten mit ihr sprechen wollen, denn wenn man sie überrascht, kann das gravierende Folgen haben. Sie wird oft aggressiv und danach trotzig. Kommen Sie doch bitte mit.«

Durch einen langen Korridor gingen sie zum Aufenthaltsraum. Dabei erzählte Laville mit Stolz ein wenig über das Heim. »Wir sind eine private Einrichtung und verfügen über zwanzig Therapieplätze. Alle Bewohner haben die Diagnose einer psychischen Erkrankung. Es gibt hier neben den Psychologen noch Ärzte, Logopäden und Ergotherapeuten, außerdem ein speziell geschultes Lehrerteam und Heilerziehungspfleger. Unsere Bewohner werden hier im Haus unterrichtet. Wir haben einen Entspannungsraum, einen Gymnastikraum, eine Werkstatt, einen Kunst- und Musikraum, Computerarbeitsplätze, eine Bibliothek und im Keller sogar ein kleines Hallenbad. Außerhalb von Bayonne, im Dorf Anglet, betreiben wir eine Landwirtschaft mit Gemüsebeeten, Obstbäumen und Nutztieren. Dort arbeiten meist Leute aus dem Dorf, aber auch agrarwissenschaftlich ausgebildete Führungskräfte und Forstwirte.« Der Name des Ortes sagte Lagarde etwas, irgendwann war er während ihrer Ermittlungen schon einmal aufgetaucht. In welchem Zusammenhang war das nur gewesen? Der Heimleiter fuhr fort.

»Wir sind sehr stolz auf unser Konzept, das die individuelle Förderung von Kindern und Jugendlichen zum Ziel hat, und wir feiern große Erfolge. Deshalb haben wir eine lange Warteliste.«

»Was kostet so ein Platz?«, erkundigte sich Renaud.

»Zwölftausend Euro im Monat.«

Der Kommissar schluckte. »Dann können nur die Kinder reicher Eltern hier leben.«

»Im Prinzip ja, wir stellen aber auch drei Plätze für Härtefälle zur Verfügung und arbeiten deshalb mit dem Jugendamt zusammen, außerdem haben wir eine Stiftung.«

Er klopfte an eine getäfelte Tür und trat ein, die Kommissare folgten ihm. Der keine Aufenthaltsraum war gemütlich eingerichtet, im ganzen Zimmer waren Sofas und Sessel verteilt, auf denen bunte Kissen lagen. Die Möbel waren aus Kiefernholz, üppige Grünpflanzen wuchsen in Tontöpfen. Die Glasscheiben zierten Fensterbilder.

Dalida-Caroline kauerte auf einem Sofa und starrte die Kommissare finster an. Sie sah genauso aus wie auf dem Foto, das Renaud auf Facebook entdeckt hatte. Klein, etwas übergewichtig, das Gesicht füllig und die Haare dünn. Neben ihr saß in einem Sessel stocksteif und wachsam eine Frau um die fünfzig und musterte sie mit grimmiger Miene. Ihr Gesicht war faltig und blass, die Augen wässrig und die dunklen Haare von weißen Strähnen durchzogen. Höflich stellte Laville sie vor. Die Psychologin hieß Madame Branda und nickte nur kühl zur Begrüßung. Dalida kratzte sich am Handrücken und schwieg.

»So, ich werde mich jetzt zurückziehen«, erklärte Laville. »Dann können Sie in Ruhe das Gespräch führen.«

Madame Branda sprach mit kalter, tonloser Stimme: »Ich protestiere gegen dieses Gespräch, ich kann es nicht verantworten, dass Dalida von der Polizei befragt wird. Ihre psychische Verfassung ist labil. Heute Morgen hat sie sogar eine Mitschülerin getreten, obwohl wir großen Wert auf respektvollen Umgang miteinander legen. Das zeigt, dass sie total gestresst und überfordert ist.«

Laville hob entschuldigend die Hände. »Sie haben einen Beschluss, Lavinia, ich kann das Gespräch nicht untersagen.«

Eilig verließ er das Zimmer. Lagarde wandte sich an Dalida und fragte freundlich, ob sie sich zu ihnen setzen dürften. Das Mädchen zuckte die Schultern und beobachtete sie misstrauisch, als sie Platz nahmen.

»Das ist eine schöne Einrichtung«, begann Lagarde. »Bestimmt gefällt es dir hier gut.«

Sie funkelte ihn böse an. »Es ist schrecklich hier, meine Eltern wollten mich nicht mehr zu Hause haben, sie haben mich abgeschoben.«

»Aber Dalida, du fühlst dich doch wohl hier«, sagte Madame Branda energisch.

Das Mädchen ignorierte sie. Lagarde begann erneut. »Es tut mir sehr leid, dass deine Eltern gestorben sind.«

»Mir nicht«, fauchte das Mädchen. »Sie wollten mich nicht bei sich haben.«

»Wie kannst du nur so etwas sagen?« Madame Branda war jetzt empört.

Lagarde beschloss, auf den Punkt zu kommen. »Am

Abend, an dem deine Eltern gestorben sind, hat dich ein Nachbar in der Nähe ihres Hauses gesehen.«

Madame Branda fuhr auf. »Reden Sie doch keinen Unsinn, das ist unmöglich, eine Verwechslung.«

Dalida grinste verschlagen.

»Warst du dort?«, fragte Lagarde.

»Du musst diese Frage nicht beantworten«, sagte die Psychologin.

»Ich will aber!«, schrie Dalida. »Es war wie bei einem Roadmovie, voll cool.«

»Wie meinst du das?«, hakte Lagarde nach.

Mit einem gehässigen Blick auf ihre Psychologin triumphierte sie. »Ich war dort. Jawohl.«

Madame Branda verschlug es die Sprache.

»Möchtest du mir das Roadmovie erzählen?«, erkundigte sich Lagarde.

Begeistert nickte sie. »Ja.«

»Danke, ich höre aufmerksam zu.«

»Fabian hat mir heimlich das Autofahren beigebracht.«

»Wer ist Fabian?«

»Ich kenne ihn aus der Landwirtschaft. Ich arbeite gerne dort, besonders mit den Tieren. Das Heim hat dort einen Bauernhof.«

»Er hat dir also das Autofahren beigebracht.«

»Ja, nach Feierabend, wenn alle weg waren. Ich bin manchmal ein bisschen länger geblieben und habe gesagt, dass ich noch beim Füttern der Tiere helfen möchte. Die Erzieher fanden mein Verantwortungs-bewusstsein förderungswürdig, einer hat mich dann immer später abgeholt.«

Madame Branda schüttelte fassungslos den Kopf.

»Hat Fabian nicht gewusst, dass ein Mädchen mit sechzehn Jahren gar nicht fahren darf?«

Sie grinste. »Sicher hat er das gewusst, ich auch, ich bin doch nicht blöd, aber es war uns egal. Für die Fahr-stunden durfte er mich manchmal küssen und strei-cheln. Fabian ist hübsch und lieb, es hat mir gefallen.«

Die Psychologin wollte sie unterbrechen, ihr Ge-sicht war aschfahl. Lagarde bedeutete ihr, zu schwei-gen, er wollte jetzt nicht, dass das Gespräch unterbro-chen wurde.

»Wie alt ist Fabian?«

»Zweiunddreißig.«

»Arbeitet er dort, weil er krank ist?«

»Nein, ich lasse mich doch nicht mit Psychos ein, er ist ein Arbeitsanleiter.«

»Er hat dich also küssen und streicheln dürfen?«

Sie nickte heftig mit dem Kopf. »Genau so war es.«

»Und wie ging es dann weiter?«

»Am Abend fand das Sonnenblumenfest statt. In dem Trubel hat niemand bemerkt, dass ich mich fort-schlich. Ich habe die Autoschlüssel aus dem Büro von Guillaume geholt. Dann habe ich mir ein Auto genom-men, das war nicht schwierig, sie werden hinter dem Haus geparkt.«

»Und was hast du dann gemacht?«

»Ich bin zum Supermarktparkplatz nach Anglet gefahren und habe zwei Nummernschilder gestohlen. Das ging ganz leicht, die sind nur eingeklemmt. Fabian hat mir einmal gezeigt, wie das geht. Die Schilder habe ich mit Magneten auf die anderen geheftet.«

Madame Branda sah aus, als würde sie gleich in Ohnmacht fallen. Lagarde fiel der weiße Lieferwagen auf dem Picknickplatz im Kiefernwald ein, das Fahrzeug mit den gestohlenen Nummernschildern. Er und Renaud wechselten einen Blick.

»Okay, und dann?«

»Dann bin ich nach Biscarrosse-Plage gefahren, das war aufregend auf der Autobahn, ich bin richtig schnell gefahren. An einer Tankstelle habe ich Gummibärchen, Chips und Cola gekauft, das ist hier verboten.«

»Was wolltest du in Biscarrosse-Plage?«

»Ich wollte mein Pferd besuchen.«

»Welches Pferd?«

»Ich hatte zu Hause ein Pferd, Domino. Aber es war nicht mehr da. Da, wo sein Stall stand, war nur noch ein Schuppen mit einem Grillplatz davor.« Sie krümmte sich in Embryohaltung auf dem Sofa zusammen und begann zu schluchzen. »Ich war so traurig. Ich hatte mich sehr auf Domino gefreut, sogar Möhren waren in meinem Rucksack. Ich hatte solche Sehnsucht nach ihm.« Sie schniefte.

»Was hast du dann gemacht?«

»Ich bin ins Haus gestürmt – die Terrassentüren waren offen – und wollte meine Eltern zur Rede stellen. Ich wollte wissen, was sie mit Domino gemacht haben.«

»Hast du mit deinen Eltern gesprochen?«

Mit aufgerissenen Augen sah sie ihn an. »Das ging nicht.«

»Warum?«

»Sie waren tot, überall war Blut. Ich bin davongerannt, durch den Garten, dort lagen zwei tote Hunde.«

»Deine Eltern waren schon tot, als du ins Haus gekommen bist?«

»Ja, das habe ich doch gerade gesagt.«

»Weißt du, wer das getan hat?«

»Nein.«

»Hast du jemanden gesehen?«

»Da war niemand, ich war ganz alleine.«

»Das muss ja schlimm für dich gewesen sein, deine Eltern so zu finden.«

Sie lächelte diabolisch. »Gar nicht, sie haben es nicht besser verdient, schließlich haben sie mir Domino weggenommen.«

Diese kaltherzige Aussage irritierte Lagarde für einen Augenblick. Die Psychologin war komplett verstummt.

»Was hast du anschließend gemacht?«, fragte er.

»Ich bin zurück nach Bayonne gefahren, gebraust

über die Autobahn mit lauter Musik, das war richtig geil. Die Nummernschilder habe ich in die Nive geworfen und das Auto wieder an seinen Platz gestellt. Nachdem ich die Schlüssel zurückgebracht hatte, bin ich ins Bett gegangen, ich war müde.«

»Und niemand hat deine Abwesenheit bemerkt?«

»Nein, die waren alle am Feiern.«

»Gut, danke, Dalida. Wir werden ein Protokoll anfertigen, das du unterschreiben musst. Einverstanden?«

»Kein Problem.«

»Dann gehen wir jetzt. Pass gut auf dich auf.«

»Aber immer.« Sie rollte sich auf dem Sofa zusammen und begann sich hin und her zu wiegen.

Die Psychologin begleitete die Kommissare vor die Tür, sie war in heller Aufregung. »Ich weiß gar nicht, was ich sagen soll.«

»Ich fürchte, das wird ein Nachspiel haben, Madame Branda. Sexueller Missbrauch von Schutzbefohlenen, Aufsichtspflichtverletzung.«

»*Mon Dieu*, ich fürchte um unseren Ruf, ich muss sofort mit Guillaume sprechen.«

»Lassen Sie uns bitte erst mit ihm reden.«

Sie fanden den Heimleiter in seinem Büro und informierten ihn über die Aussage von Dalida-Caroline Delcroix. Laville tat diese Geschichte als ein Hirngespinst, eine Tagträumerei ab, die das Mädchen sich ausgedacht hatte. Nie und nimmer wäre sie aufgrund fehlender kognitiver Fähigkeiten dazu in der Lage gewesen, und wie hätte sie das praktisch bewerkstelligen sollen?

»Schauen wir uns doch das Fahrtenbuch des Wagens an«, schlug Renaud vor. »Sie führen doch Fahrtenbücher in den Dienstwagen?«

»Selbstverständlich.«

Gemeinsam verließen sie das Haus und standen nach wenigen Metern vor dem kleinen Fuhrpark der Einrichtung. Dort standen drei Kleinbusse. Alle hatten auf der Frontscheibe in der unteren Ecke eine Sonnenblume als Logo. Ein Auto war weiß. Renaud deutete darauf.

»Darf ich bitte das Fahrtenbuch dieses Fahrzeugs sehen?«

»Natürlich.« Laville drückte die automatische Entriegelung, holte das Heft aus dem Handschuhfach und reichte es Renaud. Dieser blätterte die Seiten durch, bis er den entsprechenden Tag gefunden hatte. Dort gab es in der Dokumentation eine Lücke von knapp dreihundert Kilometern. Er zeigte seinem Kollegen und dem Heimleiter die Stelle mit dem fehlenden Eintrag, durch die der Sprung in der Kilometerauflistung entstanden war. »Bayonne, Anglet, Biscarrosse-Plage, Bayonne. Danach geht es so weiter wie vorher, kleinere Fahrten in die Stadt oder nach Anglet, zum Beispiel.«

Laville wurde kreidebleich. »Das verstehe ich nicht.«

»Können Sie sich diese Lücke erklären?«

»Vielleicht hat einer meiner Angestellten das Auto benutzt und vergessen, die Kilometer einzutragen, man kann nicht immer an alles denken.«

»Das könnte auch sein«, räumte Renaud ein. »Dürfen wir das Buch mitnehmen? Sie bekommen es natürlich so bald wie möglich wieder. Wenn wir noch Fragen haben, melden wir uns.«

»Ja, bitte.«

Sie verabschiedeten sich und gingen durch den Park des Sonnenhauses zurück zur Straße. Laville sah ihnen in heller Panik nach. Wenn die Geschichte von Dalida stimmte, wäre er erledigt, er wäre komplett ruiniert.

Als die Kommissare den *Pont Marengo* überquerten, durch dessen Bögen die moosgrüne und pfauenblaue Nive quirlig strömte, deutete Lagarde auf die Markthalle, die gegenüber dem Fluss in der Sonne lag. Das gläserne Gebäude wurde von blauen Säulen getragen, unter dem Vordach standen einladend Sitzgruppen aus Holz.

»Wollen wir dort etwas essen? Ich habe Hunger.«

»Gerne, ich auch.«

Nachdem sie die Halle erreicht hatten, suchten sie sich einen freien Platz. Eine Kellnerin brachte die Speisekarten und wies auf das Menü des Tages hin: frische Strandschnecken aus Biarritz mit hausgemachter Kräuterbutter, Zanderfilet aus der Nive und Petersilienkartoffeln, Pyrenäenkäse sowie als Dessert Birnentarte. Beide Männer entschieden sich dafür, dazu bestellten sie Wasser und eine halbe Flasche weißen Bordeaux.

Beim Essen sprachen sie über die Geschichte, die Dalida ihnen erzählt hatte. »Das kann doch nicht sein«, meinte Renaud. »Ein sechzehnjähriges, psychisch krankes Mädchen lernt heimlich Auto fahren, leiht sich einen Dienstwagen aus, stiehlt Nummernschilder und fährt nach Biscarrosse-Plage. Sollen wir das glauben?«

Lagarde trank einen Schluck Wein. »So wie sie das Szenario beschrieben hat, muss sie dort gewesen sein. Wir haben der Presse nicht gesagt, wo die vergifteten Hunde gefunden wurden. Das kann nur jemand wissen, der am Tatort war. Entweder hat sie ihre Eltern getötet, oder ihre Geschichte stimmt.«

»Nehmen wir an, sie war es. Als sie sah, dass ihr Pferd nicht mehr da war, ist sie in schreckliche Wut geraten und hat beschlossen, ihre Eltern zu töten. Dann wäre es doch ein spontaner Entschluss gewesen. Woher hätte sie eine Machete haben sollen und das Gift für die Hunde? Ich weiß nicht.«

»Vielleicht war das Tier gar nicht der Grund, und der Entschluss für den Doppelmord war bereits gefasst, sie hatte die Machete und das Gift in ihrem Rucksack, den der Nachbar beschrieben hat. Sie hat sie gehasst, weil sie sich abgeschoben fühlte, und sie ist sehr intelligent, so wie Clothilde-Eulalie Delcroix sie beschrieben hat. Sie könnte auch von der Alarmanlage gewusst haben und wie man sie abstellt.«

»Und die Bilder?«

»Die hat sie irgendwo versteckt.«

»Sie meinen, sie ist die Täterin?«

»Ich bin mir nicht sicher, vielleicht sollten wir ein psychologisches Gutachten einholen, um sie besser einschätzen zu können.«

»Ja, das wäre eine Möglichkeit. Ich kann mir das Mädchen als Mörderin einfach nicht vorstellen. Wir haben keine Beweise gegen sie, man hat sie dort nur gesehen.«

»Sie haben recht, warten wir ab, wie sich die Sache weiterentwickelt, mehr können wir im Moment nicht tun.«

Nach dem Mokka liefen sie durch verwinkelte Gassen zurück zu ihrem Wagen. Ein schön herausgeputztes Geschäft reihte sich an das andere, alle waren in alten schmalen Fachwerkhäusern untergebracht. Vor einer Auslage blieb Lagarde stehen.

»Ich werde die berühmte Schokolade für meine Lebensgefährtin und für unsere Kollegen kaufen, darüber freuen sie sich bestimmt.«

Renaud schloss sich begeistert an. Seine Frau Simone hatte sich so sehr über die Macarons gefreut, heute würde er ihr Schokolade mitbringen. Ihm gefiel die charmante Art des Kommissars, anderen Menschen eine Freude zu machen und ihnen auf diese Weise zu zeigen, dass er sie schätzte.

In der Nähe der Kathedrale entdeckte Lagarde einen Juwelier. Die Fassade des Ladens war, typisch für Bayonne, mit Holz verkleidet und mit einer kräftig leuchtenden Farbe gestrichen. Dort kaufte er Kreolen, die mit jeweils einem Brillanten verziert waren. Odette liebte Ohrringe und würde sich über dieses Verlobungsgeschenk sicherlich freuen.

Als Lagarde und Renaud Biscarrosse-Plage erreichten, war es bereits früher Abend, und weit draußen schob sich eine Nebelbank über den Ozean. Nachdem sie sich verabschiedet hatten, stieg Lagarde vor der Polizeiwache in den Toyota und fuhr zu seinem Ferienhaus. Er hatte keine Lust mehr, einzukaufen, ein Salamibaguette und Oliven reichten ihm. Für Tintin hatte er noch eine Schale Paté und ein Päckchen Katzenmilch. Ihn zog es auf die Terrasse, um seine Notizen durchzusehen und in Ruhe nachzudenken. Das Gespräch mit Dalida ging ihm nicht aus dem Kopf. Ihre Geschichte war wirklich außergewöhnlich. Hatte das Mädchen tatsächlich seine Eltern getötet, war das vorstellbar? Auf jeden Fall war sie eine Verdächtige, genau wie Léon Delcroix, Dominique Riva und die verbliebenen vier Personen des öffentlichen Lebens, über die Bertrand recherchiert hatte. Außerdem beschäftigte sich sein Unterbewusstsein nach wie vor mit einer Beobachtung, die er gemacht hatte und die ihm nicht einfallen wollte. Inzwischen war er sich sicher, dass er etwas Wichtiges übersehen hatte.

Nachdem er den Toyota in der Garage geparkt hatte, schlenderte er zur Eingangstür. In diesem Moment hielt ein Auto direkt vor seinem Haus. Déborah Touraine stieg aus und winkte ihm zu. In der Hand hielt sie einen Korb.

»Bonsoir, Monsieur le Commissaire.«

»Bonsoir, Madame Touraine.« Er ging zur Gartenpforte und reichte ihr die Hand. Sie gab ihm zwei Wangenküsschen und strahlte ihn an.

»Wir kennen uns doch jetzt schon. Ich dachte, ich überfalle Sie einfach, Sie arbeiten doch den ganzen Tag und haben bestimmt Hunger. Mein Restaurant hat heute Ruhetag, und ich habe zwei schöne Thunfischsteaks und Tomaten vom Bauern dabei, frisches Baguette natürlich auch.«

Aufmerksam musterte sie ihn mit schiefgelegtem Kopf und einem Lächeln. An diesem Abend trug sie eine abgeschnittene Jeans, ein schilfgrünes Seidenhemd und Leinenschuhe. Die Haare hatte sie hochgesteckt und die dunklen Augen mit goldfarbenem Lidschatten betont. Er fand, dass sie schön aussah.

»Oder störe ich?«, fragte sie. »Dann bin ich gleich wieder weg.«

»Sie stören überhaupt nicht, ich bin gerade gekommen und wollte mir zum Abendessen einen kalten Imbiss machen. Thunfischsteak hört sich besser an.«

»Großartig, ich habe bei meinem letzten Besuch gesehen, dass in Ihrem Garten ein Grill steht. Wir könnten den Fisch über dem offenen Feuer braten, so schmeckt er am besten, finde ich.«

Fröhlich plaudernd begleitete sie ihn ins Haus und auf die Terrasse. Gemeinsam betrachteten sie den altmodischen Grill, der im Garten vor der Begrenzungsmauer stand.

»Ich sehe im Schuppen nach, ob ich Holzkohle finde«, sagte Lagarde. An der Wand gab es einen Lichtschalter, die Lampe funktionierte noch und verbreitete ein diffuses Licht. In diesem Lagerraum befanden sich Gartenmöbel, aufgerollte Wasserschläuche und auf einem Regal Werkzeug. Gestapeltes Brennholz bedeckte eine Wand. Daneben, auf einem Tisch, standen tatsächlich ein Papiersack mit Holzkohle und eine Flasche Brennspiritus. Zufrieden präsentierte er seinen Fund, Déborah freute sich.

»Prima, dann mache ich den Salat und decke den Tisch.«

»Im Weinregal liegen einige Flaschen Bordeaux, suchen Sie doch bitte eine aus.«

Als der Fisch fertiggegrillt war und einen köstlichen Duft verströmte, nahmen sie auf der Terrasse Platz und stießen an.

»Sie haben auf Ihrem Küchenregal einen roten Bordeaux liegen, einen Premier Grand Cru Classé, der muss ja ein Vermögen gekostet haben.« Sie meinte den Wein von Clothilde Delcroix.

»Den habe ich geschenkt bekommen«, erklärte er. »Von einer Winzerin.«

»Man muss ihn mit Verstand trinken.«

Er lachte. »Da haben Sie recht. Wenn Sie wollen, probieren wir später ein Glas.«

»Oh ja, gerne.«

Beim Essen erzählte sie ihm, wie sie Restaurantbesitzerin geworden war. Wie bei ihrem letzten Besuch war es sehr amüsant, sich mit ihr zu unterhalten. Sie war wirklich charmant.

»Als Kind war ich ein richtiger Bücherwurm«, erzählte sie. »Ich habe immer nur gelesen. Mein Berufswunsch war Leuchtturmwärterin, ich stellte mir immer vor, ich würde in dem Turm sitzen, umgeben von einem tosenden Ozean, und in aller Ruhe schmökern. Diesen Plan haben meine Eltern mir ausgeredet. Nach dem Baccalauréat bin ich dann Bibliothekarin geworden, ich habe in Narbonne studiert. Als ich eine Anstellung gefunden habe, war ich plötzlich nur noch von Büchern umgeben und dabei sehr unglücklich. Schließlich wurde mir klar, dass mir der Kontakt zu Menschen fehlte. Da ich auch immer schon gerne gekocht habe, eröffnete ich mein eigenes Restaurant.«

Sie lachten. Plötzlich verdunkelten sich ihre Augen, und sie sah ihn mit ernster Miene an.

»Sie wundern sich sicher, warum ich Sie schon wieder besuche. Seit dieses Verbrechen geschehen ist, habe ich manchmal ein ungutes Gefühl. Ich habe dann Angst, dass noch etwas Furchtbares geschehen wird.« Sie lächelte. »Ich weiß, das klingt albern, aber so ist es nun mal. In Ihrer Nähe fühle ich mich ruhiger.«

Der Kommissar erwiderte ihr Lächeln. »Gibt es für dieses Gefühl einen bestimmten Grund?«

»Nein, ich glaube nicht, es ist einfach da.«

Sie sah aus, als überlegte sie etwas, als wollte sie ihm noch etwas erzählen. Lagarde sah sie forschend an. Er hatte den Eindruck, dass sie etwas beschäftigte, aber sie würde es ihm schon noch sagen, wenn sie es für wichtig hielt, er wollte sie nicht drängen. Kurz nahm er ihre Hand und drückte sie sanft.

»Wenn so eine Gewalttat geschieht, beschäftigt das die Menschen, das ist ganz normal. Wir tun, was wir können, und ich bin sicher, dass wir den Fall bald aufklären werden, dann kehrt wieder Ruhe ein.«

Als sie aufbrach, fielen ihm die Calissons ein, die er für sie gekauft hatte. Sie freute sich sehr über das Geschenk. An der Gartenpforte gab er ihr ein Küsschen auf die Wange. »*Bonne nuit.*«

»*Bonne nuit*, Philippe.«

Zurück auf der Terrasse schenkte er sich den Rest Wein ein und dachte darüber nach, was Déborah gesagt hatte. Er beschloss, sie morgen anzurufen und zu fragen, wie es ihr gehe.

Tintin hatte sich den ganzen Abend über nicht blicken lassen. Nachdenklich sah er in das lodernde Feuer. Déborah hatte Scheite und dürre Zweige auf die Kohlen gelegt. Ein seltsames Gefühl breitete sich in ihm aus, ein Gefühl von Unruhe, oder war es Intuition? Etwas zog ihn in das Manoir *Stella Maris*.

Er ging zu Fuß, es war ja nur ein Katzensprung. Da es inzwischen schon recht spät war, begegnete ihm kein Mensch. Am Firmament funkelten Sterne wie Brillantensplitter, die Mondsichel war in Wolken gebettet, vom Atlantik her blies eine schwache Brise. In den Bäumen zirpten Zikaden um die Wette, Rosenblüten verströmten einen zarten Duft.

Nach wenigen Minuten erreichte er die Villa. Dunkel lag sie vor ihm. Er sah sich rasch um und betrat das Grundstück, umrundete eilig das Haus und stieg die Kellertreppe hinab. Die Küchentür, die Riva aufgebrochen hatte, war von einem Schreiner verschalt worden, der Haupteingang verfügte über ein stabiles Zylinderschloss, vermutlich war die Kellertür am einfachsten zu öffnen. Vorsichtig entfernte er das Siegel und entriegelte das Schloss, dann ging er in den Keller.

Mit bedächtigen Schritten betrat er einen Raum nach dem anderen, leuchtete sie mit seiner Taschenlampe aus und sah sich gründlich um. Ihm fiel nichts auf, was ihm weiterhelfen könnte. Über die Treppe gelangte er in das Erdgeschoss. Dort knipste er die

Taschenlampe aus. Durch die große Kuppel und die Fenster drang gerade genug Licht, um etwas zu erkennen. Er wollte vermeiden, dass wieder ein aufmerksamer Nachbar die Polizei rief.

Reglos stand er in der Eingangshalle und ließ die Atmosphäre auf sich wirken. Es war still, nur eine Uhr schlug irgendwo, und der Geruch nach verwelkten Blumen war verschwunden. Was war hier vorgefallen? Wen hatte der Mörder zuerst getötet, aus welchem Motiv? Hatte er beide umbringen wollen? Hatte er gewusst, dass beide Bewohner zu Hause waren?

»Wer bist du?«, flüsterte er. »Warum hast du das getan? Weshalb hast du eine Machete benutzt?« Er kam der Antwort kein Quäntchen näher. Schließlich ging er in die Küche und betrachtete die Stelle, wo man Madeleine gefunden hatte. Er ging davon aus, dass der Täter sie überrascht hatte, anderenfalls hätte sie versucht, durch die Küchentür zu fliehen.

In der Eingangshalle konnte man schwach den großen Fleck am Boden erkennen, Blut seines Freundes Bertrand. Kalte Wut durchfuhr ihn, so ein Ende hatte sein Freund nicht verdient, niemand verdiente so einen Tod. Er würde den Täter finden, da war er sich ganz sicher.

Nachdem er seine Runde im Erdgeschoss beendet hatte, ging er ins Obergeschoss. Einen Raum nach dem anderen ließ er auf sich wirken. Das Ehepaar hatte getrennte Schlafzimmer gehabt. Aus Bertrands Büro waren die auf dem Boden verstreuten Papiere verschwunden, man hatte sie sichergestellt und geprüft. In Madeleines Schlafzimmer war das Bett durch den Tritt von Riva noch immer verrutscht. Er fragte sich, ob Dalida in dem jetzt leeren Raum gelebt hatte, bevor sie in dieser Einrichtung unterkam. Ein zehnjähriges Mädchen, das seine Eltern, sein Heim und sein Pferd verlassen musste – welche psychischen Schäden richtete ein so traumatischer Lebenseinschnitt an?

Nun blieb nur noch der Dachboden. Eindringendes Mondlicht spendete schwaches Licht. Der Inhalt der Kisten war bereits gesichtet worden, dabei hatte man nichts Besonderes entdeckt. Nachdenklich betrachtete Lagarde das Schaukelpferd. Warum hatten die Eltern ausgerechnet diese Erinnerung behalten? Ansonsten gab es kein weiteres Spielzeug, nur die kleinen Andenken in der Kiste. Er zog das Pferd unter der Dachschräge hervor und besah es sich genauer. An seinem Kugelbauch entdeckte er eine Klappe, die mit einem winzigen Riegel verschlossen war. Er zog Einmalhandschuhe über und öffnete die Klappe. Dahinter befand sich eine Höhlung, etwa so groß wie ein Volleyball. Seine tastenden Finger berührten einen festen Gegenstand, den er behutsam aus dem Versteck zog. Es war ein Notizbuch. Zwischen dem Pappdeckel und der ersten Seite ragten lose zusammengefaltete Blätter heraus.

Lagarde schlug es auf und nahm das Papier heraus.

Im Dämmerschein konnte er nicht viel erkennen, doch es schien sich offenbar um Liebesbriefe zu handeln. Auf der ersten Seite stand in Handschrift: *Tagebuch von Bertrand Delcroix*. Lagarde wollte sich seinen Fund im Ferienhaus genauer anzusehen.

Nachdem er das Notizbuch und die Briefe in seiner Jackentasche verstaut hatte, verließ er das Haus, versperrte die Kellertür und brachte das Siegel wieder an. Als er durch den Garten zum Schuppen lief, bemerkte er einen schwachen Lichtschein, der aus einem Spalt zwischen den Fensterläden drang. Ohne ein Geräusch zu verursachen, schlich er bis zur Tür und drückte langsam die Klinke herunter. Sie war abgeschlossen. Er zog seine Pistole aus dem Holster, entsicherte sie und richtete sie auf die Tür, dann trat er das morsche Holz ein.

Léon lag auf dem Sofa, starrte an die Decke und rauchte einen Joint. Die Kerze auf dem Tisch flackerte im Luftzug. Erschrocken fuhr er hoch und sah Lagarde an. Dieser ließ die Waffe sinken.

»Wer sind Sie?«, fragte der junge Mann mit ängstlicher Stimme. »Was wollen Sie hier? Das ist das Grundstück meines Großvaters, Sie haben hier nichts verloren. Verschwinden Sie sofort, sonst rufe ich die Polizei.« Entschlossen griff er nach seinem Smartphone und ließ ihn dabei nicht aus den Augen.

»Ich bin Commissaire Lagarde. Ich war gestern mit einem Kollegen im Weingut Ihrer Großmutter und wollte mit Ihnen sprechen, Sie sind davongelaufen.«

Jetzt schien Léon ihn wiederzuerkennen, hastig drückte er den Joint aus. »Ich kann alles erklären, ehrlich. Ich wollte heute zu Ihnen, ich schwöre, aber ich habe mich nicht getraut. Dann bin ich ein bisschen durch die Gegend gefahren und habe beschlossen, hier zu übernachten. Morgen wollte ich dann zu Ihnen kommen und mit Ihnen sprechen, ganz bestimmt.«

Lagarde schüttelte den Kopf und seufzte. Falls er ihn gleich mitnahm, müsste er in einer Zelle übernachten, das schien ihm doch übertrieben. Er war ein Zeuge. Außerdem wollte er mit Bertrands Enkel nicht so rüde umgehen. »In Ordnung, dann kommen Sie bitte morgen gegen elf Uhr in die Gendarmerie. Wenn Sie sich der Befragung wieder entziehen, werde ich Sie zur Fahndung ausschreiben, dann haben wir Sie ganz schnell.«

»Sie können sich auf mich verlassen, selbstverständlich werde ich kommen. Ich habe meiner Grand-mère versprochen, dass ich Ihnen alles erzählen werde, was ich weiß.«

»Gut, ich verlasse mich auf Sie. Bis morgen, schlafen Sie gut.« Er verließ den Schuppen und zog die Tür, so gut es ging, hinter sich zu. Morgen würde er sie reparieren lassen, selbstverständlich auf eigene Kosten. Auf dem Rückweg fragte er sich, ob er einen Fehler gemacht hatte, aber er hatte das Gefühl, der Junge werde schon kommen. Er war intelligent und wusste, dass die Polizei ihn finden würde.

Inzwischen war es kühl geworden, und ein kräftiger Wind wirbelte die Blätter auf. Ein Mann mit einem Hund kam ihm entgegen. Es war Maurice Jarre, der Nachbar, der Dalida beim Manoir gesehen hatte. Die Männer grüßten sich freundlich.

Zurück im Ferienhaus machte Lagarde sich einen Milchkaffee, schaltete die Außenbeleuchtung ein und setzte sich auf die Terrasse. Dann nahm er sich die Briefe vor. Es handelte sich um hochwertiges cremefarbenes Papier, der Text war mit blauer Tinte geschrieben, die Handschrift schön und schwungvoll. Insgesamt waren es drei undatierte Briefe, sie waren an Madeleine gerichtet.

Schöne Madeleine,
danke für die leidenschaftlichste Nacht meines Lebens. Du gehst mir nicht mehr aus dem Kopf!

In Liebe
C.

Geliebte Madeleine,
ich möchte immer mit Dir zusammen sein und sehne mich nach Dir und Deinem duftenden Körper.

Mit brennenden Küssen
C.

Begehrte Madeleine,
ich will ein neues Leben mit Dir beginnen, ich bin so glück-
lich mit Dir.

Von Leidenschaft verzehrt
C.

Lagarde rieb sich verblüfft das Kinn. Wer war C.? Da er die Briefe in Bertrands Notizbuch gefunden hatte, musste dieser gewusst haben, dass Madeleine ihn betrog. War das für ihren Fall von Bedeutung? Lag hierin ein Motiv verborgen?

Er trank einen Schluck Kaffee und begann Bertrands Aufzeichnungen zu lesen. Es handelte sich nicht um ein Tagebuch im herkömmlichen Sinne. Sein Freund hatte die Aktivitäten einer Drogenbande über einen längeren Zeitraum beobachtet und minutiös dokumentiert. Auch die komplizierte Logistik des Rauschgiftschmuggels hatte er präzise recherchiert. Das Kokain kam aus Kolumbien und wurde auf Lastwagen zu einem Hafen in Brasilien gebracht. Die Route verlief weiter über den Atlantik nach Westafrika, meist nach Guinea-Bissau, wobei Flugzeuge oder Containerschiffe eingesetzt wurden. Von dort aus ging es mit kleineren Propellermaschinen oder U-Booten weiter zu den Kapverden. Frachtschiffe brachten die Drogen schließlich nach Frankreich. Von bestimmten Zielorten aus wurden sie über das ganze Land verteilt. In den Großstädten wurde das Kokain auch von Dealern in sogenannten Kokstaxis ausgefahren. Das südwestliche Frankreich wurde von Arcachon aus beliefert. Einmal im Monat kam eine Lieferung entweder nach Cap Ferret oder zur Vogelinsel im Bassin. Auf Austernbooten und dann in Lieferwagen wurde das Rauschgift an Filialen eines Brautmodengeschäftes geliefert und von dort aus vertrieben. In der folgenden Nacht sollte die nächste Übergabe stattfinden.

Lagarde war höchst alarmiert und begann zu telefonieren. Über die Zentrale der Polizei in Arcachon erreichte er tatsächlich um diese späte Stunde den Chef der Drogenfahndung, der sich in einem Undercovereinsatz befand. Er erzählte ihm alles, was er wusste.

DER LEUCHTTURM VON CAP FERRET
ACHTER TAG

Nachdem Lagarde gefrühstückt hatte, machte er sich auf den Weg zur Gendarmerie. Er nahm den Toyota, vielleicht würde er ihn später noch brauchen. In der Fußgängerzone öffneten die ersten Geschäfte, vor der Bäckerei saßen Arbeiter in der Sonne, tranken Kaffee und lasen die Zeitung. Über den hohen Himmel zogen weiße Wolken, der Ozean war friedlich. Die ersten Wellenreiter machten sich auf den Weg zum Strand. Auf der Promenade führten Rentner ihre Hunde aus.

Das Team versammelte sich im Besprechungszimmer, zum Kaffee gab es Schokolade aus Bayonne. Die Gendarmen freuten sich über die kleine Aufmerksamkeit. Nachdem sich alle um den Tisch gesetzt hatten, begannen sie mit der Morgenbesprechung. Zunächst berichtete Lagarde, was er und Renaud in Bayonne erfahren hatten. Als er das Roadmovie von Dalida schilderte, schüttelten die Gendarmen fassungslos die Köpfe.

»Das gibt es doch nicht«, wunderte sich Marat. »Ein Mädchen kann so einfach verschwinden, und niemand bemerkt etwas.« Sie stellte sich vor, ihre Tochter würde aus der Kindertagesstätte verschwinden, nicht auszudenken.

Dupré überlegte. »Sie war also am Tatort. Hat sie ihre Eltern getötet? Kann das wirklich sein?« Es wollte nicht in seinen Kopf, dass eine Sechzehnjährige zu einem Mord fähig war.

»Es ist schwer vorstellbar«, entgegnete Lagarde. »Aber sie fühlte sich von ihren Eltern abgeschoben, im Stich gelassen. Sie hat erzählt, dass es ihr im Heim nicht gefällt, ich glaube, sie wollte viel lieber wieder nach Hause. In Bezug auf den Tod ihrer Eltern hat sie gefühlskalt reagiert, vielleicht hasste sie sie tatsächlich. Sie hat diesen Landarbeiter benutzt, um nach Biscarrosse-Plage zu kommen, dafür hat er sie sexuell missbraucht. Die Polizei von Bayonne ist bereits informiert und wird die Ermittlungen aufnehmen, im Heim wird es eine Untersuchung geben. Ich kann Dalida nicht gut einschätzen, dafür kenne ich mich mit psychischen Erkrankungen viel zu wenig aus. Dafür brauchen wir einen Spezialisten. Deshalb schlage ich vor, dass wir ein psychologisches Gutachten einholen. Es kann jedoch eine ganze Weile dauern, bis es erstellt ist, dafür müssen mehrere Gespräche geführt und Tests gemacht werden.«

Die Kollegen fanden den Vorschlag zielführend. Jetzt übernahm Dupré. Man merkte ihm an, dass er stolz darauf war, die Informationen über Dominique Riva koordiniert und zusammengestellt zu haben.

»Riva ist zweiundfünfzig Jahre alt. Er hat portugiesische Wurzeln, hat aber durch die Heirat mit einer Französin die französische Staatsangehörigkeit. Nachdem seine Frau zu Tode gekommen war, wurde er von Madeleine Delcroix zu zwanzig Jahren Haft verurteilt. Er ist immer bei der Unfalltheorie geblieben. Die Kinder des Ehepaars kamen zu Pflegeeltern und wollten keinen Kontakt mehr mit ihm. Sie waren bei dem Unglück dabei und wurden dadurch schwer traumatisiert. Vor zwei Wochen wurde er aus der Haft entlassen. Noch am gleichen Tag fuhr er mit dem Zug nach Porto zu seiner Schwester Maria Aveiro. Das hat die dortige Polizei im Rahmen der Amtshilfe herausgefunden. Sie haben mit Maria Aveiro gesprochen, die das bestätigt hat. Vorgestern, am Tag des Einbruchs in die Villa der Delcroix, ist er nach Frankreich zurückgefahren. Madame Aveiro wäre auch bereit, diese Aussage zu beeiden. Auf jeden Fall war er am Tag der Tat bereits auf freiem Fuß, er hatte die Gelegenheit, ein Motiv und neigt zu Gewalttätigkeit – aber er hat ein Alibi.«

Mit dieser Wendung hatte Lagarde gerechnet. Natürlich konnte die Aussage von Maria Aveiro richtig sein, andererseits war Blut dicker als Wasser.

»Danke, Nicolas, gute Arbeit.«

Der Gendarm lächelte erfreut. Lagarde legte nun seine beiden Theorien zu Riva dar.

»Erstens: Riva war tatsächlich in Porto bei seiner

Schwester. Dort hat er offensichtlich keine französischen Zeitungen gelesen oder französische Sender geschaut. Er hat die Berichterstattungen über den Doppelmord nicht mitbekommen und nicht gewusst, dass Madeleine Delcroix tot ist. Er kam, um sie zu töten. Das Alibi ist echt.

Zweitens: Riva lügt, er war da und hat Madeleine getötet, Bertrand war ihm im Weg, deshalb musste auch er sterben. Der Mann nimmt die Bilder mit, um das Motiv zu verschleiern, und lässt sie schätzen. Dann kommt er zurück, um den Monet zu holen. Im Krankenhaus hat er behauptet, dass er sie nur erschrecken wollte. Clevere Idee, allerdings hätte er dann nicht auf Stéphanie schießen dürfen. Jetzt wird er wieder zu einer Gefängnisstrafe verurteilt. Diese Variante ist lediglich eine Hypothese, da er ein Alibi hat.«

»Aber passt es zu Ihrer Hypothese, dass die Alarmanlage ausgeschaltet war?«, fragte Renaud. »Woher hätte Riva wissen sollen, wie man das macht?«

»Guter Einwand. Nein. Es könnte aber sein, dass er Madeleine mit der Waffe bedroht hat, bis sie ihm den Code verraten hat. Aber ich bin mir selbst nicht sicher, ob diese Schlussfolgerungen wahrscheinlich sind, dafür halte ich Riva nicht für organisiert genug. Ich wollte es nur der Vollständigkeit halber sagen.«

Nun war Marat an der Reihe. »Ich habe bei den Memoirenrecherchen zwei weitere Personen mit einem Alibi.

Der Politiker aus Paris, Marcel Duchamps, ist Mitglied einer EU-Kommission. Er hat in Brüssel eine Rede über Subventionen für Landwirte gehalten, die im Fernsehen übertragen wurde. Danach war er auf ein Bankett eingeladen. Der Rugbyfunktionär René Vilar war bei einem Spiel in Marseille, auch das ist belegt. Wir können die beiden als Täter ausschließen. Weiter bin ich noch nicht gekommen.«

»Danke, Stéphanie«, sagte Lagarde.

»*De rien.*«

Jetzt berichtete der Kommissar, was er gestern Nacht im Manoir *Stella Maris* entdeckt hatte. Er legte die Briefe, die er mit Klarsichthüllen geschützt hatte, auf den Tisch, damit die Kollegen sie lesen konnten.

»Die Briefe habe ich auf dem Dachboden im Bauch des Schaukelpferdes gefunden, sie steckten in einem Notizbuch von Bertrand.« Er hatte es in einen Beweismittelbeutel gesteckt und legte es neben die Briefe.

Nachdem Marat die Schreiben gelesen hatte, meinte sie: »Da war aber jemand sehr verliebt.«

»Oder er ist es noch«, sagte Lagarde.

»Wer ist C.?«, fragte Dupré.

»Ich weiß es nicht.«

Renaud beschäftigte etwas anderes. »Delcroix hat gewusst, dass seine Frau ihn betrügt.«

»Richtig.«

»Das könnte relevant für unseren Fall sein.«

»Ja, und wir müssen herausfinden, wer C. ist.«

Lagarde deutete auf das Notizbuch. »Sie können es einsehen, sobald die Fingerabdrücke genommen wurden, jetzt könnten sie verwischt werden.«

Deshalb fasste er zusammen, was Bertrand in seinem Tagebuch notiert hatte.

»Heute Nacht soll die Rauschgiftübergabe stattfinden, die Drogenfahndung ist bereits informiert. Ihr Chef hat erzählt, dass sie die Gegend schon seit längerem beobachten, bisher leider erfolglos.«

»Ich habe auch schon davon gehört«, berichtete Renaud, »dass an der Südwestküste regelmäßig größere Drogenlieferungen eintreffen, aber es ist unmöglich, den ganzen Küstenabschnitt jede Nacht zu kontrollieren, wenn man nicht weiß, wo genau man suchen soll.«

»Warum hat Monsieur Delcroix solche aufwendigen Recherchen betrieben?«, wollte Dupré wissen. »Er war doch im Ruhestand.«

Lagarde lächelte. »Ich glaube, er konnte einfach nicht loslassen. Aber falls er recht hat, könnte der Drogenfahndung heute Nacht ein großer Fisch ins Netz gehen, *on verra*, wir werden sehen.«

Als letzten Punkt ihrer Besprechung informierte er seine Kollegen, dass er Léon im Schuppen auf dem Anwesen der Delcroix entdeckt und ihn zu einer Befragung herbestellt hatte. Renaud grinste. »Ob er wohl kommt?«

»Ich denke schon, er hat es seiner Grand-mère versprochen.«

Der Kanal, der den Lac Nord mit dem südlich gelegenen See von Biscarrosse verband, verlief kerzen-
gerade und war ungefähr drei Kilometer lang. Er floss
durch Wiesen, Rapsfelder und einen Kiefernwald. Neben der großen Brücke vor Biscarrosse-Bourg lag das
weitläufige Gelände einer Westernranch, die ein Tou-
ristenmagnet war. Der Kanal war als Verbindungsstre-
cke der beiden Seen bei Kajakfahrern sehr beliebt,
allerdings gab es öfter Streit mit den Anglern, da die
Paddelbewegungen die Fische vertrieben und die
Angler in ihrer Ruhe störten. Im klaren, jadegrünen
Wasser des Kanals tummelten sich Forellen, Saiblinge,
Zander und Rotaugen. Im Schilf nisteten Stockenten
und Blesshühner. Er war ein idyllischer Platz.

Die beiden Rentner Didier und Michel fanden das
auch. Fast jeden Morgen trafen sie sich an der kleinen
nördlichen Brücke, um zu angeln. Didier wohnte in
der Nähe und kam immer zu Fuß. Seit er Witwer war,
fühlte er sich oft einsam und freute sich auf das Angeln mit seinem Freund. Michel wohnte in Sanguinet und war mit einer Frau verheiratet, die er liebte
und die gern Fisch aß. Er kam, wenn das Wetter es er-
laubte, mit seinem alten Motorradgespann. Dort hatte
sein Hund Doudou Platz, und die Anglergerätschaften
konnte man gut unterbringen.

Die Männer trafen fast gleichzeitig ein und begrüßten sich wie immer herzlich. Beide hatten Wathosen
übergezogen, auf den Köpfen trugen sie Buschhüte.

Sie liefen die Böschung entlang, bis sie an ihren Lieblingsplatz kamen. Es war eine fast ebene Stelle, an der drei Birken standen, die im Sommer Schatten spendeten. Nun folgte das gleiche Ritual wie immer. Sie stellten die Anglerstühle sowie einen kleinen Tisch auf und packten den Imbiss für das zweite Frühstück aus, dazu eine Thermoskanne mit Milchkaffee. Schließlich spießten sie Köder auf die Haken, warfen die Angeln aus und steckten sie am Ufer in die Rutenhalter. Doudous Platz war unter der kleinsten Birke. Sie wusste, dass sie nicht bellen und die Fische aufschrecken durfte.

Als die Schwimmer auf dem ruhigen Wasser trieben und die Vorbereitungen für ihre Mahlzeit beendet waren, setzten sie sich. Didier stopfte seine Pfeife, Michel zündete sich eine filterlose Gitanes an. In einträchtigem Schweigen sahen sie auf den Kanal. Als es gerade Zeit für eine Tasse Kaffee wurde, begann plötzlich der Schwimmer von Didiers Angel zu tanzen und verschwand daraufhin im Wasser, ein Fisch hatte angebissen. Schnell ergriff er die Angel und wollte anschlagen. Doch trotz aller Bemühungen ging es nicht, die Angel bog sich. War der Fang zu schwer? Michel war ihm gefolgt und versuchte, im Kanalwasser etwas zu erkennen. »Was ist das für ein Fisch?«

»Das ist etwas Größeres, vielleicht ein Hecht oder ein Waller«, freute sich sein Freund. »Komisch, da reagiert nichts.«

»Ich versuche, ihn mit dem Kescher zu fangen«, er-
bot sich Michel. »Eventuell muss ich dann die Schnur
durchschneiden.«

Er watete ins Wasser. Als es ihm bis unter die Brust
reichte, sah er den sich windenden Fisch. Geschickt
schob er den Kescher von hinten über den Fang.

»Ich habe ihn«, rief er. »Ich kappe die Schnur, die
hat sich total verfangen, sonst bekommen wir ihn nicht
raus.« Tatsächlich war es ein sehr dicker Hecht. Als
Michel seinem Freund den Kescher reichte, versuchte
ihre Beute zu entkommen, doch die beiden erfahre-
nen Angler passten auf. Vorsichtig entfernten sie den
Drilling aus seinem Maul, und Didier ließ den Fisch
in den vorbereiteten Setzkescher gleiten. »Der wiegt
mindestens zehn Kilo«, freute er sich.

»Ein toller Fang«, bestätigte sein Anglerfreund. Er
betrachtete nachdenklich den Kanal. »Ich bin auf etwas getreten, was sich ganz hart angefühlt hat, nicht
wie ein Ast oder etwas in der Art, eher wie ein Gegenstand, der dort nicht hingehört.«

Didier zuckte mit den Schultern. »Die Leute werfen alles Mögliche ins Wasser.«

Michel war neugierig. »Ich möchte wissen, was
es ist. Vielleicht ein Schatz, eine Tasche mit Geld«,
scherzte er.

»Blödsinn, auf diese Weise kannst du deine Rente
bestimmt nicht aufbessern.«

»Dennoch, ich schaue nach.«

Erneut watete er in den Kanal und suchte die Stelle, wo er zuvor gestanden hatte. »Ich habe ihn gefunden«, rief er. Langsam zog er den Kescher durch den Schlamm, und beim fünften Versuch spürte er Gewicht im Netz. Mit seiner Ausbeute kehrte er zum Ufer zurück. Didier reichte ihm die Hand und half ihm aus dem Wasser. Michel legte seinen Fund auf den Boden.

»Was ist das?« Der Gegenstand war etwa einen halben Meter lang und hatte einen Griff, der schmale Aufsatz steckte in einem Futteral.

»Ein Messer«, mutmaßte Didier und zog den Schutz von der Klinge. »Ein Riesenmesser.« Der Stahl schimmerte in der Sonne, dunkle Flecken zeichneten sich darauf ab.

»Das ist eine Machete«, stellte Michel fest und wurde blass. »Der Mord an dem Ehepaar Delcroix in Biscarrosse-Plage wurde mit einer Machete verübt, das stand in allen Zeitungen. Die Waffe hat man bisher nicht gefunden.«

Didier erschrak. »Du meinst, das ist das Mordwerkzeug?«

Sein Freund zeigte auf die dunklen Flecken. »Das könnte Blut sein. *Mon Dieu*, wir müssen die Polizei informieren, hast du dein Handy dabei?«

»Aber sicher.«

Als in der Gendarmerie von Biscarrosse-Plage das Telefon klingelte, nahm Marat den Anruf entgegen.

Aufmerksam hörte sie zu, schließlich bedankte sie sich und bat den Anrufer, auf sie zu warten. Nachdem sie das Telefonat beendet hatte, informierte sie die Kollegen.

»Zwei Angler haben im Kanal vom Lac Nord eine Machete gefunden.«

Lagarde sprang auf. »Kommen Sie bitte, Mathieu, wir fahren hin.« An die Gendarmen gewandt, fuhr er fort: »Sie halten bitte die Stellung, Léon wird bald kommen, er soll hier auf mich warten.«

Dann machten sich die Kommissare mit Renauds Dienstwagen auf den Weg. Die kürzeste Strecke führte über Bourg.

Die Angler warteten bereits an der Brücke auf sie. Nachdem sie sich begrüßt und vorgestellt hatten, führten die Rentner die Polizisten zu ihrem Fund.

»Ich habe die Machete im Wasser gefunden«, erklärte Michel.

Die Kommissare nickten und betrachteten die Waffe, beide bemerkten sofort die Verfärbungen auf dem Stahl, die von dem Futteral geschützt worden waren. Sie waren sich sicher, dass es sich um die Tatwaffe handelte. Wie viele Macheten mochten in französischen Gewässern liegen? Renaud holte einen Beweismittelbeutel aus dem Dienstwagen, zog Handschuhe über und verstaute das Buschmesser darin. »Das Messer wird schnellstens untersucht«, erklärte er den Anglern. »Haben Sie es angefasst?« Die Angler nickten. »Dann brauchen wir Ihre Fingerabdrücke, damit sie bei der labortechnischen Untersuchung ausgeschlossen werden können, am besten heute noch, in der Gendarmerie von Biscarrosse-Plage, wäre Ihnen das möglich?«

»Aber selbstverständlich«, antwortete Michel. »Wir packen zusammen, bringen den Hecht zu Didier und fahren dann auf die Wache.«

»Danke für Ihre Hilfe.«

Die Rentner tippten mit dem Finger an ihre Buschhutkrempen. »Keine Ursache.«

Als sie zur Brücke zurückliefen, überlegte Lagarde: »Der Täter wollte die Machete nach der Tat so schnell wie möglich loswerden, er wartet, bis es spätnachts ist, dann fährt er los. Schließlich parkt er mit ausgeschalteten Scheinwerfern am Straßenrand vor der Brücke, steigt aus, läuft ein Stück die Böschung entlang und wirft das Messer in den Kanal. Wenn der eine Angler nicht zufällig genau an dieser Stelle hineingewatet wäre, hätte man die Waffe wahrscheinlich nie gefunden. Schlick, verfaulte Blätter und vermodertes Geäst hätten sie im Laufe der Zeit verschwinden lassen.«

»Wären das Meer oder der See nicht ein besseres Versteck gewesen? Der Kanal ist ja nicht so tief.«

»Im Prinzip ja, aber am Ufer wäre das zu riskant gewesen, also hätte er mit einem Boot hinausfahren müssen, das erregt viel mehr Aufmerksamkeit als ein Auto.«

»Wir könnten einen Aufruf an die Bevölkerung in

die Zeitungen setzen. Wenn wir Glück haben, hat jemand etwas gesehen.«

»Gute Idee, das machen wir.«

Sie fuhren nach Biscarrosse-Plage zurück. Als sie die Gendarmerie betraten, saß Léon bereits im Eingangsbereich und wartete auf sie. Als er sie sah, sprang er auf. Lagarde fiel auf, dass er sich für den Termin sorgfältig gekleidet hatte, er trug saubere Jeans, ein blaues Hemd und neue Nikes. Die Rastalocken fielen geordnet um sein Gesicht.

Sie gingen in ein unbenutztes Büro, in dem sie ungestört reden konnten. Lagarde bot dem jungen Mann etwas zu trinken an, doch der lehnte dankend ab. Lagarde hatte den Eindruck, dass er nervös war, dies aber nicht zeigen wollte. Zunächst bedankte sich der Kommissar, dass er zuverlässig erschienen war, und sprach ihm sein Beileid aus. Léons Augen begannen zu glänzen.

»Mein Großvater und ich haben uns sehr geliebt«, beteuerte er. »Ich bin sehr traurig über seinen Tod.«

»Ich auch, er war ein wunderbarer Mensch.« Léon lächelte.

»Grand-mère sagt, Sie haben ihn gekannt.«

»Er war mein Chef bei der GIGN, aber wir waren auch Freunde.«

»Ja, das hat sie erzählt.«

»Ich möchte Ihnen einige Fragen stellen.«

»Bitte.«

»Es gibt einen Zeugen, der ausgesagt hat, dass Sie einige Zeit vor dem Verbrechen einen Streit mit Ihrem Großvater hatten, einen heftigen Streit.«

Léon zögerte. Lagarde nickte ihm aufmunternd zu. »Ich will Ihnen nichts anhängen, ich brauche aber Ihre Zeugenaussage. Schließlich wollen wir doch alle, dass der Täter überführt und bestraft wird.«

»Okay. Es stimmt, was Sie sagen, wir haben gestritten. Es ging um Geld, das war ab und zu ein Thema. Meist habe ich von ihm bekommen, was ich wollte. Grand-mère hat mich immer recht kurzgehalten, sie vertritt die Ansicht, dass man Geld, das man ausgibt, auch verdient haben sollte.«

»Sie baten Ihren Großvater also um Geld?«

»Ja.«

»Um welchen Betrag ging es denn?«

»Um zwanzigtausend Euro.«

»Was wollten Sie damit kaufen?«

»Ein Quad. Ich wollte durch die Weinberge rasen, das stellte ich mir cool vor.«

»Was meinte er dazu?«

»Nun ja, normalerweise hat er früher oder später all meine Wünsche erfüllt. Ich war jahrelang auf diesem Nobelinternat in Zürich, ich weiß nicht, ob Sie sich vorstellen können, wie es da abläuft. Alle haben Geld ohne Ende, jedes Jahr ein neuer Laptop, das teuerste Smartphone, die besten Ski, Edelklamotten aus Mailänder Boutiquen, zum achtzehnten Geburtstag einen

Wagen oder ein Segelboot. Und ich habe diesen Wahnsinn auch mitgemacht. Als ich Geld für das Quad verlangte, reagierte Grand-père ziemlich sauer, weil ich bereits zum bestandenen Führerschein einen Sportwagen von ihm geschenkt bekommen hatte.« In seinen großen Augen war Trauer erkennbar. »Es tut mir so leid, dass wir uns im Streit getrennt haben. Danach habe ich ihn nicht mehr gesehen.« Er holte ein Taschentuch aus seiner Hosentasche und schnäuzte sich. »Grand-mère sagt, wir werden ihm ein würdevolles Begräbnis bereiten, dabei soll eine Sopranistin seine Lieblingsarien singen.«

Auf Lagarde wirkten Léons Worte über seinen Großvater sehr warmherzig und ehrlich, er konnte sich überhaupt nicht vorstellen, dass der junge Mann etwas mit dem Verbrechen zu tun hatte. Er hätte sich mit Bertrand wieder vertragen und weiter um finanzielle Unterstützung gebeten. Ihn und seine Frau zu töten ergab doch für den Jungen keinen Sinn.

»Wissen Sie irgendetwas, das uns weiterhelfen könnte? Hat Ihr Großvater etwas erzählt, das Ihnen seltsam vorkam?«

Léon überlegte und schüttelte dann den Kopf. »Leider nein.«

»Wie war Ihr Verhältnis zu Madeleine Delcroix?«

»Gut, sie war immer nett zu mir, wir hatten manchmal richtig Spaß zusammen. Am liebsten sind wir auf dem See gesegelt, nur sie und ich, sie war ein richtiger

Kumpel. Manchmal hat sie mir sogar ein paar Schei-ne zugesteckt. Grand-mère durfte allerdings nicht wis-sen, dass wir uns gut verstanden. Sie mochte sie nicht, weil sie ihr den Mann weggenommen hatte.«

»Hat Madeleine einmal etwas gesagt, das interes-sant für uns sein könnte?«

Léon überlegte. »Einmal hat sie etwas erzählt, es betraf meinen Großvater. Er habe sich tagelang auf der Vogelinsel aufgehalten und etwas beobachtet.«

»Was hat er denn beobachtet?«

»Das wusste sie nicht, aber sie sagte, dass es um eine heiße Sache gehen könnte.«

»Was hat sie damit gemeint?«

»Das hat sie nicht gesagt.«

»Wann haben Sie darüber gesprochen?«

»Vor einigen Wochen, genau weiß ich es nicht mehr.«

»Unser Zeuge hat ausgesagt, dass Sie Ihrem Groß-vater mit der Presse gedroht haben, als er Ihnen kein Geld geben wollte, ist das richtig?«

Der junge Mann errötete. »Das war bestimmt diese Hauswirtschafterin, sie hatte ihre Ohren überall. Ja, okay, es war dumm von mir, so etwas zu sagen.«

»Was wollten Sie denn den Journalisten erzählen?«

»Nichts, Monsieur le Commissaire, es war nur ein Bluff. Ich wollte ihn erschrecken, weil ich so wütend war. Ich hatte den Quad doch schon bestellt und ange-zahlt. Mein Großvater war ein absolut integrer Mann.«

»Das war er. Und wie geht es jetzt bei Ihnen weiter?«

»Ich habe nachgedacht und bin zu dem Schluss gekommen, dass ich mein Leben ändern muss, auch meinen Großeltern zuliebe. Ich werde bald auf das Lycée in Libourne wechseln und fleißig lernen. Einen Minijob als Tankwart habe ich schon gefunden, ich will mein Taschengeld in Zukunft selbst verdienen. Dann mache ich das Baccalauréat, werde Winzer wie Grandmère und setze die Familientradition fort.«

Lagarde wusste nicht so recht, ob er ihm das abnehmen sollte. Seine Pupillen waren groß wie Stecknadelköpfe. Der junge Mann experimentierte mit Drogen, da war er sich sicher, aber ein Mörder war er nicht.

Nach dem Gespräch fuhr Renaud nach Arcachon, um die Machete zur Untersuchung in das kriminaltechnische Labor zu bringen. Die Kommissare hatten sich für später im Polizeipräsidium verabredet. Da Lagarde noch Zeit hatte, beschloss er, bei Déborah einen Kaffee zu trinken. Er wollte wissen, was sie beunruhigte, da es für die Ermittlungen wichtig sein könnte. Vielleicht konnte er in ihrer Brasserie auch eine Kleinigkeit essen. Es war inzwischen schon nach dreizehn Uhr.

Mehrfach wählte er ihre Handynummer, doch es kam immer nur die automatische Ansage, so dass er ihr keine Nachricht hinterlassen konnte. Er beschloss, einen Spaziergang zu ihrem Restaurant *L'Étoile de mer* zu machen. Vielleicht war sie zu beschäftigt, um an ihr Handy zu gehen, oder sie hörte es nicht.

Ohne Eile ging er durch die Fußgängerzone, am Eisstand hatte sich eine Schlange gebildet. Da er nicht so lange warten wollte, verzichtete er auf den Genuss, obwohl das Mandelhonigeis ihn schon sehr gereizt hätte. Bevor er die Brasserie aufsuchte, machte er einen Abstecher auf die Seepromenade, er wollte einen Blick auf den Ozean werfen. Noch bevor er ihn sah, hörte er ihn. Die Brandung donnerte an den Strand. Kurz darauf erreichte er die Promenade, der Atlantik erstreckte sich vor ihm, und er atmete die reine salzige Luft ein. Zwei Meter hohe, sich kreuzende Wogen schreckten die Wellenreiter nicht, sie kämpften sich durch Strudel und Gischtschleier, um dann souverän in eleganter Haltung zurückzugleiten.

Lagarde atmete tief durch und dachte an die Befragung von Léon. Nach dem Gespräch mit ihm hatten er und Renaud sich darüber unterhalten. Der junge Kommissar schätzte die Sachlage genauso ein wie er. Der Junge hatte kein Motiv, er hätte sich nur selbst geschadet.

Nach wenigen Minuten erreichte er die Brasserie. Die Tische auf der Terrasse waren gut besetzt. Die Leute genossen ihr Mittagessen und unterhielten sich. Eine Mutter hatte ihr Kleinkind auf dem Schoß und fütterte es mit rosa Crevettenstückchen. Suchend blickte Lagarde sich um, aber er konnte Déborah nirgends entdecken, auch im Lokal war sie nicht. Er wandte sich an einen vorbeieilenden Kellner.

»Die Chefin ist nicht da, aber an der Theke sitzt ihr Mann, wenn Sie ihn sprechen wollen.«

»Danke schön.«

Lagarde ging zur Theke. Déborahs Mann trank Kaffee und war in eine Zeitung vertieft. Er sah sympathisch aus. Der Kommissar setzte sich neben ihn, bestellte bei einer Servicekraft einen doppelten Mokka und sprach ihn an.

»*Excusez-moi*, sind Sie Monsieur Touraine?«

Der Mann sah von seiner Lektüre auf und lächelte ihn an. Seine Augen waren von Lachfältchen umgeben und wirkten warmherzig. »Ja, das bin ich.«

»Ich bin Philippe Lagarde.«

Er hob die Augenbrauen. »Der Kommissar?«

»Ja.«

»Déborah hat mir von Ihnen erzählt. Wir sind alle schockiert über das Verbrechen, haben Sie schon eine heiße Spur?«

»Wie ermitteln in alle Richtungen.«

»Ja, natürlich.« Ihm schien etwas einzufallen. »Möchten Sie hier zu Mittag essen? Dann organisiere ich Ihnen einen schönen Tisch im Schatten. Das ist ja wieder eine Hitze heute.«

»Ich wollte eigentlich nur auf einen Kaffee vorbeischauen. Ihre Frau ist nicht hier?«

»Nein, aber sie sollte eigentlich hier sein. Manchmal, wenn ihr der Trubel hier über den Kopf wächst,
fährt sie mit dem Zug nach Bordeaux und geht mit
einer Freundin shoppen. Am Abend gehen sie schick
essen, und Déborah fährt mit dem letzten Zug zurück.
Das ist nichts Besonderes, seltsam ist nur, dass sie mir
nicht Bescheid gesagt hat. Der Oberkellner hat mich
angerufen und sie gesucht. Jetzt halte ich die Stellung
und helfe im Service, wenn es nötig ist. Sonderbar ist
auch, dass ich sie nicht auf ihrem Handy erreichen
kann.«

Lagarde überkam für einen Moment ein beunru-
higendes Gefühl. Doch sicherlich hatte sie sich nur
einen freien Tag gegönnt, weiter nichts.

»Sie wird schon wieder auftauchen«, meinte er.
»Hin und wieder braucht man eine Auszeit.«

Touraine lächelte. »Da haben Sie recht. Soll sie sich
einen schönen Tag machen. Wollen Sie nicht doch etwas essen? Ich lade Sie ein, wir haben wunderbare,
fangfrische Jakobsmuscheln, dazu einen kühlen weißen Bordeaux. Ich wollte auch gerade etwas essen und
leiste Ihnen Gesellschaft, wenn es Sie nicht stört.«

Lagarde nahm das Angebot dankend an. Er hatte
Hunger, und der Mann machte wirklich einen sym-
pathischen Eindruck.

Nach dem ausgezeichneten Mittagessen in der an-
genehmen Gesellschaft von Monsieur Touraine lief

Lagarde zur Gendarmerie zurück und holte den Toyota. Er ging einkaufen und füllte seine Vorräte auf. Anschließend verbrachte er den Nachmittag auf der Terrasse. Er breitete sämtliche Unterlagen, die den Fall betrafen, auf dem Tisch aus und ging sie noch einmal akribisch Schritt für Schritt durch. Als er die Tatortfotos betrachtete, erfasste ihn Unruhe. Was hatte sie ausgelöst? Warum sprachen die Bilder mit ihm? Er kam nicht darauf.

Als es an der Zeit war, zog er sich schwarze Jeans, ein dunkles T-Shirt und feste Laufschuhe an, die schwarze Lederjacke schwang er sich über die Schulter. Er steckte Geld und Handy ein und griff nach dem Holster mit der Pistole. Er war einsatzbereit.

Als er die Düne von Pilat passierte, schwebte die Sonne schwefelrot über ihrem Sattel. Die Einsatzbesprechung der Drogenfahndung fand im Polizeipräsidium von Arcachon statt. Der Chef, Alain Bréville, ein mittelgroßer kräftiger Mann mit schwarzem Lockenkopf, hatte seine Einsatzleiter um sich versammelt und entwickelte die Logistik des Einsatzes souverän und effektiv.

Lagarde und Renaud folgten der Besprechung kommentarlos. Ihre Teilnahme an der Aktion war nur deshalb zugelassen worden, weil das Tagebuch von Bertrand Delcroix Teil ihrer Ermittlungen war. Als die Dämmerung sich über Arcachon senkte, brachen sie auf. Am Hafen trennten die Einheiten sich. Ein Teil

der Mannschaft fuhr auf zwei schnellen Polizeiboo-
ten zur Vogelschutzinsel. Zwei weitere Boote hatten
Cap Ferret zum Ziel. Ein drittes Team war mit Zivil-
fahrzeugen dorthin unterwegs. Sie waren früher gestartet, da sie das ganze Bassin umrunden mussten.
An Bord des einen Schiffes befanden sich ein Steu-
ermann, Polizisten, Bréville und die beiden Kommissare. Sie hatten Schutzwesten übergezogen. Der Chef
der Drogenfahndung vertrat die Ansicht, dass das Boot
mit der Rauschgiftlieferung am Cap Ferret anlegen
werde. Cap Ferret war die Spitze einer Landzunge,
die im Westen die Bucht von Arcachon abriegelte. Es
handelte sich um eine flache, von lichten Kiefernwäl-
dern überzogene Halbinsel. Im Unterschied zu den
Binnenseen verfügte das Bassin über einen schmalen
Zugang zum offenen Meer. Dorthin wurde das Boot
gesteuert. Sie wollten das Cap umrunden und sich an
der verlassenen Westküste auf die Lauer legen. Seine
Einschätzung der Lage hatte Bréville damit begrün-
det, dass es für die Schmuggler doch sinnvoller wäre,
die Ware von einem Schiff auf Lieferwagen zu laden,
als sie bei der Vogelinsel auf Austernboote umzuladen
und an der Küste des Bassins auf Transporter. Außerdem wäre es von Cap Ferret aus viel einfacher, auf das
offene Meer hinaus zu flüchten. Lagarde teilte diese
Ansicht.

Er stand mit Bréville und Renaud seitlich im Steuerstand und sah zu, wie sie sich der Ausfahrt näherten.

Die untergehende Sonne färbte das Wasser und den Himmel orangerot, die Austernboote bildeten schwarze Silhouetten, und die krummen Holzstangen, die die Austerngärten begrenzten, ragten in den dunkel werdenden Himmel. Als sie die Ausfahrt hinter sich gelassen hatten, wurde die See unruhig. Das Boot pflügte durch die höher werdenden Wellen, und sie brachten die Fahrt ohne Probleme hinter sich. Sie ankerten in einer kleinen Bucht, die vom Atlantik her nicht einsehbar war. Dort sollten die Polizisten auf ihren Einsatz warten.

Bréville, zwei Polizisten und die Kommissare bezogen ihren Posten auf dem Leuchtturm Pointe du Cap Ferret. Schon am Nachmittag war die gesamte Anlage mit dem Hinweis auf Reparaturarbeiten für Besucher geschlossen worden. In der Kuppel des Leuchtturms, in zweiundfünfzig Meter Höhe, hatte man einen weiten Blick auf den Ozean. Selbst als die Sonne endgültig verschwunden war, sorgte ein mit Sternen übersäter Himmel für eine relativ gute Sicht. Die Düne von Pilat wirkte wie ein düsteres urzeitliches Ungeheuer.

Die Männer verharrten geduldig auf ihrem Aussichtsplatz und beobachteten mit Nachtferngläsern die Südspitze der Landzunge und das Meer. Ihre Geduld wurde auf eine harte Probe gestellt.

Um halb zwei näherten sich schließlich zwei Lieferwagen mit ausgeschalteten Scheinwerfern und parkten am Ende einer Stichstraße, die zum Meer führte.

Sie befand sich außerhalb des Ortes. Bréville sprach in sein Funkgerät. Ein Frachtschiff mit grünen und roten Positionslichtern zog vorbei und verschwand allmählich in der Ferne. Kurz darauf näherte sich ein weiteres Boot, die Positionslampen waren ausgeschaltet, und auch sonst war kein Licht zu sehen. Das Boot ankerte am Anleger, der die Stichstraße begrenzte. Zwei Männer gingen von Bord und sprachen kurz mit den Fahrern der Lieferwagen. Dann liefen sie zu viert auf das Schiff, kletterten an Deck und kamen bald darauf mit einer Last zurück.

»Das sind sie«, sagte Bréville in sein Funkgerät. »Zugriff.« Von einer Sekunde auf die andere war die Stichstraße von Polizisten bevölkert. Sie umstellten die Männer mit den Gewehren im Anschlag. Vom Meer her näherten sich zwei Polizeiboote, voll beleuchtet mit jeweils zwei Suchscheinwerfern. Der Einsatzleiter sprach die Männer durch ein Megaphon an. Laut und blechern hallte seine Stimme durch die Nacht: »Achtung, hier spricht die Polizei. Nehmen Sie die Hände hoch und machen Sie keine falsche Bewegung. Sie sind umstellt, jeder Fluchtversuch ist sinnlos.«

Die vier Männer waren überrumpelt und ergaben sich ohne jeden Widerstand. Als wenige Minuten später das Leuchtturmteam eintraf, saßen sie bereits mit Handschellen gefesselt auf der Rückbank von Polizeifahrzeugen, jeweils ein Polizist saß links und rechts von ihnen. Der Chef der Drogenfahndung, mehrere Polizisten und die Kommissare betraten das Schiff mit gezogenen Waffen. Es war schon durchsucht worden. So wie es schien, befanden sich keine weiteren Personen an Bord.

Über eine schmale Stiege kletterten sie in den schwach erleuchteten Schiffsrumpf und fuhren entsetzt zurück. Nackte Leichen stapelten sich auf den Planken, blinde Augen starrten sie an. Als sie näher traten, erkannten sie ihren Irrtum – es waren Schaufensterpuppen. Kurzerhand drehte Bréville einer Puppe den Kopf ab. Triumphierend zeigte er auf das weiße Pulver, das sich darin befand. Er machte einen Schnelltest, mit dem er es identifizieren konnte.

»Kokain«, stellte er fest und lächelte zufrieden. »Wir haben sie erwischt.« Dann wandte er sich an die Kommissare. »Ein Boot wird Sie nach Arcachon zurückbringen, die Verhöre übernehmen wir, morgen früh bekommen Sie den ersten Bericht. Danke für den tollen Tipp. So wie es aussieht, ist uns ein dicker Fisch ins Netz gegangen.«

DAS SOMMERHAUS IN MIMIZAN-PLAGE
NEUNTER TAG

Als das Ermittlerteam sich Punkt neun Uhr in der Gendarmerie um den Besprechungstisch versammelte, war das Fax mit dem ersten vorläufigen Bericht der Drogenfahndung bereits eingetroffen.

Das Boot und die Schaufensterpuppen mit dem Kokain waren beschlagnahmt und nach Arcachon gebracht worden. Es handelte sich um dreißig Puppen, in deren hohlen Körpern insgesamt eine Tonne hochwertiges Kokain versteckt war. Das war ein schwerer Schlag für das Drogenkartell. Durch die Beschlagnahmung dieser großen Menge konnte sogar die Versorgung des Marktes ins Stocken geraten.

Die Vernehmungen hatten die ganze Nacht gedauert, die Polizisten hatten sich abgelöst und den Verbrechern keine Pause gegönnt. Es waren Einzelverhöre gewesen, die Männer durften keinen Kontakt mehr miteinander haben. Um vier Uhr früh erzielte Bréville den ersten großen Durchbruch. Bisher hatten sie nur die Route erfahren, für die die Skipper zuständig waren, Kapverden–Arcachon, Bertrand hatte recht gehabt. Der Chef der Drogenfahndung behauptete gegenüber einem der Männer, Ruiz, dessen Kumpel habe ihm den Mord an einem Austernfischer in die Schuhe geschoben, der auf sie aufmerksam geworden war. Aufgerieben durch das pausenlose Verhör, tappte Ruiz in die Falle. Er beschuldigte wiederum seinen Kumpel. Nach weiteren intensiven Befragungen schob ein Schmuggler dem anderen den Mord in die Schuhe. Falls sie dabei blieben, würde Anklage gegen alle vier Gefangenen erhoben. Es konnte aber auch sein, dass die Männer auf den Schuldigen so viel Druck ausübten, dass er die Tat gestand. Damit war der Fall des toten Austernfischers von Kommissar Montparnasse endlich so gut wie aufgeklärt.

Die Männer hatten bei der Festnahme keine Papiere bei sich, so dass ihre Identitäten noch unklar waren. Auch über die Hintermänner und Drahtzieher schwiegen sie. Allerdings beteuerten die vier Männer unerschütterlich, dass sie von einem Bertrand Delcroix noch nie etwas gehört hätten.

»Wenn man den Mord an einer Person zugibt, kann man auch den Mord an einem weiteren Menschen gestehen, das spielt dann auch keine Rolle mehr«, meinte Lagarde. So wie es aussah, waren die Mitglieder der Drogenbande keine heiße Spur, aber natürlich konnte es noch eine Wende geben. Das Team beschloss abzuwarten, was bei den Verhören noch herauskommen würde.

Der Aufruf an die Bevölkerung war in allen regionalen Zeitungen erschienen, bisher gab es jedoch keine Rückmeldungen. Davon hatte Renaud sich mehr versprochen.

Da der Bericht des Labors über die Untersuchung der Machete, der Liebesbriefe und des Tagebuchs noch nicht vorlag, kamen sie als Nächstes zu Bertrands Memoiren. Marat räusperte sich und begann mit ihrem Bericht.

»Ich habe jetzt alle Personen überprüft. Der Gewerkschaftsfunktionär, Jean Danton, war am Tag des Verbrechens bei einem Generalstreik in Nizza, es gibt ein Video, das ihn an der Spitze des Demonstrationszuges zeigt. Die Demo ging bis neunzehn Uhr, dann folgten Reden auf dem Marktplatz, die ebenfalls dokumentiert sind. Er hätte es zeitlich unmöglich schaffen können.« Jetzt war nur noch ein Mann übrig. Die Gendarmin fuhr fort. »Der populäre Sänger, Christian Fassin, war tatsächlich hier, das heißt, er ist immer noch hier. Ich habe auf seiner Facebookseite einen Eintrag gefunden, dass er mit seiner neuen Freundin in Mimizan-Plage zwei Wochen Urlaub macht. Er ist vor elf Tagen eingetroffen und befindet sich noch immer in Mimizan-Plage, das habe ich überprüft. Seine Adresse habe ich auch herausgefunden.«

»Das könnte doch eine heiße Spur sein.« Dupré war ganz aufgeregt.

»Durchaus«, antwortete Lagarde. »Sehr gut, Stéphanie.«

»Wie wollen Sie vorgehen?«, fragte sie.

»Unaufgeregt. Wir fahren hin und reden mit ihm.«

Das Telefon klingelte, Renaud nahm das Gespräch entgegen. Eine Dame war am Apparat, die sich als Marguerite Clément vorstellte. Sie hatte in der Morgenzeitung den Aufruf gelesen, alle Auffälligkeiten in einem bestimmten Zeitrahmen rund um die kleine Brücke am Kanal zu melden. Nun, sie habe etwas beobachtet. Renaud notierte sich die Adresse und versicherte ihr nach einem kurzen Austausch mit Lagarde, in etwa zwanzig Minuten bei ihr zu Hause einzutreffen.

Einige Hundert Meter hinter der Kanalbrücke, von Bourg aus kommend, lag eine kleine Marina, die von hohem Schilfgras umgeben war und über etwa ein Dutzend Anleger verfügte. Die schmale Schotterstraße führte um den Hafen herum und verlief weiter Richtung Norden. Dort lag eingebettet in einen Kiefernhain der Weiler Navarrosse. Nicht weit davon entfernt glitzerte der Lac Nord in der Sonne. In diesem Ort wohnte Marguerite Clément.

Das kleine sonnengelb gestrichene Gebäude und der Vorgarten machten einen sehr gepflegten Eindruck. Madame Clément wartete bereits vor der Haustür auf sie. Renaud parkte den Wagen, und durch ein duftendes Rosenspalier betraten sie das Grundstück. Die Dame strahlte sie an, offenbar freute sie sich über den Besuch. Lagarde schätzte sie auf über siebzig Jahre. Sie war einen Kopf kleiner als er und von zierlichem Körperbau, über Bluse und Rock trug sie eine Kittelschürze, die Füße steckten in Gesundheitsschuhen. Ihre hellen Augen hinter den Brillengläsern blickten freundlich.

»Bonjour, Messieurs«, begrüßte sie sie. »Das ist schön, dass Sie so schnell kommen konnten.«

Lagarde stellte sich und Renaud vor, die Dienstausweise streifte sie nur mit einem flüchtigen Blick.

»Kommen Sie doch herein, ich habe im Salon für Sie gedeckt.«

Sie folgten ihr durch einen winzigen Eingangsbereich in den Salon. Der Raum war klein und hatte eine niedrige Holzdecke. Auf den beiden Fensterbrettern standen Grünpflanzen, vor den blanken Scheiben bauschten sich schneeweiße Gardinen. Altmodische dunkle Möbel dominierten den Raum. Auf einer Kommode stand ein Fernsehapparat. So ein altes Modell hatte Lagarde schon lange nicht mehr gesehen. Daneben befand sich eine gerahmte Fotografie, die einen älteren Mann mit schütterem Haar und einem gewaltigen Schnurrbart zeigte, der mit ernster Miene in die Kamera blickte.

Die alte Dame bemerkte seinen Blick und lächelte liebevoll. »Das ist Jacques, mein verstorbener Mann. Er war als Zugführer für die Strecke Biganos–Bordeaux zuständig.« Sie seufzte wehmütig. »Er angelte so gerne auf dem See, das Gewässer ist sehr fischreich.« Sie schien sich einen Ruck zu geben. »Aber deswegen sind Sie ja nicht gekommen.« Sie deutete auf die Sitzgarnitur mit den Brokatkissen. »Setzen Sie sich doch bitte, ich hole den Kaffee.«

Als sie zurückkam, schenkte sie den Besuchern ein und lud jedem ein großes Stück Kuchen auf den Goldrandteller.

»Das ist meine Spezialität«, erklärte sie. »Mirabellenkuchen mit Baiserhaube, die Früchte wachsen in meinem Garten.«

Die Kommissare bedankten sich und kosteten.

»Ein Gedicht«, versicherte Renaud.

Lagarde kam zum Anlass ihres Besuches. »Sie haben bei Ihrem Anruf gesagt, dass Sie an der Kanalbrücke etwas beobachtet haben.«

»Oh ja, das stimmt.«

»Können Sie sich erinnern, an welchem Tag das war?«

»Selbstverständlich, mein Gedächtnis funktioniert hervorragend. Ich mache jeden Tag mindestens zwei Sudokus. Es war in der Nacht nach dem schrecklichen Verbrechen an diesem Ehepaar in Biscarrosse-Plage.«

»Sind Sie sicher?«

»*Bien sûr.*«

»Wissen Sie, um welche Uhrzeit es war?«

»Es war exakt halb eins, ich habe auf meinem Weg die Kirchturmuhr von Bourg schlagen hören.«

»Sie waren also unterwegs? Alleine, so spät in der Nacht? Darf ich fragen, was Sie da draußen gemacht haben?«

Energisch hob sie das Kinn. »Ich habe keine Angst. Wenn Sie erlebt hätten, was ich erlebt habe, hätten Sie auch keine.«

Lagarde musste ein Schmunzeln unterdrücken. Renaud empfand Hochachtung vor der resoluten Dame. Sie legte ihnen ein zweites Stück Kuchen auf den Teller.

»Männer, die arbeiten, müssen tüchtig essen, das hat mein Jacques immer gesagt.«

Renaud hakte freundlich nach. »Was haben Sie um halb eins an der Brücke gemacht?«

»Ich bin nach Hause gegangen.«

»Von wo sind Sie denn gekommen?«

»Von Didier, ich hatte ihn besucht. Er wohnt in einem Dorf östlich von hier, es ist nicht weit.«

»Ist Didier ein Angler?«, wollte Lagarde wissen.

»Ja, Angeln ist seine große Leidenschaft, er schenkt mir Fische, wenn ich welche möchte.«

»Sie waren also bei Didier?«, fragte Renaud.

»Ja, er ist auch alleine, er hat seine Frau verloren, so wie ich meinen Jacques. Ich besuche ihn mindestens einmal in der Woche. Dann koche ich für ihn, anschließend spielen wir immer Poker um Centimes, ich habe gewonnen.« Sie lachte. »Didier kann nicht bluffen.«

»Kurz vor halb eins sind Sie dann heimgegangen?«
Lagarde sah sie fragend an.

»Ja.«

»Was ist dann passiert?«

»Ich lief am Straßenrand entlang, als sich ein Auto vom See her näherte. Als es vor der Brücke anhielt und die Scheinwerfer erloschen, wurde mir doch ein wenig mulmig zumute, deshalb versteckte ich mich hinter einem Baum und beobachtete, was weiter geschah.« Sie verstummte und rührte gedankenverloren in ihrer Kaffeetasse.

»Und was geschah weiter?«

»Jemand stieg aus dem Wagen, er hatte einen länglichen Gegenstand in der Hand.«

»Wie sah die Person aus?«

»Sie war groß, schlank, irgendwie wirkte sie kräftig, die Haare waren kurz. Sie trug eine dunkle Hose und ein ebenfalls dunkles Oberteil. Mehr konnte ich nicht erkennen, es war ja mitten in der Nacht.«

»Was machte die Person?«

»Sie ging ein Stück die Böschung entlang, mit sicheren Schritten, als wäre sie gut zu Fuß, dann warf sie den Gegenstand in den Kanal. Daraufhin lief sie sofort zum Auto zurück, wendete und fuhr davon.«

»Haben Sie das Kennzeichen erkennen können?«

»Leider nein.«

»Was war das für ein Auto?«

»Das weiß ich nicht, damit kenne ich mich nicht aus.

Es war ein Kleinwagen, dunkelblau oder schwarz.« Sie überlegte. »Eventuell auch dunkelgrün.«

»Ist Ihnen sonst noch etwas aufgefallen?«

»Nein, das war alles.« Sie lächelte die Kommissare an. »Meine Beobachtungen helfen Ihnen doch sicher weiter.«

»Ja, Madame Clément«, antwortete Lagarde, »Sie haben uns sehr geholfen. Vielen Dank auch für die schöne Bewirtung. Und jetzt müssen wir weiter.«

»Natürlich, Sie haben bestimmt sehr viel zu tun. Aber besuchen Sie mich doch, wenn Sie mal wieder in der Nähe sind. Meine Mandelhörnchen sind ebenfalls sehr gut, Didier sagt das auch.«

An der Haustür verabschiedeten sie sich von der netten Dame.

Auf der Rückfahrt nach Biscarrosse-Plage werteten sie das Gespräch aus.

»Die Person kam vom See her«, sagte Renaud. »Das heißt, sie könnte aus Biscarrosse-Plage gekommen sein, aber auch aus Richtung Arcachon. Möglich wäre aber auch, dass sie einen Umweg gefahren ist, um ihre Spur zu verwischen.« Er seufzte. »Sie könnte von überallher gekommen sein.«

»Die Personenbeschreibung gibt leider auch nicht viel her«, meinte der Kommissar.

»Groß, kräftig, gut zu Fuß«, zählte Renaud auf. »Das könnten auch wir gewesen sein.«

Sie lachten.

»Eine Automarke haben wir auch nicht«, fuhr Lagarde fort, »kein Kennzeichen. So wie Madame Clément das Fahrzeug geschildert hat, hatte es eine dunkle Farbe. Aber wir wissen jetzt zumindest, dass der Täter die Waffe so schnell wie möglich entsorgt hat.«

Kurz nachdem sie die Gendarmerie betreten hatten, um den Kollegen von dem Gespräch mit Madame Clément zu berichten, stürzte Alain Touraine in die Eingangshalle. Er war hochrot im Gesicht, Schweißtropfen standen auf seiner Stirn.

»Déborah ist weg«, rief er. Seine Stimme überschlug sich. »Sie ist verschwunden, Sie müssen sie suchen.«

Lagarde begrüßte ihn und versuchte, ihn zu beruhigen. »Sie müssen uns alles genau erzählen, Monsieur Touraine, das ist wichtig für uns. Kommen Sie bitte mit, wir gehen in einen ruhigen Raum.«

Dort drückte er den völlig aufgelösten Mann auf einen Stuhl und bat Renaud, ein Glas Wasser für ihn zu holen. Als er zurück war, setzten sich die Kommissare zu den Gendarmen und Monsieur Touraine an den Tisch. Marat war weiß wie die Wand.

Lagarde sprach den Mann ruhig an. »Erzählen Sie uns bitte, was passiert ist. Lassen Sie sich Zeit, alles kann von Bedeutung sein.«

Der Mann versuchte, sich zu sammeln. »Seit gestern Vormittag ist sie weg. Ich habe es erst mitbekommen, als mich ein Kellner anrief und fragte, wo sie denn bleibe, es sei so viel los. Bis dahin dachte ich, meine Frau sei im Restaurant.« Er wandte sich an Lagarde. »Ich bin natürlich sofort hingefahren, und kurz danach sind Sie in das Lokal gekommen. Wir waren beide der Meinung, dass sie sich einen schönen Tag macht, wie so manches Mal zuvor. Allerdings hatte sie niemandem Bescheid gesagt, dass ist für sie untypisch, ihre Brasserie ist ihr furchtbar wichtig. Und ihr Handy ist seit gestern ausgeschaltet. Gestern Abend habe ich auf sie gewartet, schließlich bin ich ins Bett gegangen und dachte, sie werde schon noch kommen. Aber als ich heute Morgen aufwachte, war sie nicht da.« Seine Stimme klang verzweifelt. »Ihr ist etwas passiert, *mon Dieu*.«

»Ist ihr Auto da?«, fragte Lagarde.

»Ja, sie hat um die Ecke geparkt.«

»Dann ist sie nicht mit dem Zug nach Bordeaux gefahren?«

»Nein, auf keinen Fall, sonst wäre sie ja mit ihrem Auto nach Biganos zum Bahnhof gefahren. Außerdem habe ich heute Morgen ihre Freundin in Bordeaux angerufen, dort war sie nicht.«

»Haben Sie bei Verwandten und Freunden nachgefragt?«

»Ja, natürlich. Niemand hat sie gesehen, niemand weiß, wo sie ist.« Mit einem Taschentuch wischte er sich fahrig den Schweiß von der Stirn.

»Hatten Sie Streit?«

Touraine fuhr hoch. »Was denken Sie! Wir haben niemals Streit, meine Frau und ich führen eine harmonische Ehe.«

»Bitte beruhigen Sie sich, Monsieur Touraine, ich muss das fragen.«

»*Excusez-moi.*«

»Denken Sie bitte nach, wo könnte sie sein, hat sie vielleicht einen Lieblingsplatz?«

Er lächelte traurig. »Ihr Lieblingsplatz ist ihre Brasserie.«

»Danke, Monsieur Touraine, wir leiten sofort eine Großfahndung ein. Wir unternehmen alles, was möglich ist, um Ihre Frau zu finden, das verspreche ich Ihnen.«

»Danke.«

»Wir sagen Ihnen Bescheid, sobald es Neuigkeiten gibt. Vielleicht sollten Sie nach Hause gehen und versuchen, sich ein wenig auszuruhen.«

Der Mann schüttelte den Kopf. »Ich arbeite im *L'Étoile de mer* mit, bis sie wiederkommt. Das bin ich ihr schuldig, und es lenkt mich ab.« Er schwieg einen Moment. »Sie wird wiederkommen, ganz sicher.« Es klang wie eine Beschwörung. Dann ging er mit hängenden Schultern davon.

Das Team hatte sich aufgeteilt. Die Gendarmen sollten die Großfahndung nach Déborah Touraine in die Wege leiten, die Kommissare wollten nach Mimizan-

Plage fahren, um mit dem Sänger Christian Fassin zu sprechen. Während sie über Bourg, Parentis und Sainte-Eulalie-en-Born zu dem Ferienort fuhren, unterhielten sie sich über die verschwundene Frau. Lagarde war in großer Sorge. Dass eine Restaurantbesitzerin ihr Lokal so einfach im Stich ließ, verhieß nichts Gutes, Odette würde das niemals tun.

Er erzählte seinem Kollegen von dem Gespräch mit ihr am Abend vor zwei Tagen und von ihren Befürchtungen. Ihr Verschwinden rückte ihre geäußerten Ängste in ein völlig anderes Licht.

»Ich hätte sie ernster nehmen müssen, nachfragen, was sie so beunruhigt«, sagte Lagarde.

»Vielleicht war es gar nichts Konkretes«, versuchte Renaud, ihn zu beruhigen. »Was hätten Sie denn machen sollen?«

»Ich weiß nicht, ich hätte mir zumindest mehr Gedanken machen müssen. Hoffentlich ist ihr nichts passiert. Wo kann sie nur sein?«

Renaud wusste nicht, was er sagen sollte. Er war ebenfalls sehr beunruhigt. Nach einer guten Stunde erreichten sie Mimizan. Das gesamte mittelalterliche Städtchen, die Abtei und der Hafen waren im Laufe des achtzehnten Jahrhunderts von einer Wanderdüne begraben worden, nur ein alter Glockenturm war noch zu sehen. Sechs Kilometer westlich des Ortes lag der Badeort Mimizan-Plage, der durch den Abfluss eines Sees zweigeteilt wurde. Da Ebbe herrschte, lagen die

Boote im Schlick. An den Holzpfosten klebten Austern. Zahlreiche Touristen zog es zu jeder Jahreszeit an den feinsandigen kilometerlangen Strand, die Wellenreiter liebten das Spiel der Brandung.

Zum Ferienhaus von Christian Fassin, das vor der Dünenlandschaft lag, führte eine kleine asphaltierte Straße. Es war ein einstöckiges Gebäude aus Holz und lag idyllisch in einem Kiefernwäldchen.

Renaud parkte direkt vor dem Haus neben einem dunkelblauen Peugeot. Sie liefen die Treppe hinauf, und Lagarde drückte den Klingelknopf, eine Melodie ertönte. Kurz darauf wurde die Tür geöffnet. Vor ihnen stand ein Mann, der sie fragend musterte. Er war hoch gewachsen und hatte einen kräftigen Oberkörper, muskulös und stark behaart. Er wirkte athletisch. Das Gesicht war markant und attraktiv, die schulterlangen Haare dunkelblond, in einem Ohr steckte ein silberner Ring. Lagarde schätzte ihn auf etwa fünfzig Jahre. Der Sänger sah noch besser aus als im Fernsehen.

»Was kann ich für Sie tun?«, fragte er.

Sie stellten sich vor und wiesen sich aus. »Wir ermitteln im Mordfall Madeleine und Bertrand Delcroix«, erklärte Lagarde. »Sicher haben Sie davon gehört.«

»Ja, es stand in allen Zeitungen.«

»Wir möchten gerne mit Ihnen sprechen.«

»Mit mir? Was habe ich denn damit zu tun?«

»Können wir uns vielleicht drinnen unterhalten?«

Er zuckte mit den Schultern. »Von mir aus, kommen Sie herein. Wir sind auf der Terrasse.« Er führte sie durch einen lichten Korridor auf eine Veranda. Auf einem Glastisch standen eine Flasche Pastis, eine Karaffe mit Eiswasser, zwei Gläser und eine Schale mit Oliven. Von dem Sitzplatz führte eine Treppe in den Garten, in dem sich ein Pool befand. Auf einer Luftmatratze, das auf dem Wasser trieb, lag eine junge Frau. Ihr schöner üppiger Körper glänzte nass in der Sonne.

»Wir haben Besuch, Nicole«, rief Fassin. »Zieh dir was über.« Sogleich glitt sie von dem Kissen, schwamm zur Leiter und kletterte provozierend langsam aus dem Becken. Schließlich schlang sie ein Badetuch um den nassen Körper und ließ sich in einen Liegestuhl sinken. Sie schloss die Augen und tat so, als wären Lagarde und Renaud gar nicht da.

Fassin wandte sich seinen Besuchern zu. »Setzen Sie sich doch, darf ich Ihnen etwas zu trinken anbieten?«

Sie lehnten dankend ab, und Lagarde kam sofort zum Thema. »Wir stecken mit unseren Ermittlungen fest, deshalb greifen wir nach jedem Strohhalm und hoffen, dass Sie uns vielleicht helfen können.«

»Ich? Ich wüsste nicht, wie.«

»Wir haben in den Unterlagen von Bertrand Delcroix einen Hinweis darauf gefunden, dass sie sich kannten. Deshalb dachten wir, dass Sie vielleicht in letzter Zeit Kontakt mit ihm hatten und er Ihnen etwas erzählt hat, was für unseren Fall wichtig sein könnte.«

Der Sänger schluckte die Kröte. »Das muss ein Missverständnis sein, wir haben uns nicht gekannt.«

»Das ist ja merkwürdig«, sagte Renaud.

»Aber so ist es wirklich.« Jetzt huschte ein Lächeln über sein Gesicht. »Aber Madeleine habe ich gekannt. Es tut mir sehr leid, dass sie tot ist, sie war eine tolle Frau.«

»Woher kannten Sie Madeleine?«, wollte Lagarde wissen.

»Noch aus ihrer Zeit in Paris, das muss schon über zwanzig Jahre her sein. Wir lernten uns auf einem Konzert von mir kennen, als sie mich um ein Autogramm bat.« Rasch sah er zu der Frau im Liegestuhl, die unbeteiligt in der Sonne döste. »Wir hatten eine kurze heiße Affäre.«

»Wann haben Sie sie zuletzt gesehen?«

»Letztes Jahr bei einem Konzert in Bordeaux haben wir uns zufällig getroffen, ich habe mich sehr darüber gefreut. Nach der Show habe ich sie zum Essen eingeladen. Dabei hat sie mir erzählt, dass sie schon lange verheiratet ist und mit ihrem Mann in Biscarrosse-Plage lebt.«

»Und Sie machen Urlaub hier?«

»Ja, mit Nicole.« Er grinste. »Ich hatte auch einen Auftritt in Biscarrosse-Plage, auf der Promenade direkt am Meer, die Stimmung im Publikum war super.«

»Aber Madeleine Delcroix haben Sie nicht gesehen?«

»Nein, vielleicht war sie im Publikum, keine Ahnung.« Er überlegte. »Ihnen kann ich es ja sagen. Ich habe das Konzert an meiner Agentur vorbei gegeben, sie kassiert fünfzig Prozent. Ich brauche Geld, da ich einen aufwendigen Lebensstil pflege, und«, er deutete mit dem Kopf Richtung Nicole, »meine Gespielinnen kosten mich ein Vermögen.«

»An welchem Tag fand das Konzert statt?«

Der Sänger nannte den Abend des Mordes.

»Wann begann es, und wann war es zu Ende?«

»Es begann um einundzwanzig Uhr und endete um dreiundzwanzig Uhr.« Er lächelte selbstverliebt. »Die Fans wollen immer Zugaben.«

»Wo waren Sie vorher?«

»Zu Hause, ich mache vor jedem Auftritt einige Yogaübungen zur Entspannung. Die Show ist wahnsinnig anstrengend.«

»Sind Sie selbst hingefahren?«

»Ja, das macht mir nichts aus.«

»Mit dem Peugeot, der vor der Tür steht?«

»Das ist ein Mietwagen, einen größeren hatten sie nicht am Flughafen, stellen Sie sich das vor.«

»War Ihre Freundin auch dabei?«

»Sie kam später mit dem Taxi nach.« Er grinste stolz. »Sie war noch in einem Tattoo-Studio und hat sich eine Rose und meine Initialen auf die Schulter tätowieren lassen.«

»Was haben Sie nach dem Konzert gemacht?«

»Nicole und ich haben die Strandparty besucht und uns unter das Partyvolk gemischt, als Künstler hat man seine Verpflichtungen. Wir waren aber nicht lange dort, wir wollten lieber noch einen Schlummertrunk zu Hause am Pool nehmen.«

»Danke, Monsieur Fassin, dass Sie sich Zeit für uns genommen haben. Offenbar haben wir in den Unterlagen von Delcroix etwas falsch verstanden. Wir wollen Sie und Ihre Freundin nicht länger stören.«

Fassin brachte sie noch bis zur Tür.

»Au revoir, Monsieur Fassin, einen schönen Urlaub noch.«

»Au revoir, Messieurs, schade, dass ich Ihnen nicht helfen konnte. Ich habe Madeleine wirklich sehr gemocht. Finden Sie das Schwein und bringen Sie es hinter Gitter!«

Auf der Rückfahrt nach Biscarrosse-Plage ließen sie das Gespräch Revue passieren.

»An dem Abend, als das Ehepaar getötet wurde, hat Fassin auf der Promenade von Bisca ein Konzert gegeben, es begann um einundzwanzig Uhr«, fasste Renaud zusammen. »Der Todeszeitpunkt war laut Rechtsmediziner Fouché gegen zwanzig Uhr. Man muss davon ausgehen, dass auf der Kleidung des Täters Blutspritzer waren. Angenommen es war Fassin, dann hatte er es aufgrund der Memoiren aller Wahrscheinlichkeit nach auf das männliche Opfer abgesehen, und Madeleine kam dazwischen, immer vorausgesetzt, dass er von den Memoiren überhaupt wusste.«

»Er hatte vor langer Zeit eine Affäre mit ihr und mochte sie. Kann er sie dann so einfach mit einer Machete töten?«, fragte Lagarde.

»Wenn eine Anzeige wegen Kinderpornographie, Missbrauch und das Ende der Sängerkarriere drohen?«

»Okay, das ist ein Argument.«

»Also weiter.« Der junge Kommissar hatte sich in Fahrt geredet. »Fassin musste sich zwingend vor dem Konzert waschen und umziehen. Die Fahrt von Biscarrosse-Plage bis Mimizan-Plage und zurück dauert mindestens zwei Stunden, er hätte also niemals rechtzeitig zu seinem Konzert auf der Promenade eintreffen können.«

Lagarde spann den Faden weiter. »Das ist richtig, was also hätte er sonst tun können? Er hat sein Auto hinter der Villa auf dem Picknickplatz geparkt. Nach der Tat läuft er dorthin, wäscht sich und zieht sich um. Die Gefahr, dass ihn jemand dabei beobachtet, ist relativ hoch, es war riskant. Anschließend fährt er zur Promenade. Er hätte es schaffen können, wenn er sich sehr beeilt hätte und nichts dazwischengekommen wäre.«

»Kann jemand so kaltblütig sein und nach einem Doppelmord ein Konzert geben?«

»Man kann es sich kaum vorstellen, aber wenn wir

bei dieser Theorie bleiben, hätte Fassin ja auch den Tod von Madeleine in Kauf genommen.«

Gegen Abend erreichten sie Biscarrosse-Plage, und Renaud parkte das Dienstfahrzeug vor der Gendarmerie. Lagarde wollte noch in das Tourismusbüro, um einige Ansichtskarten für Odette und Freunde in Barfleur zu kaufen. Sein Kollege begleitete ihn. Seine Frau Simone hatte ihn gebeten, eine Karte mit Fuß- und Wanderwegen zu besorgen. Sie war davon überzeugt, dass gemächliche Wanderungen in der Natur ihrem ungeborenen Kind und ihr sehr guttun würden.

Gemeinsam betraten sie die Tourismuszentrale, und Lagarde ging zu den Ständern mit den Postkarten. Dabei entdeckte er eine große Wandfläche, die mit Veranstaltungsplakaten tapeziert war, Theateraufführungen, Open-Air-Kino, Kinderwettsurfen, Dünenwanderungen, Konzerte und vieles andere, das Angebot war beeindruckend. Christian Fassin sah auf dem Poster sehr gut aus, und das Datum und die Uhrzeit des Konzertes stimmten mit seinen Aussagen überein. Die junge Angestellte des Büros stellte sich neben ihn und sprach ihn an.

»Ich habe vergessen, zwei Plakate abzunehmen, die Events sind schon vorbei.« Sie deutete auf den Sänger. »Sieht er nicht großartig aus? Er ist ein Star.«

»Waren Sie auf dem Konzert?«

»Aber sicher, ich bin ein großer Fan von ihm, es war überwältigend. Danach fand eine Party am Strand statt, Salsa-Rhythmen, Piña Colada ohne Ende, eine Bombenstimmung.«

»Begann das Konzert pünktlich?«

»Nein, Christian kam etwa eine halbe Stunde zu spät. Es hieß, er habe Probleme mit dem Auto gehabt. Das hat aber der Begeisterung seiner Fans keinen Abbruch getan.«

Lagarde entdeckte das zweite Plakat, von dem die Frau gesprochen hatte. Am Abend des Mordes hatte es eine Veranstaltung des Vereins Städtepartnerschaft Biscarrosse–Forchheim gegeben. Ein einundneunzig-jähriger Franzose, Gründungsmitglied des hiesigen Komitees, war mit dem Fahrrad von Biscarrosse nach Forchheim gefahren und hatte bei der Veranstaltung von seinen Abenteuern erzählen wollen. Bertrand Delcroix war für die Moderation, die Fotoshow und die Begleitmusik zuständig gewesen. Über das Poster war aber ein dicker Balken geklebt.

»Hat die Veranstaltung nicht stattgefunden?«, erkundigte sich Lagarde bei der Angestellten.

»Nein, der Radfahrer hat die Veranstaltung ganz kurzfristig abgesagt, er hatte sich schlimm erkältet.«

»Merci, Madame.«

»Keine Ursache, jetzt muss ich die Plakate aber schnell abnehmen, sonst meckert meine Chefin mit mir.« Sie machte sich ans Werk.

Lagarde starrte das Poster an. Der Mörder war wohl davon ausgegangen, dass Bertrand nicht zu Hause und

Madeleine alleine in der Villa wäre. *Mon Dieu*, die Zielperson war Madeleine gewesen.

Nachdem die Kommissare sich verabschiedet hatten, stieg Lagarde in den Toyota und fuhr zum Nordstrand. Renaud wollte heim zu seiner Frau, sie hatte ihn vor einigen Minuten angerufen und erzählt, dass es ihr nicht gutgehe.

Zuvor hatte Lagarde noch kurz in der Gendarmerie vorbeigeschaut und Marat und Dupré über das Gespräch mit Christian Fassin und seine Entdeckung im Tourismusbüro informiert. Dabei hatte er erfahren, dass die Großfahndung nach Déborah Touraine bisher erfolglos verlaufen war, niemand hatte sie gesehen.

Er parkte am Straßenrand und lief über den Dünenweg zum Strand. Dort setzte er sich auf einen Baumstamm und blickte auf den tosenden Ozean. Wo konnte Déborah nur sein? Hätte er ihr Verschwinden verhindern können? Sie war wie vom Erdboden verschluckt, und er war in großer Sorge um sie.

Er beschloss, einen langen Strandspaziergang zur Paradiesbucht zu unternehmen, in der Hoffnung, in den immer komplexer werdenden Fall mehr Klarheit zu bringen. Seit dem Verschwinden von Déborah lief ihnen die Zeit davon. Entschlossen machte er sich auf, bald war er ganz alleine unterwegs.

DER SUMPF VON LES LANDES
ZEHNTER TAG

Zur Morgenbesprechung gab es Kaffee und Pains au Chocolat. Als sich das Team um den Tisch versammelt hatte, schenkte Dupré sich Kaffee ein und griff den ersten Punkt auf, der sie alle beschäftigte. Nach wie vor war die Suche nach Déborah Touraine ohne Erfolg verlaufen. Alle Gendarmerien und Polizeistationen von Les Landes waren informiert und mit einer Beschreibung und Bildmaterial der vermissten Person versorgt worden. Auch die Radio- und Fernsehsender hatte man eingeschaltet. Darüber hinaus hatte die Polizei in den Internetforen und sozialen Netzwerken einen Suchaufruf gestartet und um Mithilfe gebeten. Ebenso waren Suchmannschaften, Hundeführertrupps und Hubschrauber unterwegs. Den Mannschaften, die auch Wälder durchforsteten, hatten sich zahlreiche freiwillige Helfer angeschlossen. Eine logistische Herausforderung war das riesige Sumpfgebiet von Les Landes, das nur schwer zugänglich war.

Nach Duprés Bericht schwiegen sie nachdenklich, als plötzlich das Fax zu rattern begann. Es waren die

Laborberichte der Kriminaltechnik aus Arcachon. Lagarde bat Marat, die Ergebnisse vorzulesen.

»Gerne, Philippe.« Sie konzentrierte sich auf den Text. »Bei den Verfärbungen auf der Klinge der Machete handelt es sich tatsächlich um Blut. Ein DNA-Vergleich hat ergeben, dass das Blut von Madeleine und Bertrand Delcroix stammt.«

»Also ist die Machete die Mordwaffe«, stellte Renaud fest.

Marat nickte zustimmend und fuhr fort. »Auf dem Griff konnte ein Teilfingerabdruck festgestellt werden, die Spuren sind jedoch in keiner Polizeidatei erfasst. Auf dem Tagebuch von Bertrand Delcroix, das im Schaukelpferd auf dem Dachboden gefunden wurde, sind nur Abdrücke von ihm selbst. Auf den Liebesbriefen befinden sich Spuren von Madeleine und Bertrand sowie von einer dritten Person.«

»Von dem Verfasser der Briefe«, meinte Lagarde.

»Die Fingerabdrücke sind ebenfalls nirgendwo registriert, aber«, sie riss überrascht die Augen auf, »sie sind identisch mit dem Teilabdruck auf dem Griff der Machete.«

Alle waren verblüfft.

»Was heißt das jetzt?«, fragte Dupré.

»Das heißt, dass C. der Mörder ist, oder?«, stellte Marat in den Raum und sah Lagarde fragend an.

»Das denke ich auch. Ich glaube, dass C. die Person ist, die wir suchen.«

»Aber wer ist C.?« Renaud fuhr sich aufgeregt durch die Haare. »Ist es Fassin? C. wie Christian?«

Lagarde schüttelte den Kopf. »Das kann ich mir nicht vorstellen, die Briefe waren jüngeren Datums, nicht vergilbt oder verblasst. Fassin begehrt Mädchen und junge Frauen, wenn Bertrand recht hat, sogar Kinder. Keine Frau, die vierundfünfzig Jahre alt ist.«

»Wer ist es dann?«

Lagarde schoss ein Gedanke durch den Kopf. Die Tatortbilder! Sie hatten ihn stutzig gemacht. Rasch schlug er seine Mappe auf und sah die Fotos durch. »Jetzt habe ich es, der Ring, natürlich!«

»Was für ein Ring?« Renaud konnte ihm nicht mehr folgen.

»Da, sehen Sie.« Lagarde zeigte ihm eine Aufnahme von Madeleine, auf der ihre rechte Hand gut zu sehen war. »Da ist kein Ring.«

»Nein. Aber was ist daran auffällig?«

»In der Rechtsmedizin trug sie einen Ring an ihrer rechten Hand, ich bin mir ganz sicher. Die ganze Zeit habe ich überlegt, was mich dort so irritiert hat. Sie erinnern sich doch, Mathieu. Der Assistent ist mit der Stahlliege irgendwo angestoßen, und Madeleines Arm fiel herunter, deshalb war Fouché so wütend auf ihn. Da habe ich etwas Glitzerndes an ihrem Finger gesehen. Schmuck wird in der Rechtsmedizin immer abgenommen und den Angehörigen übergeben.«

»Und wo kam dann der Ring her?«, fragte Renaud.

»Jemand hat ihn ihr angesteckt.«

»Der toten Frau? Warum denn das?«

»Darüber kann ich im Moment nur spekulieren.«

»Und wer hat das getan?«

»Da kommt meiner Ansicht nach nur eine Person in Frage, und zwar diejenige, die sich so sehr über das Missgeschick des Assistenten aufgeregt hat.«

»Claude Fouché, unser Rechtsmediziner? Das glaube ich nicht. Nein, das kann nicht sein. Warum sollte er das tun?«

»Fragen wir ihn doch.«

»Einverstanden.«

Die Fahrt der Kommissare nach Arcachon verlief überwiegend schweigsam. Renaud grübelte darüber nach, was Lagarde gesagt hatte und was es bedeutete. Lagarde überlegte, ob Fouché C. war, Claude. Sie parkten im Hof des rechtsmedizinischen Instituts. Dort stand ein jägergrüner Renault.

»Gehört das Auto Fouché?«, fragte Lagarde.

»Ja.«

Die Polizistin am Empfang begrüßte sie freundlich. Sie hatten vorher dort angerufen und sich erkundigt, ob der Rechtsmediziner im Haus war. »Bonjour, Messieurs, ich glaube, Monsieur Fouché ist noch im Autopsiesaal. Wissen Sie, wo er sich befindet?«

»Ja, danke.«

Sie fanden den Mediziner tatsächlich in dem großen

hellen Raum, die Flügeltür stand weit offen. Sein Assistent half ihm gerade aus dem Kittel. Als Fouché die Kommissare erblickte, runzelte er verärgert die Stirn.

»Sie schon wieder! Entweder Sie machen kurzfristig einen Termin und bringen meinen straffen Tagesablauf durcheinander, oder Sie kommen gleich ohne Termin. Glauben Sie, ich habe meine Zeit gestohlen? Was wollen Sie, wir haben doch schon alles besprochen.«

»Bonjour, Monsieur Fouché«, sagte Lagarde betont freundlich. »Wir wollen Sie sprechen, es ist wirklich dringend und duldet keinen Aufschub.«

»Bonjour, also gut, meinetwegen.« Er schickte seinen Assistenten weg, lehnte sich gegen einen Stahltisch und verschränkte die Arme. Sein Blick war herausfordernd, die blauen Augen funkelten zornig. »Worum geht es?«

Lagarde kam sofort zur Sache. »Als wir das letzte Mal hier waren, trug Madeleine Delcroix einen Ring an der rechten Hand. Auf dem Tatortfoto trägt sie keinen. Ich will wissen, wie dieser Ring an ihren Finger gekommen ist. Haben Sie eine Erklärung dafür?«

Fouchés Gesicht färbte sich dunkelrot. »Was für eine infame Behauptung! Sind Sie verrückt? Natürlich existiert kein Ring. Verlassen Sie auf der Stelle mein Institut, sonst lasse ich Sie vom Sicherheitsdienst hinauswerfen.«

Lagarde war unbeeindruckt und bewahrte Ruhe. »Öffnen Sie bitte das Kühlfach.«

»Ich denke ja gar nicht daran. Sie haben mir nichts zu sagen, gar nichts, gehen Sie.«

»Dann öffne ich es selbst.« Entschlossen ging Lagarde auf den Schrank mit den Kühlfächern zu. Renaud konnte es nicht fassen, was sich vor seinen Augen abspielte. Fouché drängte sich am Kommissar vorbei, stellte sich vor den Schrank und breitete die Arme aus.

»Niemals, Sie werden die Tote ruhen lassen.«

»Gehen Sie beiseite. Eine weitere Person ist verschwunden, Gefahr ist in Verzug, und Sie behindern eine Mordermittlung. Wenn Sie oder Ihr Assistent dieses Kühlfach nicht augenblicklich öffnen, werde ich das selbst tun und mir die Hand ansehen.«

»Ich werde eine Dienstaufsichtsbeschwerde gegen Sie einlegen, dann können Sie in Zukunft in Barfleur, oder wo auch immer Sie herkommen, Knöllchen verteilen.«

Sie maßen sich mit Blicken, Fouché war außer sich. »Mathieu, ich sorge jetzt dafür, dass Fouché das Fach freigibt, und Sie öffnen es bitte.«

Renaud erstarrte. Lagarde ging auf den Mediziner zu. Dieser hob beschwichtigend die Hände.

»In Ordnung, reden wir. Kommen Sie, gehen wir in mein Büro.«

Sie setzten sich um einen Tisch. Der Rechtsmediziner legte die gefalteten Hände an seinen Mund, dann begann er zu reden.

»Sie haben recht, Lagarde, Madeleine trägt einen Ring. Ich habe ihn ihr angesteckt, als Erinnerung an mich. Seit gut vier Wochen hatten wir ein Verhältnis, wir haben uns bei einem Dîner auf einem Weingut kennengelernt und fanden uns sehr sympathisch und interessant. Seitdem haben wir uns ein paarmal am Lac Nord getroffen, dort liegt ihr Segelboot. Dann sind wir in eine einsame kleine Bucht gefahren und haben es uns gutgehen lassen. Wir sind geschwommen, haben Picknicks veranstaltet, es war wunderschön.« Traurig schüttelte er den Kopf. »Als ich sie tot in ihrer Küche liegen sah, wäre mir fast das Herz stehengeblieben. Ich stehe immer noch unter Schock, wissen Sie, ich war richtig verliebt in Madeleine. Aber ich hatte doch keinen Grund, sie zu töten, und ihren Ehemann auch nicht, das müssen Sie mir glauben. Warum hätte ich das tun sollen? Wir wollten beide unsere Ehepartner nicht verlassen, da waren wir uns einig. Wir haben uns heimlich getroffen und uns amüsiert, weiter wollten wir doch nichts. Wir waren beide nicht der Typ, der immer wieder von vorne anfangen will. Jeder Beruf wird irgendwann zur Routine, in jede Ehe kehrt der Alltag ein, und es wird langweilig und eintönig. Es gibt ein Zitat von Heinrich von Kleist, ich weiß den genauen Wortlaut nicht mehr, aber es besagt Folgendes: Irgendwann verflüchtigt sich die anfänglich blinde Liebe, und der Alltag reißt wie ein Lindwurm sein gähnendes Maul auf. Madeleine und ich suchten einen Kick, eine Bereicherung, wir wollten ab und zu ausbrechen, glücklich und unbeschwert sein, sonst nichts. Ich habe ihr den Ring angesteckt, damit etwas von mir sie auf ihrem Weg begleitet. Sie war eine wunderbare Frau.«

Er lächelte stolz. »Wegen mir hat sie sogar ihr vorheriges Verhältnis beendet.«

»Wissen Sie, mit wem sie ein Verhältnis hatte?«, wollte Lagarde wissen.

»Nein, das hat sie nicht gesagt, es war ihr Geheimnis. Nur einmal hat sie sich verraten und von Chrissie, Charlie oder so ähnlich gesprochen. Ich habe nicht richtig zugehört, weil es mich im Grunde nicht interessiert hat.«

»Haben Sie ein Alibi?«, fragte Lagarde.

»Nein, ich war an jenem Abend alleine zu Hause, meine Frau war mit Freunden aus.«

»Haben Sie Madeleine Liebesbriefe geschrieben?«

»Aber nein, wenn man verheiratet ist, sollte man keine Spuren seiner Affäre hinterlassen.«

»Wusste Ihre Frau von dem Verhältnis?«

»Um Himmels willen, nein.«

»Und Delcroix?«

»Auch nicht.«

»Wir brauchen Ihre Fingerabdrücke.«

»Ich weigere mich, aber Sie haben mein Wort als

Ehrenmann, dass ich mit diesem Verbrechen nichts zu tun habe.«

»Das reicht mir nicht, ich werde einen richterlichen Beschluss erwirken. Das wird kein gutes Bild auf Sie werfen.«

»Machen Sie das.«

Die Verabschiedung fiel kühl aus. Nachdem Fouché wieder alleine in seinem Büro war, schenkte er sich einen Armagnac ein, trank ihn in einem Zug und starrte die Wand an. Falls Sylvie, seine Frau, von der Affäre erführe, wäre es vorbei mit seinem Luxusleben. Was hatte er nur getan? Als es an der Tür klopfte, fuhr er zusammen.

»Kann man denn hier nicht einmal zehn Minuten seine Ruhe haben?«, brüllte er. Schritte entfernten sich.

In der Zwischenzeit saßen die Kommissare wieder im Auto und fuhren zurück nach Biscarrosse-Plage.

»Es klang doch alles plausibel, was er gesagt hat«, meinte Renaud.

»Ja, oder er hat uns eine schöne Lügengeschichte aufgetischt.«

»Glauben Sie wirklich, dass er C. ist?«

»Ich bin mir nicht sicher.«

Auf altem Sumpfland lag Europas größter Wald, Les Landes, was so viel wie Ödland bedeutete. Früher hatten unwegsame Sümpfe die Region geprägt, jetzt war es ein Paradies für Erholungssuchende. Ein Drittel des Gebietes wurde 1970 zum Naturpark erklärt: *Parc Naturel Régional des Landes de Gascogne,* eine Kiefernmonokultur, durchzogen von schnurgeraden Straßen und wenigen überschaubaren Siedlungen.

Im Herzen dieses Naturparks vereinten sich die Flüsschen Grande Leyre und Petite Leyre zur Leyre. Diese stille Waldlandschaft aus Weiden, Erlen und Farnen, auch das »französische Amazonasgebiet« genannt, erlebte man am besten bei einer Kajakfahrt. Die Strecke von Moustey bis zum Delta des Bassins von Arcachon maß ungefähr fünfzig Kilometer. Alle zehn bis fünfzehn Kilometer gab es Campingplätze oder einfache Holzhütten zum Rasten und Übernachten.

Die vier Studenten aus Bordeaux hatten beschlossen nach Semesterende für eine Woche eine Kajaktour auf der Leyre zu machen. Das Semester war anstrengend gewesen, und sie wollten raus aus der lauten, quirligen Stadt in die Abgeschiedenheit der Natur. Es waren zwei Paare, Dorothée und Jules sowie Brigitte und Sébastian. Sie studierten gemeinsam Sport und Biologie und waren auch in ihrer Freizeit unzertrennlich.

In bester Laune waren sie am frühen Morgen in Sébastians Auto von Bordeaux bis nach Saugnac im Naturpark Les Landes gefahren. Dort hatten sie das Gepäck, die Campingausrüstung und den Proviant in wasserdichte Säcke und Tornister gepackt. Sie mieteten sich zwei Kajaks und verstauten ihr Gepäck in den Booten. Um zehn Uhr waren sie startbereit, Jules hatte vom Bäcker noch eine Tüte mit Croissants und Flaschen mit Wasser geholt.

Bei strahlendem Sonnenschein und Temperaturen um die zweiundzwanzig Grad paddelten sie los. Da sie in der Nebensaison unterwegs waren, war im Naturschutzgebiet wenig los, den Studenten war dieser Umstand sehr recht. Der Fluss mäanderte durch eine dichte Vegetation aus Sumpfeichen, Eschen und Galeriewäldern. Das Wasser der Leyre floss rostbraun über den sandigen Boden. Dieser Rotton bildete einen reizvollen Kontrast zum satten Grün der Wildnis, die das Ufer in einem dichten schmalen Band säumte, und dem kobaltblauen Himmel, der durch den Baldachin der Blätter zu sehen war. Sonnenstrahlen, denen es gelang, das Dickicht zu durchdringen, streuten gelbe Tupfen auf den Fluss.

Die Strecke von Saugnac bis zu dem Campingplatz in der Nähe von Graoux betrug etwa fünfzehn Kilometer, der kleine Ort war ihr Tagesziel. Diese Distanz war für die Sportstudenten natürlich keine Herausforderung, aber sie wollten sich Zeit lassen, ein Picknick machen, in der Sonne dösen und vielleicht ein Museumsdorf besichtigen.

Am Abend erreichten sie den Campingplatz und vertäuten die Kajaks an einem Anleger. Dann holten sie ihr Gepäck aus den Booten und erkundeten das Terrain.

Der kleine Platz lag auf einer Anhöhe. In Les Landes durfte nur an ausgewiesenen Plätzen gegrillt werden. Offenes Feuer, sogar das Rauchen, war strengstens verboten, da die Waldbrandgefahr enorm hoch war. Südlich der Anhöhe befand sich ein lichter Kiefernwald, östlich davon dehnte sich ein riesiges Sumpfgebiet aus. Wolken von Stechmücken zogen darüber hinweg, Pferdebremsen lauerten brummend auf Beute. Die Studenten waren bisher die einzigen Gäste und freuten sich über die Einsamkeit.

Sie suchten sich einen Platz unter Erlen aus, bauten die zwei Firstzelte auf und rollten die Schlafsäcke darin aus. Als ihr Nachtlager fertig war, inspizierten sie ihre Vorräte und entschieden sich für Schweinesteaks, Brot und Gurken-Tomaten-Salat. Als Dessert waren Walderdbeeren vorgesehen, die Dorothée bei einer Rast gesammelt hatte.

Nachdem sie ein abendliches Bad in der Leyre genommen hatten, schürte Jules den Grill an, und Brigitte bereitete den Salat zu. Schließlich saßen sie um einen Holztisch und ließen sich das Abendessen schmecken. Brigitte, die sich einen Sonnenbrand auf der Nase geholt hatte, zauberte aus den Tiefen ihres Rucksackes zwei Flaschen Rotwein hervor.

Als es spät geworden war und sie bereits gähnten, erzählte Sébastian als Abschluss des schönen Tages eine Gruselgeschichte. Sie handelte vom Wächter des Sumpfes, der, wenn die Nacht am dunkelsten war, aus dem Schlick kroch und menschliche Lebewesen in sein Reich entführte, um sie dort genüsslich zu verspeisen. Sie kicherten und amüsierten sich großartig. Über ihnen funkelten Sterne am Firmament, eine sanfte Brise strich über die Anhöhe, die dürren Äste auf dem Grill loderten scharlachrot. Als sie den Wein ausgetrunken hatten, krochen sie in ihre Schlafsäcke.

Brigitte kuschelte sich an ihren Freund, der sofort eingeschlafen war und leise schnarchte. Aufmerksam lauschte sie den Geräuschen der Frühsommernacht. Blätter raschelten, ein Nachtvogel keckerte, Zweige knackten. Einmal meinte sie, ein Tier würde um ihr Zelt streifen, doch bald darauf waren die seltsamen schnüffelnden Laute verstummt. Sie schlief ein und träumte von einem schlammverschmierten Ungeheuer, das sich aus dem Sumpf erhob und nach ihr griff.

Als sie am nächsten Morgen erwachte, schlief Sébastian noch tief und fest, und so kroch sie leise aus dem Zelt. Sie baute den kleinen Gaskocher auf und goss Wasser aus einer Plastikflasche in einen Aluminiumtopf. Geduldig wartete sie, bis es kochte. Der aufgebrühte Instantkaffee duftete herrlich. Sie nahm den Becher, sowie ihr Fernglas und ging die Anhöhe hinunter zum Rand des Sumpfes. Dort setzte sie sich auf einen sonnigen Fleck in das Gras und genoss den ersten Schluck Kaffee. Eine tiefe Ruhe und Zufriedenheit erfüllten sie. Sie hatte das stressige Semester erfolgreich hinter sich gebracht, und die Beziehung mit Sébastian hatte sich nach einer schweren Krise stabilisiert, sie waren wieder glücklich zusammen.

Der weite Sumpf, der vor ihr lag, erwachte langsam zum Leben. Schillernde Libellen tanzten über das Wasser, ein Graureiher stand reglos auf einer winzigen Sumpfinsel und wartete auf Beute, Teichhühner paddelten geschäftig umher. Schilfhalme bogen sich im Wind, es roch nach feuchter Erde und Wildblumen, der Sonnenball, der über dem Horizont saß, tauchte die Sumpflandschaft in goldenes Licht.

Als sie durch ihr Fernglas sah, entdeckte sie einen Biber, der durch das Wasser glitt, den Kopf erhoben, mit wachsamen Knopfaugen. Sie setzte das Glas wieder ab und überlegte, ob sie den Frühstückstisch decken sollte, die anderen würden bald aufwachen.

Eine Bewegung in Ufernähe erregte ihre Aufmerksamkeit. Im flachen klaren Wasser schwamm ein Kammmolch. Die Studentin war begeistert, sie hatte außer in Lehrbüchern noch nie einen Kammmolch gesehen. Ein Stück entfernt vom Uferrand stiegen Blasen auf. Brigitte bemerkte sie und fragte sich, ob ein Fisch den Schlamm aufwühlte. Dann erschien, ganz langsam, ein Gegenstand an der Wasseroberfläche. Er war groß, und sie hatte keine Erklärung dafür, was das sein könnte. Ein vermoderter Baumstamm, den der Sumpf freigab? Sie sah genauer hin. Der Gegenstand war an einem Ende braun, der Rest war rot. Rot? Brigitte überkam ein Frösteln. Was war das? Als der Sumpf schmatzend einen bloßen Arm freigab, fing sie an zu schreien.

Als die Kommissare wieder im Dienstwagen saßen, checkte Renaud sein Handy. Er hatte es während des Gesprächs mit Fouché auf stumm geschaltet. Die Zentrale der Kripo Arcachon hatte schon mehrfach versucht, ihn zu erreichen. Sofort rief er zurück und schaltete den Lautsprecher ein. »Hier Renaud, was gibt es?«

»Monsieur le Commissaire, wir haben einen Anruf der Gendarmerie von Saugnac erhalten. Touristen haben im Sumpf von Les Landes eine Leiche entdeckt. Sie befinden sich auf einem Campingplatz in der Nähe von Graoux.«

»Wir fahren sofort hin. Informieren Sie bitte die Spurensicherung, und schicken Sie einen Bestatter dorthin. Außerdem brauchen wir einen Rechtsmediziner, aber nicht Fouché.«

»Nicht Fouché?« Die Stimme klang verblüfft.

»Nein, er wird doch eine Stellvertretung haben.«

»Ja, natürlich, wird sofort erledigt.«

Er sah Lagarde an, keiner sagte etwas. Renaud gab den Zielort in sein Navi ein und fuhr vom Hof des Rechtsmedizinischen Instituts. Geschickt bahnte er sich einen Weg durch den dichten Verkehr, und bald hatten sie Arcachon hinter sich gelassen. Bei Le Teich fuhren sie auf die Autobahn, und nach einer guten halben Stunde hatten sie Graoux erreicht. Von dort aus führte ein Forstweg zum Campingplatz.

An der Blockhütte stellten sie den Wagen neben einem Dienstwagen der Gendarmerie von Saugnac ab und stiegen aus. Eine Gendarmin kam auf sie zu und stellte sich vor, die Kommissare zeigten ihre Dienstausweise.

»Eine Gruppe Kajakfahrer hat hier übernachtet«, erklärte sie. »Heute Morgen hat eine junge Frau aus der Gruppe die Leiche im Sumpf entdeckt, sie hat uns angerufen.«

Lagarde sah sich um. »Wo befindet sich die Leiche?«

»Hinter der Anhöhe, kommen Sie bitte mit, ich zeige es Ihnen.«

Gerade, als sie sich auf den Weg machen wollten, trafen die Spurensicherung, der Leichenwagen und ein weiteres Fahrzeug der Polizei von Arcachon ein.

Gemeinsam gingen sie durch ein Kiefernwäldchen über den Hügel auf die andere Seite des Campingplatzes. Eine junge Frau und zwei Männer saßen im Gras neben einer weiteren Frau, die weinte. Einer der Männer hatte tröstend den Arm um sie gelegt. Daneben stand ein Gendarm, der bestürzt auf den Sumpf blickte.

Die Kommissare nickten ihnen kurz zu und traten an den Uferrand. An der Wasseroberfläche trieb ein Mensch, ungefähr fünf Meter vom Ufer entfernt. Die Leiche lag auf dem Bauch, so dass das Gesicht nicht zu erkennen war. Lagarde sah aber dunkle lange Haare und roten Stoff, ein Kleid, vermutete er. Sein Magen krampfte sich zusammen. Er war sich sicher, dass es sich um eine Frau handelte. Um Déborah?

Die Techniker der Spurensicherung begannen die Umgebung abzusuchen, ein Polizeifotograf machte Fotos aus allen Blickwinkeln. Lagarde ging zu der Gruppe und zeigte seinen Ausweis. »Gehen Sie bitte zu Ihren Zelten und warten Sie dort auf uns. Wenn wir unsere Arbeit gemacht haben, möchten wir mit Ihnen sprechen.« Sie nickten stumm und kamen der Aufforderung sofort nach. Der jungen Frau liefen noch immer Tränen über die Wangen.

Lagarde stellte sich neben Renaud an das Ufer. Gemeinsam sahen sie zu, wie Polizisten in den Sumpf wateten, die Leiche vorsichtig aus dem Wasser hoben und sie zum Ufer trugen, wo sie sie behutsam auf eine Spezialdecke legten. Déborahs Gesicht war schlammverschmiert, die dunklen Augen starrten weit aufgerissen in den Sommerhimmel, das rote Kleid klebte an ihrem Körper. An einem Fuß fehlte ein Schuh.

Lagarde starrte sie unverwandt an. Er war völlig entsetzt. Wie war sie hierhergekommen, in diese Wildnis? Was hatte sie hier gewollt? War sie in Begleitung ihres

Mörders gewesen? Oder hatte sie ihn hier getroffen? Hatte sie ihn gekannt? Jemand hatte sie getötet. Er dachte an ihre gemeinsamen Abendessen und an ihre Gespräche, sie war so warmherzig und lustig gewesen. Wer hatte ihr das nur angetan?

Renaud brachte kein Wort heraus, schließlich murmelte er: »Das ist wirklich Déborah Touraine.«

Lagarde nickte. »Ja.«

Eine junge Frau mit langen roten Haaren und ernsten Augen trat zu ihnen. Sie trug einen Arztkoffer. »Ich bin Marie-Lise Castellan, die Vertretung von Fouché. Ich bin einfach mitgefahren, ich konnte mich nicht mit ihm absprechen. Er ist verschwunden und nirgends erreichbar. Hoffentlich ist das in Ordnung, sonst reißt er mir den Kopf ab.«

Renaud beruhigte sie, er kannte sie vom Sehen. »Es ist alles okay, danke, dass Sie gekommen sind.«

Staunend betrachtete sie den Sumpf. »In diesem Gewässer wurde die Leiche entdeckt?«

»Ja.«

»Ich dachte immer, das Moor gibt seine Toten niemals frei.«

Der ortskundige Gendarm hatte das gehört, kam zu ihnen herüber und erklärte: »Das ist kein Moor, das ist ein Sumpf. Er hat einen schlammigen Boden mit stehendem Wasser und trocknet auch manchmal aus.«

»Dann ist der Körper durch die Gasbildung an die

Wasseroberfläche gestiegen, sehr kaltes Wasser jedoch wirkt der Gasentstehung entgegen.«

»Hier handelt es sich im Sommer um ein warmes, sumpfiges Gewässer«, wusste der Gendarm. »Zudem gibt es unterirdische Quellen und Strömungen. Durch den Sumpf fließt ein Bachlauf, der weiter nördlich in die Leyre mündet. Dieser Lauf ändert sich durch umstürzende Bäume ständig.«

Sie lächelte ihn an. »Danke für Ihre Informationen.«

In der Zwischenzeit hatten Polizisten ein Zelt über der Leiche aufgebaut. Wenn nicht alle Wunden klar zu erkennen waren, musste sie noch am Fundort ausgezogen werden, dafür war die Spurensicherung zuständig.

Die Ärztin räusperte sich. »Dann untersuche ich jetzt den Leichnam.«

»Ja, bitte«, antwortete Renaud.

Sie betrat das Zelt, kniete sich neben die Tote, öffnete ihren Koffer und zog Handschuhe über. Dann untersuchte sie Déborah und tastete mit sanften Berührungen Kopf und Körper ab. »An ihrem Hinterkopf ist eine große tiefe Wunde, vermutlich ein Schädelbasisbruch. Das kann durchaus tödlich sein, muss es aber nicht. Ansonsten kann ich keine Verletzungen feststellen, nur einige oberflächliche Abschürfungen.«

»Vielleicht wurde sie nicht in das Wasser getragen, sondern gezogen«, überlegte Renaud.

»War sie schon tot, als sie in den Sumpf gebracht wurde?«, fragte Lagarde.

»Davon gehe ich aus, aber sicher kann ich es erst sagen, wenn ich sie obduziere.«

»Was könnte das für ein Gegenstand gewesen sein, der ihr diese Verletzung beigebracht hat?«

»Ein Stein vielleicht.« Sie sah sich um und zeigte auf das Ufer. »Sehen Sie, hier liegen überall diese großen schweren Kieselsteine, so etwas in der Art könnte benutzt worden sein.«

Nachdenklich betrachtete Lagarde die dicken runden Kieselsteine, deren Einlagerungen in der Sonne glitzerten. Bestimmt hätte der Täter den Stein nach der Tat nicht am Ufer liegen lassen, sondern ihn in den Fluss geworfen oder im Sumpf vergraben.

»Können Sie uns sagen, wann sie gestorben ist?«

»Das ist ohne die entsprechenden Untersuchungen schwierig, aber ich denke vor etwa zwanzig Stunden.«

»Also gestern Nachmittag?«

»Ja, aber genauer kann ich mich nicht festlegen, erst müssen Tests durchgeführt werden.«

»Ja, natürlich.«

Als die Rechtsmedizinerin mit der vorläufigen Untersuchung fertig war, wurde die Tote auf einer Trage zum Leichenwagen transportiert. Kurz darauf fuhr er im Schritttempo ab. Die Techniker der Spurensicherung suchten weiter die Umgebung ab. Ein Polizist watete zu der Stelle im Sumpf, wo man Déborah entdeckt hatte, und suchte den Grund mit einer Art Harke ab. Er dauerte nicht lange, und er hatte den zweiten Schuh gefunden. Er hielt eine rote Sandale in die Höhe. »Der zweite Schuh, wahrscheinlich hat sie ihn im Wasser verloren.«

Die Kommissare gingen gemeinsam zu der Gruppe und setzten sich um einen Tisch. Die verstörte junge Frau hatte sich ein wenig beruhigt und aufgehört zu weinen, ihre Augen waren noch immer gerötet. Brigitte schilderte mit leiser Stimme, was am Morgen passiert war.

»Ich habe mit dem Fernglas die Umgebung beobachtet, und zuerst ist mir nichts aufgefallen. Erst als ein leises Blubbern zu hören war, suchte ich den Sumpfrand ab. Dort tauchte sie plötzlich auf, und der Arm schnellte aus dem Wasser, es war so entsetzlich.«

»Ist Ihnen irgendetwas aufgefallen?«, fragte Renaud.

»Nein, wir waren ganz alleine hier, wir haben niemanden gesehen und auch nichts gehört.«

Auch die anderen Studenten wussten nichts Außergewöhnliches zu berichten, alles war normal gewesen. Lagarde glaubte ihnen, sie waren einfach zur falschen Zeit am falschen Ort gewesen.

»Danke«, sagte er. »Das war vorläufig alles. Ich möchte Sie bitten, den Platz zu räumen. Er wird abgesperrt, solange die Suche läuft. Die Gendarmen von Saugnac nehmen Sie mit auf die Wache, dort werden Ihre Personalien aufgenommen und ein Protokoll aufgesetzt, das Sie unterschreiben müssen. Wenn wir noch Fragen haben, melden wir uns bei Ihnen. Sollte Ihnen doch noch etwas einfallen, rufen Sie uns bitte an.«

»Was ist mit den Kajaks?«, fragte Sébastian.

»Darum kümmern sich die Gendarmen, keine Sorge.«

Die Studenten begannen ihre Zelte abzubauen. Lagarde und Renaud instruierten die Gendarmen und verabschiedeten sich. Dann rumpelte der Dienstwagen zurück auf die Hauptstraße.

»Gibt es einen Zusammenhang zwischen den Verbrechen?«, fragte Renaud.

»Hundertprozentig.«

»Fouché?«

»Es könnte sein.«

»Welchen Grund könnte er gehabt haben, Déborah zu töten?«

»Vielleicht hat sie etwas gesehen, was sie nicht sehen sollte.«

Lagarde hatte gerade telefonisch die Polizei in Arcachon darum gebeten, nach Fouché zu suchen, als sein Handy klingelte. Es war Marat.

»Hallo Stéphanie, ja, es war Déborah Touraine.«

Eine Weile war es still in der Leitung, dann sprach er weiter: »Wir sind unterwegs zur Wache, dann berichten wir, was geschehen ist. Gibt es bei euch etwas Neues?«

»Ja, deswegen rufe ich eigentlich an.« Ihre Stimme klang belegt, die Nachricht hatte sie schwer getroffen, schließlich war sie mit Déborah befreundet gewesen.

»Ein Trödler aus Biscarrosse-Bourg hat sich soeben telefonisch gemeldet und berichtet, dass er von einem Mann drei Bilder gekauft hat. Als er sie dann genauer angesehen hat, stellte er fest, dass sie aller Wahrscheinlichkeit nach echt sind. Es handelt sich um einen Cézanne, einen Derain und einen Renoir.«

»Das ist ja unglaublich.«

»Ja, das ist es. Ich dachte, Sie wollen vielleicht gleich hinfahren, er ist noch bis achtzehn Uhr in seinem Geschäft.«

»Ja, das machen wir.«

»Der Laden ist in Biscarrosse-Bourg in der Rue Gustave Flaubert 4, der Besitzer heißt Charles Hourtin.«

»Danke, Stéphanie, bis später.« Er informierte Renaud über den Inhalt des Telefonats. Sein Kollege schüttelte den Kopf.

»Nicht zu fassen.«

Inzwischen hatten sie Sanguinet erreicht, bis Bourg waren es noch circa zwölf Kilometer. Das Navi führte sie in das Zentrum des Städtchens, dessen Häuser sich um eine schlichte gotische Kirche gruppierten. Daneben auf dem Kirchplatz fand der Wochenmarkt statt. Stand um Stand reihte sich aneinander, und Händler priesen ihre Waren an. Es gab Metzger, Käser, Gemüsebauern, Fischhändler, Gärtner und natürlich Winzer.

Ein fröhliches buntes Treiben herrschte, die Besucher schauten, kosteten und kauften. Gewöhnlich packten die Händler spätestens um vierzehn Uhr ihre Waren zusammen, doch an diesem Tag fand ein Patronatsfest statt, und der Markt war länger geöffnet. Danach sollte ein Konzert stattfinden.

Sie fuhren am Parkplatz Forchheim und an der Polizeiwache vorbei, dann bogen sie in die Straße ein, die Stéphanie ihnen genannt hatte. Der Trödelladen wurde von einem Café und einer Boutique flankiert. Die Fachwerkfassade war weiß, die Balken, die Fensterlädchen und die Tür waren rot lackiert. Über dem Eingang baumelte ein altmodisches ovales Messingschild, auf dem *Trödelladen Charles Hourtin* eingraviert war.

Als sie eintraten, bimmelte ein Glöckchen. Ein älterer Herr mit grauen Haaren in Anzug, Weste, Hemd und mit einer violetten Fliege begrüßte sie freundlich.

»Bonjour, Messieurs.«

Die Kommissare stellten sich vor und zeigten ihre Ausweise.

»Ah, die Polizei, so schnell habe ich Sie nicht erwartet. Kommen Sie, Sie müssen sich die Bilder ansehen, ich glaube wirklich, dass sie echt sind.« Seine Stimme klang aufgeregt. Er führte sie durch den Verkaufsraum, der mit alten Möbeln, Tischlampen, Standuhren, Gemälden und Geschirr vollgestellt war. Durch eine niedrige Tür gelangten sie in ein Nebenzimmer.

»Ich habe die Gemälde hier aufbewahrt, weil es in dem Raum trocken und warm ist. Außerdem kann ich ihn abschließen, denn wenn ich recht habe, befindet sich hier ein Vermögen. Sehen Sie sich das an.« Drei Ölgemälde standen nebeneinander auf einem Tisch, angelehnt an eine mit Holz verschalte Wand: *Saint-Émilion* von Paul Cézanne, *Weiblicher Akt im Sonnenlicht* von Auguste Renoir und *Der Leuchtturm von Collioure* von André Derain. Der Trödler lächelte entrückt.

»Sind sie nicht wunderschön? Ich habe sie bisher nur in Bildbänden gesehen, aber diese Schönheit ist nicht zu übertreffen, nicht wahr? Schauen Sie! Die Leuchtkraft der Farben, diese Schattierungen, die kunstvolle Pinselführung, das Licht. Das waren große Meister.«

Für Lagarde bestand kein Zweifel, dass es sich um die gestohlenen Gemälde aus dem Manoir *Stella Maris* handelte. »Und Sie meinen, es sind die Originale?«, fragte er.

»Ich glaube, ja, ich arbeite auch als Gutachter, deshalb kenne ich mich mit Bildern und Farben ganz gut aus.«

»Wann haben Sie die Bilder gekauft?«

»Heute Morgen, ein Mann kam in mein Geschäft und hat mir die Bilder zum Kauf angeboten. Er hat dreihundert Euro dafür verlangt, und ich habe sie gekauft. Ich hielt sie zunächst für sehr gelungene Reproduktionen, schon dafür war der Preis viel zu niedrig, ein richtiges Schnäppchen. Der Mann hatte offenbar nicht die geringste Ahnung, wie viel auf dem Kunstmarkt für gute Nachbildungen bezahlt wird. Erst als ich mir die Kunstwerke genauer ansah, kam ich zu dem Schluss, dass sie echt sind. Daraufhin habe ich unverzüglich die Polizei angerufen.« Er sah wehmütig auf die Ölbilder. »Ich kann sie ja nicht behalten.«

»Wie sah der Mann aus, können Sie ihn beschreiben?«

»Ich schätze, er war so zwischen fünfundvierzig und fünfzig Jahre alt und machte einen verwahrlosten Eindruck. Seine Hose war zerrissen, der Pullover fleckig, die Schuhe abgetreten. Die Haare waren verfilzt, und ich glaube, er hatte etwas getrunken, auf jeden Fall hatte er eine Schnapsfahne. Ansonsten war das Gesicht völlig unscheinbar. Oder warten Sie, jetzt fällt es mir wieder ein. Er hatte eine auffällige Narbe, die im Zickzack von der Augenbraue bis zur Stirn verlief. Es sah so aus, als wäre die Wunde nicht ordentlich versorgt worden.«

»Würde es Ihnen etwas ausmachen, auf die Polizeiwache nach Arcachon zu kommen, damit ein Phantombild erstellt werden kann, am besten heute noch? Wenn das nicht geht, können wir auch einen Polizisten zu Ihnen schicken.«

»Nein, nein, das ist kein Problem, ich wollte mich sowieso heute Abend mit einem Freund dort treffen, wir essen einmal in der Woche in der Markthalle. Ich schließe meinen Laden früher und fahre zuerst zur Polizei.«

»Das ist sehr freundlich von Ihnen, Monsieur.«

»Keine Ursache, aber wenn Sie gleich wissen wollen, wie der Mann aussieht, kann ich Ihnen ein Skizze machen. Ich will mich nicht selbst loben, aber ich bin ein recht guter Porträtmaler. Damit verdiene ich mir ein ordentliches Zubrot.«

»Das wäre großartig.«

Der Trödler griff nach einem Papierbogen und einem weichen Bleistift, das Blatt legte er auf eine feste Unterlage. Dann zeichnete er mit wenigen Strichen den Mann. Als er fertig war, betrachtete er sein Werk und nickte zufrieden. »Genau so sieht er aus.«

Die Kommissare betrachteten die Skizze. Die Nase war mittelgroß, die Lippen schmal, die Augen lagen tief in den Höhlen, die Narbe sah erschreckend aus. Sie beide waren sich sicher, dass sie diesen Mann noch nie gesehen hatten.

»Danke, Monsieur Hourtin«, sagte Lagarde. »Dürfen wir die Zeichnung mitnehmen?«

»Selbstverständlich, ich hoffe, sie hilft Ihnen weiter. Dieser Mann ist ja entweder ein Dieb oder ein Hehler, Sie werden ihn bestimmt zur Rechenschaft ziehen wollen.«

»Haben Sie sich den Ausweis zeigen lassen?«

»Er hatte keinen dabei, aber ich habe mir seinen Namen und die Adresse aufgeschrieben.« Aus einem

Buch notierte er die Angaben auf einem Blatt Papier und reichte es Lagarde. Paul Bonnec aus Sanguinet.

»Selbstverständlich habe ich ihm den Betrag quittiert und die Auszahlung bei mir ordnungsgemäß registriert.«

Renaud nickte. »Wir müssen die Bilder mitnehmen«, sagte er. »Sie bekommen eine schriftliche Bestätigung von uns.«

»Ja, natürlich, ich werde sie in Packpapier einschlagen, damit ihnen nichts passiert.«

Als er damit fertig war, verabschiedeten sie sich, und die Polizisten fuhren nach Biscarrosse-Plage.

Die Kommissare fanden Marat und Dupré im Besprechungszimmer, wo sie gerade die Fallunterlagen studierten.

Stéphanie war blass. Sie sah Lagarde an und sagte: »Es ist so furchtbar, Déborah war meine Freundin. Wir haben uns sehr gemocht. Wer hat ihr das nur angetan?«

Der Kommissar nickte. »Es ist ganz furchtbar, aber wir werden herausfinden, wer es war.«

Dann betrachtete er die Liebesbriefe von C., die sich die Kollegen gerade angesehen hatten. »Ist Ihnen dazu etwas eingefallen?«

Dupré schüttelte den Kopf. »Leider nein, irgendetwas an der Handschrift ist eigenartig, aber wir kommen nicht darauf.«

Lagarde hatte eine Idee. Er nahm einen Brief und

hielt ihn hoch, so dass die Gendarmen ihn gut sehen konnten. »Sagen Sie spontan: Hat den Brief ein Mann oder eine Frau geschrieben?«

»Eine Frau«, antwortete Marat wie aus der Pistole geschossen. »Sehen Sie sich die Handschrift an, so schön, weich und schwungvoll, elegant.«

Verblüfft sahen sie sich an. War C. eine Frau? Konnte das sein? Lagarde beschlich eine vage Ahnung. War das möglich? Er hatte keinerlei Beweise für seine Theorie und sah im Moment auch kein Motiv. Deshalb beschloss er, seine Gedanken zunächst für sich zu behalten und noch einmal gründlich darüber nachzudenken.

Zunächst wollte er die Gendarmen über das Gespräch mit dem Trödler informieren. Er legte Monsieur Hourtins Zeichnung und die Notiz mit dem Namen und der Adresse des Mannes auf den Tisch. »Ich traue den Zeichenkünsten des Trödlers nicht so recht, wir lassen ein Phantombild erstellen, und wir müssen die Angaben des Mannes überprüfen, vielleicht sind sie falsch.«

Als Marat die Skizze sah, wurde sie kalkweiß. Dupré presste die Lippen zusammen.

»Wir brauchen kein Phantombild«, flüsterte Marat mit tonloser Stimme. »Das ist Gilles, mein Exmann.«

»Ihr Exmann? Sind Sie sicher?«

»Absolut, der Trödler kann wirklich gut zeichnen. Der Name und die Adresse sind tatsächlich falsch.«

»Wir müssen dringend mit ihm sprechen. Wissen Sie, wo er derzeit wohnt?«

»In einer Obdachlosen- und Notunterkunft in Parentis.« Sie nannte die Adresse.

»Kommen Sie, Renaud, da fahren wir jetzt hin.«

Schon waren sie aus der Tür.

Parentis war ein hübsches Städtchen, das am Ostrand des Lac Sud lag. Ölplattformen ragten aus dem Wasser, dennoch wurde darin gebadet und gesurft. Das Navi führte sie zum Marktplatz, dahinter begann die Fußgängerzone mit Restaurants, Geschäften und dem Café du Sport. Die wuchtige rosafarbene Kirche mit den Zuckergusshauben dominierte den Ort.

Renaud wendete den Wagen. »Hier geht es nicht mehr weiter.«

Gerade verließ ein Mann das Sportcafé, und der Kommissar ließ das Fenster herunter, fragte ihn nach dem Weg und bedankte sich.

Im Rosenweg gab es nur ein Haus, das einsam am Rand einer verwilderten Wiese stand. Es war zweistöckig, und die Zimmer und Wohnungen erreichte man über Laubengänge. Auf dem Vorplatz gab es zwei verrostete Teppichstangen, Grasbüschel brachen den Asphalt auf, Kinderfahrräder lagen, achtlos hingeworfen, auf der Erde. Es sah trostlos aus. Neben den Klingelknöpfen klebten an der Eingangstür einige Namensschilder aus Papier, »Marat« stand nicht darauf. Plötz-

302

lich wurde die Tür aufgerissen, und zwei Mädchen kamen herausgelaufen. Renaud sprach sie an. »Hallo, wisst ihr, wo Gilles Marat wohnt?«

»Erster Stock, ganz hinten«, antwortete die Größere von den beiden. Dann stiegen die Mädchen auf die Fahrräder und flitzten davon.

Über eine Steintreppe gelangten sie in den ersten Stock und klopften an die letzte Tür. Niemand öffnete. Lagarde klopfte kräftiger und rief: »Polizei, öffnen Sie bitte die Tür, wir wollen mit Ihnen sprechen.« Nichts rührte sich. »Er ist nicht da.«

Gegenüber wurde quietschend eine Tür aufgezogen, ein kleiner Junge tauchte im Türrahmen auf, den Daumen im Mund, und musterte sie neugierig. Dann erschien ein Mann hinter ihm und legte schützend den Arm um den Kleinen. »Wollen Sie zu Gilles?«

»Ja«, entgegnete Lagarde. »Aber er scheint nicht zu Hause zu sein.«

Der Mann lächelte. »Um diese Zeit ist er nie daheim. Er ist auf dem Grillplatz hinter dem Haus, dort trifft er sich mit seinen Kumpels.«

»Danke, Monsieur.«

Auf dem Grillplatz saßen auf einer Biergarnitur unter einem Kastanienbaum fünf Männer, der Tisch war voller Bierflaschen. Lagarde erkannte Marat an der Narbe. Er grüßte in die Runde, dann wandte er sich an den ehemaligen Polizisten.

»Wir sind von der Kripo und wollen mit Ihnen spre-

303

chen.« Dabei hielt er seinen Ausweis hoch. »Wo können wir ungestört miteinander reden?«

Marat starrte ihn mit blutunterlaufenen Augen irritiert an und faselte: »Sie sehen doch, dass ich beschäftigt bin. Lassen Sie mich in Ruhe, mit Bullen spreche ich grundsätzlich nicht.«

Seine Kumpels feixten, endlich war einmal etwas los. Neugierig verfolgten sie den Schlagabtausch. Lagarde hatte keine Lust auf diese Spielchen. »Entweder wir gehen sofort in Ihre Wohnung oder an einen anderen ruhigen Ort und reden, oder wir nehmen Sie mit. Dann können Sie in einer Zelle auf der Polizeiwache Ihren Rausch ausschlafen, und morgen früh führen wir die Befragung durch.«

Ein Kumpel brach in scharrendes Gelächter aus. »Im Knast gibt es kein Bier, Gilles.«

Marat erhob sich unsicher. »Gehen wir in meine Wohnung.« Die Kommissare folgten ihm ins Haus.

Die Wohnung war ein winziges Einzimmerapartment mit Kochnische und Nasszelle. Im Zimmer standen ein Bett und eine Sitzgarnitur. Die Wände waren kahl. Auf dem Filzboden lagen einige Kleidungsstücke verstreut, unter dem Bett waren leere Flaschen. Sie setzten sich um den Tisch.

»Was wollen Sie von mir?«, fragte Marat.

»Sie haben heute Morgen einem Trödler in Biscarrosse-Bourg drei Gemälde verkauft«, begann Lagarde. »Das Geschäft ist videoüberwacht«, bluffte er. »Anhand der Aufzeichnungen konnten Sie identifiziert werden.«

»Wer hat mich denn erkannt? Etwa meine liebe Exfrau? Diese verdammte Schlampe, sie ist doch schuld, dass ich die Ölschinken verkaufen musste. Vor ein paar Tagen wollte ich Geld von ihr, und sie hat sich geweigert, mir etwas zu geben, ich wollte Schnaps kaufen.«

Lagarde runzelte die Stirn. »Sie haben sie bedroht?«

»Ich? Sie hat mich mit ihrer Pistole bedroht und mich weggescheucht wie einen räudigen Hund.«

»Wenn Sie sie noch einmal bedrohen, bekommen Sie so viel Ärger, das können Sie sich gar nicht vorstellen.«

»Ich habe sie nicht bedroht.«

Lagarde winkte ab. »Wo haben Sie die Gemälde her?«

Marat schwieg.

»Sie befanden sich in einer Villa in Biscarrosse-Plage, ihre Besitzer wurden ermordet. Sie sind dringend verdächtig, sie getötet zu haben, ein klassischer Raubmord.«

Der Mann erschrak, stand schließlich auf und holte sich aus dem Kühlschrank eine Flasche Bier. Nachdem er sich wieder gesetzt hatte, öffnete er sie und nahm einen kräftigen Schluck. »Ich habe niemanden umgebracht, ich war auch nicht in der Villa. Sie können mir doch keinen Mord anhängen.«

»Wo haben Sie die Gemälde dann her?«

»Okay, okay, ich erzähle, wie es war, ich bin doch kein Mörder.« Er leerte die Flasche in einem Zug. »An dem Abend, als dieses Ehepaar ermordet wurde, war ich auf dem Picknickplatz im Wald von Biscarrosse-Plage, so gegen zwanzig Uhr, zwanzig Uhr dreißig. Da wühle ich manchmal die Abfalleimer durch auf der Suche nach etwas, das ich zu Geld machen kann. Sie glauben gar nicht, was die Leute alles wegwerfen. Dann sah ich in der Dämmerung eine schwarze Gestalt mit einem großen Rucksack auf dem Rücken, ich glaube, es war ein Bodyboardsack. Ich folgte ihr, weil sie sich so merkwürdig benahm. Sie sah sich ständig nach allen Seiten um und hatte es sehr eilig. Sie schien nervös und trug eine schwarze Sturmhaube. Das erweckte meine Neugierde.« Er grinste schief. »Vielleicht ist der ehemalige Polizist in mir erwacht. Also, die Person schlug einen weiten Bogen durch den Forst und lief dann wieder auf den Ort zu. Kurz bevor sie auf die beleuchtete Straße trat, nahm sie die Mütze ab. Nach einigen Hundert Metern erreichte sie ein Haus, ich nahm an, dass sie dort wohnte. Ich verbarg mich hinter einer Hecke und beobachtete sie. Sie ging durch den Garten, schloss einen Schuppen auf und verschwand darin. Kurze Zeit später kam sie wieder heraus und ging in das Haus. Den Bodyboardsack hatte sie jetzt lässig über die Schulter gehängt. Er wirkte leichter als vorher, deshalb nahm ich an, das sie etwas im Schuppen versteckt hatte. Ich trieb mich in der

Gegend herum, bis es richtig dunkel war, dann kehrte ich zu diesem Haus zurück. Die Lichter waren erloschen. Ich schlich durch den Garten und brach den Schuppen auf.«

»Sie hatten doch kein Werkzeug dabei, oder?«

»Das brauchte ich auch nicht. Ein altes verrostetes Vorhängeschloss kann man ganz einfach knacken. Im Schuppen fand ich die drei Bilder, sie lagen auf einem Regal, und ich dachte, die kann ich gut verhökern. Ich schlug sie in eine alte Decke ein und machte, dass ich fortkam. Heute Morgen brauchte ich dringend Geld, also bin ich mit dem Bus nach Bourg gefahren und habe sie verkauft.«

»Sie bekommen eine Anzeige wegen Einbruchdiebstahls und Hehlerei, dass ist Ihnen doch klar?«

Marat zuckte gleichgültig mit den Schultern. »Mein Leben ist eine einzige Katastrophe, nachdem mich Stéphie verlassen hat, da kommt es jetzt auch nicht mehr darauf an.«

»Sie dürfen die Stadt nicht verlassen.«

»Wo soll ich denn hin? Ich habe nach dem Verkauf der Bilder die Miete für diese jämmerliche Bruchbude bezahlt, dann war ich Schnaps und Bier kaufen. Ich habe keinen Cent mehr in der Tasche.« Er lachte höhnisch. »Meinen Sie, ich kann mir ein Flugticket nach Martinique leisten?«

Darauf ging Lagarde nicht ein. »Für diese Straftat ist das Diebstahldezernat zuständig, wir ermitteln in einem Mordfall. Können Sie die Person beschreiben, der Sie gefolgt sind?«

»Ich brauche sie nicht zu beschreiben, ich kenne sie.«

»Sie kennen sie?«

»Ja.« Er lächelte versonnen. »Als Stéphie und ich noch glücklich waren, hat meine Tochter Nicolette einen Kindersurfkurs bei ihr gemacht.«

Lagarde erstarrte. Also doch, er hatte mit seiner Vermutung recht gehabt. Was hatte Claude Fouché heute Morgen gesagt? Charlie. Ein Kosename. Und die weibliche Handschrift.

»Es war Charlotte Duflot, nicht wahr?«

Marat war überrascht. »Woher wissen Sie das?«

Es war kurz nach neunzehn Uhr, als die Kommissare wieder auf der Wache in Biscarrosse-Plage eintrafen. Sie berichteten ihren Kollegen, was sie von Gilles Marat erfahren hatten. Stéphanie war völlig entsetzt.

»Charlotte? Das kann ich nicht glauben.«

»Warum sollte Ihr Exmann lügen?«, fragte Lagarde. »Er hat den Diebstahl zugegeben.«

Renaud bekräftigte die Einschätzung seines Kollegen. »Ich glaube nicht, dass er die Geschichte erfunden hat.«

»Und was machen wir jetzt?«, erkundigte sie sich.

»Wir fahren zu Madame Duflot und reden mit ihr. Dabei werden wir sie mit der Aussage von Gilles Marat konfrontieren. Ich möchte, dass Sie und Nicolas mitkommen. Wer weiß, was passieren wird, wir können sie nicht einschätzen. Außerdem müssen wir ein Protokoll über die Befragung schreiben und ihre Fingerabdrücke nehmen.«

Als sie aufbrachen, wandte sich Lagarde an die Gendarmin. »Warum haben Sie nicht gesagt, dass Ihr Exmann Sie bedroht hat? Wir hätten doch etwas unternehmen können.«

Ihre Wangen verfärbten sich. »Es war mir so peinlich.«

»Ich glaube nicht, dass sich das wiederholt, ich habe ein ernstes Wort mit ihm gesprochen.«

»Danke.«

Sie fuhren zunächst zur Surfschule, doch sie war bereits geschlossen. Ein kräftiger Westwind trieb Sandschleier über den Vorplatz. Vor dem Haus von Charlotte Duflot stand ein schwarzer Citroën. Sie gingen über einen gepflasterten Pfad durch den Vorgarten. Lagarde machte Renaud ein Zeichen, ihm zu folgen. Sie liefen am Haus entlang, bis sie den Schuppen am Ende des Grundstücks erreicht hatten. Lagarde zeigte auf das Schloss, es war tatsächlich aufgebrochen worden.

Schließlich klingelte er an der Eingangstür, kurz darauf öffnete Charlotte Duflot und sah sie erstaunt an.

»Ist etwas passiert?«, fragte sie.

»Wir wollen mit Ihnen reden«, entgegnete der Kommissar. »Dürfen wir hereinkommen?«

»Selbstverständlich, bitte.«

Sie führte die Besucher in den Salon und bat sie, Platz zu nehmen. Der Raum hatte weißverputzte Wände, einen Holzboden und war mit wenigen schönen Möbeln eingerichtet. Über dem Sofa hing eine Schwarzweißfotografie, die den Leuchtturm von Cap Ferret während einer Springflut zeigte.

»Möchten Sie etwas trinken?«

Sie lehnten dankend ab. Charlotte sah Lagarde fragend an.

»Was ist denn los?«

»Wir möchten wissen, wo Sie den Tag und den Abend verbracht haben, als das Ehepaar Delcroix getötet wurde.«

»Was ist denn das für eine Frage? Verdächtigen Sie etwa mich?«

»Bitte beantworten Sie die Frage.«

Verärgert überlegte sie einen Moment. »Ich war in meiner Surfschule, wie immer. Als ich sie geschlossen hatte, habe ich ein paar Besorgungen gemacht. Anschließend bin ich zum FKK-Strand gegangen. Den Abend habe ich zu Hause verbracht.«

»Gibt es dafür Zeugen?«

»Ja, die Kunden der Surfschule. Am FKK-Strand haben mich sicherlich auch viele Leute gesehen. Abends war ich alleine. Was soll das denn alles?«

»Uns liegt eine Zeugenaussage vor, Madame Du-flot. Jemand hat Sie gesehen, wie Sie am Abend des Doppelmordes in der Villa *Stella Maris* durch den Wald von Biscarrosse-Plage gegangen sind, und zwar genau in dem Zeitfenster, in dem Bertrand und Madeleine Delcroix getötet worden sind.«

Sie sah ihn empört an, die kobaltblauen Augen funkelten zornig. »Wer erzählt denn so einen Unsinn?«

»Das tut nichts zur Sache. Der Zeuge gab an, dass Sie eine Sturmhaube trugen und einen Rucksack, wahrscheinlich einen Bodyboardsack.«

»Eine Sturmhaube? Da hat Ihnen jemand einen ganz gewaltigen Bären aufgebunden. Was ist denn das für eine Räubergeschichte?«

Lagarde fuhr unbeirrt fort. »Zu Hause angekommen, haben Sie in Ihrem Schuppen etwas versteckt.«

»Blödsinn.«

»Der Zeuge hat den Schuppen aufgebrochen und die drei Bilder gestohlen, die sie dort versteckt haben und die aus dem Manoir stammten.«

Sie schüttelte konsterniert den Kopf. »Das glauben Sie doch selbst nicht.«

»Das Schloss am Schuppen wurde tatsächlich aufgebrochen, das haben wir schon gesehen.«

»Das ist schon seit ewigen Zeiten kaputt, ich habe es nie ausgewechselt. Dort lagern nur wertlose Sachen, die für einen Einbrecher nicht interessant sind.«

»Wir werden feststellen, seit wann es aufgebrochen

ist. Die Gemälde wurden an einen Trödler verkauft, sie sind also wieder aufgetaucht.«

Für einen Moment wirkte sie irritiert, dann fuhr sie mit der Hand über die Haare. »Ihr Zeuge lügt, ich war weder im Wald noch in der Villa, mit dem Mord an den Delcroix habe ich nichts zu tun, das ist eine infame Unterstellung.«

»Warum sollte der Zeuge lügen?«

»Das weiß ich doch nicht. Vielleicht handelt es sich um einen unzufriedenen Kunden, der mir eins auswischen will. Manche Männer versuchen, mit mir zu flirten, und laden mich zum Essen ein. Womöglich hat einer von ihnen den Korb nicht verkraftet und will sich an mir rächen.«

Lagarde und Renaud wechselten einen Blick, es stand Aussage gegen Aussage, da war im Moment nichts zu machen. Der Kommissar ergriff erneut das Wort.

»Wir mussten Sie zu dieser Aussage befragen, Madame Duflot.«

»Ist schon gut.«

»Sind Sie einverstanden, dass der Gendarm Ihre Fingerabdrücke nimmt?«

»Warum denn das?«

»Das ist reine Routine.«

»Von mir aus.« Ihre Stimme war inzwischen kalt wie Eis.

Nachdem Dupré mit seiner Arbeit fertig war, verabschiedeten sie sich. Charlotte Duflot begleitete sie noch bis zur Tür und sah ihnen mit versteinerter Miene nach.

Die Polizisten fuhren auf die Wache zurück.

»Wie gehen wir jetzt weiter vor?«, fragte Marat.

»Wir warten auf den Abgleich der Fingerabdrücke«, antwortete Lagarde. »Morgen früh müsste er vorliegen. Jetzt machen wir Feierabend, es war ein langer Tag. Wir treffen uns morgen früh zur Besprechung.«

Bei der Gendarmerie trennten sie sich, Renaud brachte den Kommissar zu seinem Ferienhaus. Er sah erschöpft aus.

»Was halten Sie von einem Bier auf der Terrasse?«, fragte Lagarde.

»Großartige Idee.«

Als sie gemeinsam auf der Terrasse saßen, stießen sie mit den Flaschen an und tranken. Schweigend sahen sie zu, wie die glutrote Sonne hinter den Dünen verschwand. Tintin hatte Ragout und Katzenmilch bekommen und fraß zufrieden.

»War sie es?«, rätselte Renaud.

»Der Abgleich der Fingerabdrücke wird diese Frage beantworten, warten wir es ab.«

»Mit einem weiteren Opfer habe ich nicht gerechnet, der Anblick im Sumpf war grauenhaft. Ich werde ihn nie mehr vergessen können.«

»Ja, das war er.«

»Hängen die Morde zusammen?«

»Ganz bestimmt.«

»Was Alain Touraine jetzt wohl macht?«

»Für ihn ist eine Welt zusammengebrochen. Nichts ist mehr so, wie es war. Er hat nicht nur seine Frau verloren, sondern auch die Gewissheit, alles im Griff zu haben.«

»Ja.«

DIE HÜTTE AM SEE
ELFTER TAG

Das Team traf pünktlich zur Besprechung ein, Dupré kochte Kaffee, Renaud hatte unterwegs Croissants besorgt, und Marat schaltete den Laptop ein.

»Die Mail vom Labor ist da«, berichtete sie aufgeregt. Ihre Kollegen sahen sie erwartungsvoll an, während sie las und dann bedrückt in die Runde blickte. »Der Fingerabdruck auf der Machete stammt von Charlotte Duflot, definitiv.«

»Wir fahren zu ihrem Haus und konfrontieren sie mit diesem Resultat«, entschied Lagarde. Er hatte mit diesem Ergebnis gerechnet. »Wir brauchen einen richterlichen Beschluss für eine Hausdurchsuchung und ein Team der Spurensicherung. Wo ist der Bodyboardsack? Wenn sie die Machete darin transportiert hat, weist er vielleicht Spuren auf.«

»Ich kümmere mich darum«, sagte Renaud.

Nachdem er sein Telefonat beendet hatte, brachen sie auf.

Das Haus von Charlotte Duflot lag in der Morgensonne, von ihr war jedoch nichts zu sehen. Der schwarze Citroën stand nicht mehr an seinem Platz. Gemeinsam liefen sie durch den Vorgarten. Lagarde wandte sich an die Gendarmen.

»Sie bewachen bitte die Terrassentür sowie den Kellerausgang, Renaud und ich klingeln am Haupteingang.«

Sie machten sich auf den Weg um das Haus. Als sie ihre Position bezogen hatten, drückte Lagarde auf den Klingelknopf. Niemand öffnete, aus dem Haus drang kein Laut. Erneut klingelte er. Nichts geschah.

»Der Vogel ist ausgeflogen.«

»Was machen wir jetzt?«, fragte Renaud.

»Ich mache die Tür auf.«

»Ohne Beschluss?«

»Ja, wir müssen schließlich wissen, ob sie im Haus ist.«

Er brauchte nur einige Sekunden, um das Schloss zu knacken. Mit gezogenen Waffen betraten sie den Flur. Es herrschte eine gespenstische Stille. Gründlich durchsuchten sie einen Raum nach dem anderen. Auf dem Dachboden, im Keller und im Schuppen war sie auch nicht.

Sie fuhren zur Surfschule, doch die war geschlossen. Gemeinsam standen sie davor und berieten sich.

»Wo könnte sie sein?«, fragte Lagarde und sah Marat an. Die Gendarmin überlegte.

»Ich kann mich erinnern, dass sie einmal bei einem Ausflug des Vereins zur Städtepartnerschaft ein Sommerhaus erwähnt hat. Es liegt irgendwo am Lac Nord.

Damals hatte sie einige Gläser Wein getrunken, ich glaube nicht, dass sie sich noch daran erinnert, uns davon erzählt zu haben. Vielleicht ist sie dort.«

»Wir versuchen es«, entschied Lagarde. »Außerdem leiten wir eine Großfahndung ein. Wissen Sie ungefähr, wo das Haus liegt?«

Marat schüttelte den Kopf. »Leider nein, und dort gibt es viele Sommerhäuser.« Sie dachte nach. »Eine Freundin von mir arbeitet beim Grundbuchamt, ich rufe sie an und frage sie.« Die beiden Frauen telefonierten eine ganze Weile. Schließlich bedankte sich Marat und beendete das Gespräch.

»Sie hat keinen Eintrag gefunden, oftmals werden die Häuser aus Steuergründen noch zu Lebzeiten über Jahre vererbt. Deshalb kann es durchaus sein, dass sich viele Namen mit der Zeit geändert haben und es im Grundbuchamt nicht korrigiert wurde. Der Name Duflot ist in keinem Register erfasst, meine Freundin hat alle Möglichkeiten ausprobiert.«

Lagarde dachte über Alternativen nach. »Wenn wir mit einem Privatwagen von einem Haus zum anderen fahren, sind wir ewig unterwegs. Ein Boot wäre gut, wir fahren das Ufer ab und sehen uns die Häuser vom Wasser aus an, vielleicht entdecken wir etwas.«

»Im See liegt kein Polizeiboot«, informierte Dupré ihn. »Da es keine Verbindung zwischen dem See und dem Meer gibt, müsste man es über Land auf einem Anhänger transportieren.«

»Das dauert eine Weile, außerdem fällt ein Polizeiboot auf. Wir brauchen ein Privatboot.«

»In Maguide gibt es einen Bootsverleih.«

»Dann fahren wir doch dahin.«

Der Ort Maguide lag auf einer Landzunge am westlichen Seeufer. Dahinter breitete sich der See waldmeistergrün aus. Die Gemeinde verfügte über einen kleinen Freizeitpark, Restaurants, ein Boulodrome und eine Marina. Als sie dort ankamen, stieg Dupré aus und ging die wenigen Schritte zum Bootsverleih. Dort sprach er mit einem Mann. Bald darauf kam er zurück.

»Alle Boote sind unterwegs, so ein Pech. Was machen wir jetzt?«

»Wir könnten ein Boot beschlagnahmen«, schlug Marat vor.

Lagarde schüttelte den Kopf. »Das könnte zu viel Wirbel verursachen.«

Dann hatte er eine Idee. »Hat Madame Clément nicht erwähnt, dass ihr Mann ein Boot hatte? Fahren wir doch nach Navarrosse und fragen sie, vielleicht haben wir Glück.«

Von Maguide bis Navarrosse führte die Straße am See entlang, und nach zehn Minuten parkte Renaud vor dem Haus der alten Dame. Als sie an den Zaun traten, sahen sie sie im Garten, sie stand auf einer Leiter und pflückte Mirabellen. Als sie auf die Besucher aufmerksam wurde, strahlte sie über das ganze Gesicht.

»Bonjour, Madame et Messieurs. Sie kommen zum Kaffeetrinken, das ist ja nett, so eine Überraschung. Heute Morgen habe ich einen Kirschkuchen gebacken.«

»Wir haben leider keine Zeit, Madame Clément«, bedauerte Lagarde.

»Das verstehe ich doch, vielleicht ein anderes Mal.«

»Wir haben ein Anliegen.«

»Was kann ich für Sie tun?«

»Haben Sie ein Boot, Madame?«

»Nein, ich habe kein Boot.«

»Das ist schade, dann müssen wir uns wieder auf den Weg machen und eine andere Lösung finden.«

»Moment, Monsieur le Commissaire, ich habe keines, aber mein Jacques hatte eines. Es liegt noch immer in der Marina von Navarrosse, ich habe es einfach nicht über das Herz gebracht, es zu verkaufen, sogar warten lasse ich es regelmäßig. Didier fährt manchmal damit zum Angeln.«

»Dürfen wir es ausleihen? Für ein paar Stunden?«

Zögerlich musterte sie ihn. »Können Sie denn Boot fahren?«

»Ja, in Barfleur, wo ich herkomme, habe ich ein Boot, ich fahre oft aufs Meer hinaus.«

»Na, wenn Sie auf dem Meer fahren können, dann können Sie auch auf einem See fahren.«

»*Bien sûr*, Madame.«

»Warten Sie, ich hole die Schlüssel.«

Geschäftig lief sie in ihr Haus und kam bald darauf mit dem Schlüsselbund zurück. »Kommen Sie mit, zur Marina sind es nur ein paar Schritte.«

Nachdem der Kommissar ein Fernglas aus dem Dienstwagen geholt hatte, machten sie sich auf den Weg. Nach wenigen Minuten erreichten sie den kleinen zypressenbehüteten Hafen. Stolz zeigte sie auf ein kleines grünes Fischerboot mit einem mittigen Steuerstand und weißen Fendern. »Das ist die Marguerite II, ist sie nicht wunderschön?«

»Sie ist wirklich sehr schön«, versicherte Lagarde. »Ich bedanke mich für Ihr Vertrauen, Madame Clément.« Er wandte sich an die Gendarmen. »Renaud und ich fahren mit dem Boot, Sie bleiben bitte im Fahrzeug, bis wir uns melden. Wenn wir die Zielperson gefunden haben, fahren Sie in die Nähe des Standortes, und wir treffen uns dort. Auf geht's.«

Renaud und er gingen an Bord. Lagarde prüfte den Tankinhalt. Der Behälter war halb voll, das dürfte reichen. Am Steuerstand startete er den Motor, der sofort ansprang und leise und gleichmäßig tuckerte. Langsam steuerte er das Boot aus der Marina. Die Gendarmen und Madame Clément winkten ihnen nach. Bald hatten sie den See erreicht.

Zunächst nahmen sie sich das westliche Ufer nördlich von Maguide vor. Lagarde steuerte das Boot, Renaud beobachtete die Umgebung mit dem Fernglas. Es gab Häuser, die direkt am See lagen, und andere, die zurückversetzt und schwer einsehbar waren. Auf einer Veranda hatte sich eine Familie versammelt und frühstückte. Ein Angler saß auf einem Steg, neben ihm lagen zwei französische Doggen. Dann erfasste das Fernglas ein Pärchen, das es sich auf einem Anleger bequem gemacht hatte und sich sonnte. Bei den meisten Sommerhäusern war jedoch kein Mensch zu sehen.

Ein kleiner Teil im Norden des Sees war durch Bojen markiertes militärisches Sperrgebiet und durfte nicht befahren werden. Weit draußen, dort, wo das Wasser ultramarinblau und fünfundzwanzig Meter tief war, überquerte der Kommissar den See in Richtung Osten, dorthin, wo der Campingplatz La Rive lag. Dann steuerte er das Anglerboot nach Norden. Die Besiedelung wurde immer spärlicher, am Ufer des Sees wiegte sich hohes Schilfgras. Sichelförmige sandige Buchten wechselten sich mit Kiefernhainen und Tümpeln ab, um die sich Anemonen und Sumpfdotterblumen wie ein Teppich legten. Auf der Terrasse eines Pfahlbaus saß ein Mann und las.

Ungefähr hundert Meter weiter in nördlicher Richtung entdeckte Renaud ein karamellbraunes Blockhaus direkt am See mit einem einfachen Anleger aus Holz. Auf dem Steg saß eine Frau.

»Da vorne ist eine Frau«, informierte er Lagarde.

»Wie sieht sie aus?«

Sein Kollege spähte angestrengt durch die Gläser.

»Groß, schlank, athletisch, kurze blonde Haare. Das

ist sie, Philippe, jetzt kann ich sie gut erkennen.« Er reichte Lagarde das Fernglas. Der Kommissar betrachtete die Frau und nickte zufrieden.

»Okay, wir fahren in einem weiten Bogen an das südliche Ostufer, damit sie keinen Verdacht schöpft. Dort treffen wir uns mit den Gendarmen, informieren Sie sie bitte. Ich schätze, dass wir in zwanzig Minuten am Campingplatz von La Rive sind.«

Sie legten am Steg des Campingplatzes an und gingen ans Ufer. Die Gendarmen warteten schon auf dem Parkplatz auf sie.

Nach etwa zwei Kilometern bat Lagarde die Gendarmin, an einer nicht einsehbaren Stelle anzuhalten. Sie fuhr auf dem mit Kiefernnadeln übersäten Boden ein paar Meter in den Wald und stellte das Dienstfahrzeug hinter einem dichten Brombeergestrüpp ab. Den Rest der Strecke gingen sie zu Fuß und erreichten nach wenigen Minuten die Hütte.

Durch mannshohe Schilfhalme konnten sie die Silhouette der Frau auf dem Steg erkennen. Zuerst beobachteten sie sie ein paar Minuten, um herauszufinden, ob sie alleine hier war. Sie hatten besprochen, dass der Kommissar und Renaud vorausgehen würden, die Gendarmen würden die Nachhut bilden, alle vier bereit, jederzeit ihre Waffen zu ziehen. Sie hatten es mit einer Frau zu tun, die aller Wahrscheinlichkeit nach zwei Menschen, vielleicht sogar drei, kaltblütig getötet hatte. Sie war extrem gefährlich und unberechenbar.

Die Kommissare schlichen an der Hüttenwand entlang und betraten den Steg, der leise knarrte. Charlotte Duflot, die auf den See geblickt hatte, fuhr herum und erschrak. Doch sofort hatte sie sich wieder unter Kontrolle und zeigte ihr schönstes Lächeln, während sie sich langsam erhob.

»Die beiden Kommissare, bonjour Messieurs.« Sie lachte. »Vor Ihnen ist man ja nirgends sicher.«

»Wir müssen dringend mit Ihnen reden, Madame Duflot«, erklärte Lagarde. »Eine neue Faktenlage hat sich ergeben.«

»Aber gerne, setzen wir uns doch auf die Veranda. Ich kann Ihnen eine erfrischende Zitronenlimonade anbieten.«

Entspannt schlenderte sie auf die Kommissare zu. Als Lagarde bemerkte, dass sie die rechte Hand hinter dem Rücken hielt, war es zu spät. Blitzschnell zog sie eine Pistole aus der hinteren Tasche ihrer Shorts, schlang gleichzeitig den Arm um den Hals von Renaud und hielt ihm die Waffe an die Schläfe. Sie starrte Lagarde an.

»Wenn Sie näher kommen, erschieße ich ihn.«

Langsam entfernte sie sich von Lagarde weiter auf den Steg hinaus und zerrte Renaud mit sich, dabei ließ sie den Kommissar keine Sekunde aus den Augen.

»Ein Schritt in meine Richtung, und ich drücke ab, verlassen Sie sich darauf.«

In Renauds Augen war Panik getreten, seine Stirn

glänzte vor Schweiß. Aus ihrem Versteck heraus versuchte Marat, auf sie zu zielen, aber sie hatte Angst, Renaud zu treffen, es war einfach zu riskant. Dupré überlegte fieberhaft, was er unternehmen konnte, damit die Situation nicht eskalierte.

Lagarde stand reglos am Anfang des Stegs und fixierte Charlotte Duflot. Wenn er seine Waffe auf sie richtete, würde sie Renaud eine Kugel in den Kopf jagen. Schnell wandte er den Blick ab, starrte an ihr vorbei auf einen imaginären Punkt und brüllte: »Jetzt schieß doch endlich!«

Für einen winzigen Augenblick war Duflot abgelenkt und sah sich um. Lagarde feuerte blitzschnell einen Warnschuss direkt über ihrem Kopf ab. Sie fuhr erschrocken zusammen, taumelte zurück und stürzte in den See. Renaud riss sie mit sich, und erst als sie untertauchten, ließ sie ihn los.

Lagarde war zum Rand des Stegs gestürzt und richtete seine Waffe auf Duflot. »Kommen Sie sofort aus dem Wasser, sonst hole ich Sie heraus.«

Die Gendarmen halfen Renaud auf den Steg. »Ist alles in Ordnung mit Ihnen?«, fragte Lagarde, ohne Duflot aus den Augen zu lassen.

»Ja, alles okay.«

Charlotte Duflot kletterte über eine Stegleiter aus dem See, ihre Waffe hatte sie verloren. Dann standen sie sich gegenüber, und sie starrte Lagarde mit eisblauen Augen hasserfüllt an.

»Sie können sich im Haus eine Decke holen«, sagte er. »Marat wird Sie begleiten, wir treffen uns dann auf der Veranda.«

Die Gendarmin stand wachsam in Duflots Schlafzimmer, während diese eine Decke hervorholte. Auf einmal drehte sie sich blitzschnell zum geöffneten Fenster um und wollte loslaufen. Marat richtete sofort die Waffe auf sie.

»Stehen bleiben, sonst schieße ich«, sagte sie mit scharfer Stimme. Duflot erstarrte in der Bewegung. »Geh voraus auf die Veranda«, forderte die Gendarmin sie auf. Charlotte Duflot kam der Aufforderung nach.

In der Zwischenzeit hatte Dupré den Dienstwagen geholt und einen Arbeitsoverall aus dem Kofferraum mitgebracht. Renaud hatte sich rasch umgezogen. Sie setzten sich um den Tisch, Duflot flankiert von den Gendarmen.

Lagarde sah ihr in die vor Zorn sprühenden Augen.

»Sie sind verhaftet.« Er klärte sie über ihre Rechte auf. »Madame Duflot, möchten Sie uns sagen, was an jenem Abend passiert ist?«

Mit ausdrucksloser Stimme begann sie zu erzählen. »Ich ging durch den Wald zur Gartenpforte des Manoir *Stella Maris*. In meinem Bodyboardsack hatte ich die Machete. Zunächst musste ich die Hunde ausschalten. Das Gift habe ich hier im Sommerhaus gefunden, die Hütte gehört meinem Onkel. Es war tödliches Strychnin gegen Bisamratten. Ich redete mit den Hunden, meine Stimme war ihnen vertraut, ansonsten hätten sie den Köder niemals angerührt. Als sie tot waren, brach ich das Schloss der Gartenpforte auf und ging in das Haus. Es war einfach, die Terrassentüren standen offen.

In der Halle traf ich auf Bertrand, damit hatte ich nicht gerechnet. Ich ging davon aus, dass er bei dieser Veranstaltung des Vereins der Städtepartnerschaft war. Ich wusste nicht, dass sie kurzfristig abgesagt worden war. Ich tötete Bertrand mit der Machete. Das habe ich nicht gewollt, aber mir blieb nichts anderes übrig. Alles ging ganz schnell und leise vor sich, Madeleine hat nichts mitbekommen. Danach ging ich in die Küche und tötete Madeleine. Ich habe sie überrascht, sie war mit Kochen beschäftigt. Es war überhaupt kein Problem.«

Lagarde war schockiert über die eiskalte Schilderung der Tat. Sie fuhr fort.

»Anschließend lief ich in den Keller und schaltete die Alarmanlage für die Gemälde aus. Madeleine hat mir einmal gezeigt, wie das geht. Ich habe die Bilder in meinen Bodyboardrucksack gepackt und sie mitgenommen, um einen Einbruch vorzutäuschen und eine falsche Spur zu legen. Die Bilder an sich haben mich nicht interessiert. Dann habe ich das Haus verlassen und bin durch den Wald zurück nach Hause gelaufen. Dort habe ich die Bilder im Schuppen versteckt. In der Nacht bin ich zum Kanal gefahren und habe die Machete in der Nähe der Brücke in das Wasser geworfen. Dabei hat mich eine alte Frau beobachtet. Zunächst wollte ich auch sie töten, aber ich bin davon ausgegangen, dass sie mein Nummernschild auf diese Distanz nicht lesen konnte. Ich hatte es mit Schlamm verschmiert. Am nächsten Morgen waren die Gemälde verschwunden, das hat mich etwas irritiert. Aber dann dachte ich: Egal, kein Mensch kann beweisen, dass sie jemals in meinem Schuppen waren.«

Dupré war fassungslos, um ein Haar hätte Duflot noch die alte Dame getötet.

»Ich kann Ihr Motiv nicht verstehen, Madame Duflot, warum wollten Sie Madeleine töten?«, wollte der Kommissar wissen.

Jetzt kam Leben in sie. Sie reagierte emotional und zitterte vor Wut.

»Sie hat mich verraten!«, schrie sie. »Verraten und eiskalt abserviert. Wir haben uns geliebt. Sie wollte sich von Bertrand trennen, und ich wollte alles verkaufen, um mit ihr weit weg ein neues Leben zu beginnen. ›Charlie‹ hat sie mich immer genannt, das war ihr Kosename für mich.« Sie lächelte sanft wie ein Engel. »Und dann trifft sie plötzlich diesen Fouché, verliebt sich in ihn und trennt sich von mir, wegen eines Mannes!« Sie spie das Wort förmlich aus. »Alles, was uns verband, war nichts mehr wert.« Sie keuchte.

»Und Déborah?«, fragte Lagarde.

»*Mon Dieu*, Déborah, das wollte ich wirklich nicht,

aber es ließ sich nicht vermeiden. Ich habe sie am Morgen ihres Todes in der Bäckerei getroffen. Dort hat sie mir erzählt, dass sie zu einem Bauern fahren wolle, um Gemüse für ihre Brasserie einzukaufen, der Hof liege in der Nähe von Graoux. Dann haben wir spontan beschlossen, dass ich sie begleite und wir einen kleinen Ausflug machen. Nach dem Tod von Madeleine war mir meine Surfschule völlig egal. Wir sind mit meinem Auto gefahren. Nachdem wir bei dem Bauern eingekauft hatten, gingen wir Mittag essen, anschließend machten wir noch einen kleinen Verdauungsspaziergang im Wald in der Nähe des Sumpfgebietes. Dabei erzählte Déborah, dass sie am Abend von Madeleines Tod eine schwarzgekleidete Person im Wald von Biscarrosse-Plage gesehen habe, deren Gang und Figur meiner sehr ähnelten. Ich musste damit rechnen, dass sie zur Polizei geht oder«, sie sah den Kommissar an, »dass sie Ihnen erzählt, was sie beobachtet hat. Das war ihr Todesurteil, was sollte ich sonst machen?«

Marat war entsetzt, sie erkannte ihre Freundin nicht wieder.

»Sie haben sie erschlagen«, sagte Lagarde.

»Ja, als sie sich von mir wegdrehte und Sumpfvögel beobachtete, habe ich sie mit einem Kieselstein, der am Ufer des Sumpfes lag, erschlagen. Ich konnte schließlich nicht zulassen, dass sie mich verrät. Zuerst warf ich den Kieselstein ins Wasser, dann schleppte ich

Déborah hinein. Im Wagen zog ich mich um. Als Sur-
ferin habe ich immer Kleidung zum Wechseln dabei.«

Renaud fröstelte und fragte sich, ob Duflot eine
Psychopathin ohne Mitgefühl war.

»Wir bringen Sie jetzt in das Polizeipräsidium von
Arcachon«, informierte Lagarde sie. »Dort werden
Sie dem Haftrichter vorgeführt. Sie können selbstver-
ständlich Ihren Anwalt anrufen.«

Sie gab ihm keine Antwort und wich seinem Blick
aus. Schließlich machten sie sich auf den Weg. Lagarde würde das Boot später zurückbringen, Madame
Clément einen Blumenstrauß schenken und sich bei
ihr für die Unterstützung der Polizei bedanken.

DIE SILBERNE AUSTER
ZWÖLFTER TAG

Der Paradiesstrand lag ungefähr in der Mitte zwischen Biscarrosse-Plage und der Düne von Pilat, deren gewaltigen Buckel man in der Ferne gut erkennen konnte. Den Zugang zum Strand erreichte man auf einem Forstweg, der sich durch einen Kiefernwald schlängelte. Dort gab es einen großen Parkplatz. Zum Strand führte ein Plankenweg durch die Dünen. Angler standen am Ufer und hielten ihre Ruten ins Wasser. Von einer verwitterten Seebrücke aus war die Aussicht spektakulär. Gegenüber der Düne von Pilat lag Cap Ferret im Dunst, dazwischen befand sich die Einfahrt zum Bassin von Arcachon. Südlich davon erstreckte sich eine große hammerförmige Sandbank. Im Meer zwischen dem Ufer und der Insel war kein Mensch zu sehen. Der Sog, der bei einsetzender Ebbe an dieser Stelle entstand, war extrem gefährlich.

Als Lagarde vor drei Tagen den Paradiesstrand entdeckt hatte, war er von seiner wilden Schönheit begeistert gewesen. Außerdem gab es dort mitten im Wald mit Blick auf den Atlantik ein ausgezeichnetes Fischrestaurant, *La Huître en Argent, Die Silberne Auster*.

Dorthin hatte er seine Kollegen zum Abendessen eingeladen, um sich von ihnen zu verabschieden.

Jetzt saßen sie auf der rustikalen Holzveranda an einem elegant eingedeckten Tisch für sechs Personen, auf dem meergrüne und weiße Kerzen flackerten. Renaud war wie immer korrekt mit Anzug und Krawatte gekleidet, ebenso Lagarde. Nicolas hatte sich für eine legere Variante mit Jeans und Pullover entschieden, Stéphanie war chic angezogen und dezent geschminkt. Sie hatte auf Lagardes Bitte hin ihre Tochter Nicolette mitgebracht, ein hübsches aufgewecktes Mädchen, das seiner Mutter wie aus dem Gesicht geschnitten war.

Die Sonne versteckte sich hinter dem Schilfgürtel und den Fächerpinien, Frösche quakten, und es duftete nach Kiefernnadeln.

Alle am Tisch waren in heiterer Stimmung und freuten sich auf ein schönes gemeinsames Abendessen. Sie hatten als Aperitif Crémant aus dem Bordelais bestellt und studierten jetzt die Speisekarte. Als sie sich entschieden hatten, gab Lagarde die Bestellung auf: Austern aus Arcachon, eine Fischplatte mit Goldbrassen, Seewolf und Rotbarben, Schafskäse aus den Pyrenäen und als Dessert Crêpes mit Bananenscheiben und Schokoladencreme. Dazu einen Weißwein aus Bordeaux.

Während des Essens unterhielten sie sich angeregt und vermieden es, über den Fall zu sprechen, um Nicolette nicht damit zu belasten. Als diese nach dem Essen nach den Fröschen suchen wollte und zum Schilfgürtel lief, berichtete Renaud, was seit der Festnahme geschehen war.

»Charlotte Duflot sitzt inzwischen im Untersuchungsgefängnis von Bordeaux ein und wartet auf die Anklageerhebung. Ihr droht eine lebenslange Haftstrafe wegen Mordes in drei Fällen. Die Spurensicherung hat in ihrer Surfschule zwischen anderen Sporttaschen einen Bodyboardsack gefunden, auf dessen Innenseite dunkle Flecken zu erkennen waren. Es handelt sich um Blut von Madeleine und Bertrand Delcroix. Duflot hat ausgesagt, dass sie die Kleidungsstücke, die sie bei der Tat trug, im Außenkamin ihrer Hütte am See verbrannt hat. Außerdem bleibt sie dabei, dass sie von Bertrands drei verschwundenen Uhren nichts weiß.«

»Möglich, dass sie schon vorher verschwunden waren«, spekulierte Lagarde. Schließlich hatte Léon Geld für das teure Quad gebraucht, aber das spielte jetzt keine Rolle mehr.

»Und dann noch eine Sache«, fuhr Renaud fort. »Alain Touraine ist verschwunden.«

»Verschwunden?« Lagarde war überrascht.

»Ja, er ist weg, und keiner weiß, wohin er gegangen ist.«

Als Nicolette an den Tisch zurückkehrte, fanden sich andere Themen.

»Machen Sie noch ein paar Tage Urlaub hier?«, wollte Marat wissen.

»Nein, das geht leider nicht, morgen Nachmittag geht mein Flug nach Cherbourg.«

»Ich fahre Sie zum Flugplatz«, bot Renaud an.

»Das ist nicht nötig, ich kann mir ein Taxi nehmen.«

»Ich möchte Sie aber gerne fahren, schließlich habe ich Sie auch abgeholt.«

»Das ist sehr nett.«

Als Digestif bestellten sie Armagnac aus der Gascogne. Lagarde bedankte sich bei dem Ermittlerteam für die hervorragende Zusammenarbeit, dann stießen sie an. Zu später Stunde machten sie sich auf den Heimweg.

Als Lagarde noch ein letztes Glas Wein auf seiner Terrasse trank, fand er es schade, von dieser schönen Region so wenig gesehen zu haben. Er beschloss, mit Odette hier einmal Urlaub zu machen, wenn sie Lust hatte. Er freute sich auf sie und war gespannt, wie weit ihre Vorbereitungen für die Verlobungsfeier gediehen waren. Dann wollte er schlafen gehen, morgen früh würde er das Ferienhaus aufräumen und packen. Noch ein letztes Mal sah er sich um. Schon am Morgen hatte Tintin sich nicht blicken lassen, in seiner Futterschüssel war noch Milch. Vielleicht hatte er gespürt, dass ihre gemeinsame Zeit vorüber war, und er war weitergezogen.

ZWEI WOCHEN SPÄTER

Die Verlobungsfeier von Odette und Philippe fand an einem Samstag in seinem Garten statt. Sie hatten Glück mit dem Wetter. Es war ein sonniger, warmer Tag, bauschige Wolken wanderten über den Himmel, der tintenblaue Ärmelkanal rauschte sanft. Das Paar hatte sich für eine Feier im engsten Freundeskreis entschieden. Eingeladen waren Roselin, der Chef der Gendarmerie von Barfleur, und seine Verlobte, Madame Florence; die Gendarmin Valérie; Camille und ihre Tochter Amélie sowie Philippes Nachbarn Angélique und Richard. Hauptkommissar Ludovic Cleroc und seine Lebensgefährtin Suzanne hatten bedauernd abgesagt. Suzanne hatte vor kurzem ein bezauberndes Zwillingspärchen zur Welt gebracht, Jean-Antoine und Melissa. Die beiden Babys hielten ihre Eltern Tag und Nacht auf Trab und wollten geherzt, gefüttert und gewickelt werden. Suzanne hatte gemeint, der Besuch der Verlobungsfeier sei eine logistische Herausforderung, der sie im Moment noch nicht gewachsen sei.

Odette hatte als Überraschung für Philippe seine Freunde eingeladen, die er bei Ermittlungen an der Verdon-Schlucht nach vielen Jahren wiedergetroffen hatte: Étienne, Pascal und Samy. Samy wurde von seiner Freundin Claudine und ihrer Tochter Sarah begleitet. Etienne hatte Mariette, eine Freundin von früher, mitgebracht. Die drei Männer hatten angeboten, für das leibliche Wohl zu sorgen, und Odette hatte eingewilligt.

Am späten Nachmittag schürte Samy den Grill an. Er und seine Freunde hatten beschlossen, dass sie einen Hammel am Spieß braten würden, die Knoblauchbutter zuzubereiten war Pascals Aufgabe, und Étienne war für die Getränke zuständig.

Als alle Gäste eingetroffen waren, stießen sie mit Champagner auf die Verlobung an und beglückwünschten das Paar. Danach war es Zeit für die Geschenke. Philippe schenkte seiner Verlobten die goldenen Kreolen, die er in Bayonne für sie gekauft hatte. Er bekam von Odette eine schicke neue Armbanduhr.

Seine drei Freunde hatten sich etwas Besonderes einfallen lassen. Étienne überreichte dem Paar feierlich einen Gutschein für einen Winterurlaub in den französischen Alpen, den sie gemeinsam verbringen wollten. Von ihren Freunden aus Barfleur bekamen sie eine Einladung zu einem Abendessen in einem neueröffneten Restaurant in Gonneville.

Als die Dämmerung einsetzte und ein leichter Wind vom Meer her blies, verkündete Samy, dass der Hammel fertig sei. In bester Laune widmeten sie sich dem Festschmaus und lobten den Grillmeister ebenso wie

Étienne, der einen superben Rotwein aus Bordeaux für den Hauptgang ausgesucht hatte.

Nach dem Abendessen begann Richard im Schein von Lampions und Fackeln damit, alte und neue französische Schlager auf seinem Akkordeon zu spielen und dazu zu singen. Sein Bariton war beeindruckend, alle lauschten begeistert. Als er einen Walzer zum Besten gab, forderte Philippe Odette zum Tanz auf. Die Gäste bildeten einen Kreis um sie und klatschten mit. Anschließend steckte das Paar sich gegenseitig die Ringe an und küsste sich. Philippe fand, dass seine Verlobte wunderschön aussah. Sie hatte sich am Nachmittag von einem Friseur Perlenschnüre in die Haare flechten lassen. Beim nächsten Lied tanzten alle ausgelassen.

Philippes Freunde hatten sich noch eine Überraschung ausgedacht. Pünktlich um Mitternacht jagte Samy ein Feuerwerk in den schwarzen Himmel. Rote, grüne, weiße und blaue Leuchtkugeln stiegen unablässig auf und breiteten sich zu einem glitzernden Sternschnuppenregen aus, der Anblick war überwältigend.

NACH EINIGEN WOCHEN

An die Gendarmerie von Barfleur wurde eine Kiste Wein geschickt, die für Lagarde bestimmt war. Dabei lag ein Brief von Dalida-Caroline Delcroix.

Lieber Monsieur le Commissaire,
stellen Sie sich vor, mein Leben hat eine überraschend positive Wendung genommen. Nach dem Skandal in der Einrichtung in Bayonne hat Clothilde ihre Rechtsanwälte eingeschaltet und erreicht, dass sie mich bei sich aufnehmen darf. Ich wohne jetzt bei ihr im Weingut und habe ein eigenes wunderschönes Zimmer. Es ist herrlich dort. Sie hat mir ein Pferd geschenkt, und ich darf in den Weinbergen mitarbeiten. Das habe ich nur Ihnen zu verdanken. Wenn Sie nicht gewesen wären, müsste ich immer noch in diesem Psychoknast leben.

Als Dankeschön von Clothilde und mir anbei eine kleine Aufmerksamkeit.

Mit herzlichen Grüßen aus Saint-Émilion
Dalida

P.S. Ein Weinbergarbeiter bringt mir das Motorradfahren bei, ist das nicht cool?

Am nächsten Tag erreichte eine Ansichtskarte von Alain Touraine die Polizeiwache und wurde an Lagarde weitergeleitet. Sie steckte in einem Umschlag, der in Ostabat, einem Ort am Fuße der Pyrenäen, abgestempelt war.

Sehr geehrter Monsieur le Commissaire,
der Tod meiner Frau hat mich völlig aus der Bahn geworfen und mich in ein tiefes Trauertal gestürzt. Wochenlang war ich handlungsunfähig und habe nur noch getrunken. Dann gab ich mir einen Ruck und sagte mir, dass Déborah das nicht gewollt hätte. Daraufhin habe ich die Brasserie verpachtet. Jetzt bin ich unterwegs auf dem Jakobsweg. Ich wandere alleine und hoffe, dass meine Seele wieder ihren Frieden findet und ich mir klar darüber werde, wie mein weiteres Leben verlaufen soll.

Ich danke Ihnen, dass Sie die Mörderin meiner Frau gefunden haben.

Mit lieben Pilgergrüßen
Ihr Alain Touraine

Einige Wochen nach Bertrand Delcroix' Tod tauchte ein Testament von ihm auf, das er bei einem Pariser Notar hinterlegt hatte. Er hatte sein Vermögen für Madeleine, Dalida und Léon gedrittelt. Der Inhalt seines Safes war für seine erste Frau Clothilde-Eulalie bestimmt.

Sie betrachtete seine Memoiren als Vermächtnis und beschloss, sie nach Rücksprache mit ihrem Anwalt zu veröffentlichen. Bald fand sie einen Autor, der den Text überarbeiten sollte, und auch einen interessierten Verlag.

Als diese Nachricht an die Öffentlichkeit drang, verschwand der Sänger Christian Fassin spurlos.

MARIA DRIES

DER
KOMMISSAR
UND DIE VERSCHWUNDENEN
FRAUEN VON BARNEVILLE

EIN KRIMINALROMAN
AUS DER NORMANDIE

atb

CAFÉ DE FRANCE

Nathalie Baye wachte mit hämmernden Kopfschmerzen auf. Sie stöhnte. Ein Blick auf den Wecker sagte ihr, dass es elf Uhr war. Die Party von gestern, am Plage de la Vieille Église, am Strand der Alten Kirche fiel ihr wieder ein. Wann war sie eigentlich nach Hause gegangen? Nach wie vielen Gläsern Bier und Tequila? Wie war sie heimgekommen? Hatte sie einen Typen abgeschleppt? Dunkel erinnerte sie sich an einen deutschen Urlauber mit dunklen Haaren und einer niedlichen Lücke zwischen den Schneidezähnen, der so charmant mit ihr geflirtet hatte. Erschrocken schaute sie neben sich. Niemand lag in ihrem Bett. Mon Dieu! Sie hatte einen Filmriss. Aber offensichtlich war sie unversehrt und ohne Begleitung nach Hause gekommen.

Vorsichtig stieg sie aus dem Bett und rieb sich die Schläfen. Jetzt brauchte sie dringend zwei Aspirin und einen starken Kaffee. Bekleidet mit einem rosafarbenen Hello-Kitty-Slip und einem weißen Top tappte sie barfuß in die Küche. Nathalie war klein und ein wenig pummelig. Die roten Locken standen drahtig vom Kopf ab. Sie setzte Kaffee auf und rührte das Aspirinpulver in ein Glas mit kaltem Wasser, das sie in einem Zug leer trank.

Mit der dampfenden Kaffeetasse in der Hand öffnete sie die unverschlossene Haustür und trat auf den kleinen gepflasterten Vorplatz. Er war von einer verwitterten Steinmauer begrenzt. Zur Wiese hin bildeten Büsche eine natürliche Barriere. Nach Westen öffnete sich der Blick auf den Ozean, weshalb Anouk und sie die Terrasse zu ihrem Lieblingsplatz erkoren und Gartenmöbel aufgestellt hatten. Einen runden Tisch und bequeme Stühle mit bunten Polstern. Nathalie ließ sich auf einen Stuhl sinken, trank einen Schluck Kaffee und blinzelte in die Sonne. In weiter Ferne glitzerte das Meer. Langsam konnte sie wieder klarer denken. Wo war eigentlich Anouk? Wo war ihr Hund? Nathalie nahm an, dass sie alleine war, denn im Haus war es ganz still gewesen. Normalerweise hätte der Hund, ein weiß-braun gefleckter Jack Russell Terrier mit dem Namen Filou, sofort auf sich aufmerksam gemacht und sich die Schlappohren streicheln lassen. War ihre Freundin mit auf der Strandparty gewesen? Angestrengt überlegte sie. Nein, sie war alleine hingegangen. Am Hafen entlang und dann auf dem Zöllnerpfad um das Cap. Auch im Laufe des feuchtfröhlichen Abends war Anouk nicht aufgetaucht, da war sie sich ziemlich sicher. Entschlossen erhob sie sich. Sie musste sich Gewissheit verschaffen.

Nathalie ging ins Haus und lief über die alte knarrende Holzstiege in den ersten Stock, wo das Schlafzimmer von Anouk lag. Sie klopfte, rief den Namen ihrer Mitbewohnerin und öffnete die Tür. Aufmerksam sah sie sich um. Der Raum war leer, das Bett ihrer Freundin unberührt. Auch der Hund lag nicht in seinem Körbchen. Wo steckten sie bloß? Gähnend lief sie wieder nach draußen zu ihrem Kaffee.

Anouk und sie studierten Psychologie an der Universität von Cherbourg. Nathalie stammte aus einem kleinen Dorf in der Auvergne. Ihr Vater züchtete Schafe und Ziegen und produzierte Käse. Anouk kam aus Grandcamp-Maisy, einem ehemaligen Fischerdorf mit einem sehr schönen kleinen Hafen, das die Côte de Nacre nach Westen begrenzte. Es hatte sich längst zu einem beliebten Badeort entwickelt.

Die beiden Frauen hatten in Cherbourg in einem Studentenwohnheim gelebt und waren mit der Situation ziemlich unglücklich gewesen. Die Einzimmerappartements waren winzig. Das sterile Gebäude lag an einer vielbefahrenen Straße und verfügte weder über einen Garten noch über eine Terrasse. Beide waren es nicht gewohnt, in einer Großstadt zu leben, und vermissten die Natur, frische Luft und Ruhe. Anouk musste mit Filou einen Park aufsuchen, wenn sie ihn frei laufen lassen wollte.

Nachdem die Studentinnen sich angefreundet hatten, unternahmen sie an den Wochenenden Ausflüge ins Hinterland und ans Meer. Bei einem Spaziergang hatten sie das kleine Haus entdeckt. Es lag inmitten von Feldern und Wiesen etwas außerhalb von Barneville. Im Garten stand ein Schild mit der Aufschrift *À louer*, zu vermieten. Außerdem war eine Handynummer angegeben. Auf der Stelle verliebten sie sich in das alte Granitsteinhaus mit den himmelblauen Fensterläden und dem verwilderten Garten. Sie riefen den Eigentümer an, der kurze Zeit später auf seinem Traktor angetuckert kam und den Studentinnen das Haus zeigte. Die beiden Schlafzimmer waren zwar klein, dafür gab es einen Salon mit einem Kaminofen, sowie eine Küche mit einem Essplatz. Das Badezimmer verfügte sogar über eine altmodische Badewanne mit Klauenfüßen. Im Garten standen Obstbäume, die reife Früchte trugen.

Das Gebäude stand schon einige Zeit leer, doch es hatte sich noch kein Mieter gefunden. Den bisherigen Interessenten war die Ausstattung zu einfach und die Lage zu einsam gewesen. Der Landwirt fand die beiden Frauen bezaubernd, und sie einigten sich auf eine günstige Miete. Seit fast einem Jahr lebten sie nun schon hier und hatten es nie bereut. Nach Cherbourg waren es nur etwa dreißig Kilometer. Anouk besaß einen kleinen Renault, mit dem sie zur Uni fuhren. Manchmal nahmen sie auch den Bus.

Nathalie beschloss heiß zu duschen. Vielleicht würde ihr benebelter Kopf dann klarer werden.

Schließlich lief sie, gehüllt in ein Frotteetuch, in ihr Schlafzimmer. Ihr Handy fand sie unter dem Bett. Sie tippte auf den Namen ihrer Freundin, und sofort sprang die Mailbox an. Nathalie hinterließ eine Nachricht und bat um einen Rückruf. Sorgen machte sie sich keine. Anouk fuhr manchmal mit ihrem Hund ins Blaue hinein, gerade jetzt in den Semesterferien. Sie war gerne für sich und hatte immer ihre Fotoausrüstung dabei. Einige Schwarz-Weiß-Fotos hingen, schlicht gerahmt, im Wohnzimmer. Sie zeigten den aufgewühlten Ozean, Wolkengebirge, Dünen mit windgepeitschtem Strandhafer und verlassene Strände. Wenn sie lange unterwegs war, übernachtete sie in kleinen günstigen Pensionen. War das Geld knapp, schlief sie einfach im Auto.

Nathalie ging davon aus, dass ihre Freundin bald zurückkommen würde. Ihr Handy klingelte. Erleichtert sah sie auf das Display, aber es war nicht Anouk. Am Apparat war der süße Tourist aus Deutschland, den sie bei der gestrigen Strandparty kennengelernt hatte. Sie konnte sich nicht daran erinnern, dass sie ihm ihre Handynummer gegeben hatte. Seinen Namen wusste sie auch nicht mehr. Er stellte sich als Anton vor und lud sie zu einer Spritztour ein. Er wollte über die Küstenstraße nach Barfleur fahren. Jemand hatte ihm erzählt, dass es ein ganz bezaubernder Fischerort war. Dort wollte er ein, zwei Tage auf einem Campingplatz zelten und die Festung von Vauban in

Saint-Vaast-la-Hougue und die kleine Vogelschutz-insel Tatihou besichtigen. Ob sie Lust hätte? Natürlich hatte sie Lust! Der Typ war wirklich charmant und kein bisschen aufdringlich, und außerdem – wenn Anouk einen Ausflug machte, konnte sie das auch. Sie wählte noch einmal die Nummer ihrer Freundin und hinterließ eine Nachricht, dass sie für einige Tage verreisen würde.

Eilig zog sie sich an und packte eine kleine Reisetasche. In zehn Minuten würde er sie abholen. Sie beschloss, ihn Toni zu nennen. Das klang hübsch.

Geneviève Sorel suchte nach ihrer Tochter. Sie suchte immer nach ihrer Tochter, seit sie vor fünf Jahren verschwunden war. Tag und Nacht. Überall. Jetzt irrte sie durch die großflächige weite Dünenlandschaft zwischen Surville und Portbail, die sich südlich von Barneville erstreckte. Sie folgte einem Trampelpfad, der sich durch Flechten und kleine Büsche von blau blühenden Stranddisteln schlängelte. Aufmerksam betrachtete sie ihre Umgebung, blickte in jede Mulde und hinter jeden Fels. Die Sonne brannte vom Himmel und erwärmte den Sand. Sie wischte sich mit der Hand den Schweiß von der Stirn. Eine Möwenschar zog kreischend vorbei.

Vor einigen Jahren noch war Madame Sorel eine schöne, charmante Frau mit viel Humor und Unternehmungsgeist gewesen. Inzwischen war sie abgemagert, die einst makellose Haut faltig und grau. Die glänzenden braunen Haare waren schlohweiß und strohig geworden. Wirr und spärlich standen sie von ihrem Kopf ab. Ihre dunklen glanzlosen Augen huschten hin und her. Sie hatte bisher noch keine Spur von ihrer Tochter gefunden, aber sie würde nicht aufgeben. Irgendwo musste sie ja sein.

Als sie müde wurde, beschloss sie, die Suche vorläufig zu beenden und einen Strauß Wildblumen für die Gedenkstätte ihrer Tochter zu pflücken. Nach einem einstündigen Fußmarsch erreichte sie die Stelle. Sie hatte sie ausgesucht, weil ihre Tochter dort zum letzten Mal gesehen worden war. Die Stätte befand sich unterhalb eines alten Wehrturmes aus groben Granitsteinen. Schießscharten bildeten schwarze Höhlungen. Gekrönt wurde er von Rechteckzinnen, die die runde Wehrplattform umgrenzten. An einer Stelle, an der die Steinmauer herausgebrochen war, klaffte ein großes Loch. Das marode Bauwerk erhob sich direkt hinter den Klippen, die fast senkrecht in das brodelnde Meer stürzten. Unterhalb der Abbruchkante gab es einen ebenen Platz, den man über eine Treppe erreichen konnte. Er wurde von einem natürlichen steinernen Dach überspannt. Das Felsgestein formte dort eine kleine Höhle, geschützt vor dem Ozean. Darin hatte sie einen Schrein für ihre Tochter aufgebaut. Den Mittelpunkt bildete eine Fotografie in einem ovalen goldenen Rahmen. Sie war an ihrem Geburtstag aufgenommen worden. Weitere Schnappschüsse zeigten sie als pausbäckiges Kleinkind, als Erstklässlerin mit einer Schultüte, sowie als Jugendliche auf einer Vespa.

Madame Sorel arrangierte die Blumen in einer Vase und entzündete weiße Kerzen. Schließlich faltete sie die Hände, wie zu einem Gebet.

»Komm zurück«, flüsterte sie mit heiserer Stimme. »Komm doch endlich zurück. Ich warte auf dich, ma chérie.« Ihre Augen wurden feucht. »Mon Dieu, warum hast du mich verlassen?«

Das malerische Dorf Barfleur mit seinem Fischerhafen lag an der Nordostspitze der Halbinsel Cotentin. Mittelalterliche Granitfassaden säumten die Promenade, die zum Wahrzeichen der Ortschaft führte, der Pfarrkirche Saint-Nicolas am Ende des Kais. Daneben befand sich die Seenotrettungsstation, die 1895 gegründet worden war. Im Hafenbecken schaukelten bunte Fischerboote. Bei Ebbe legte ein Tidenhub von zehn Metern den Hafen trocken. Fünf Kilometer weiter nördlich stand der Leuchtturm von Gatteville, das höchste Leuchtfeuer Frankreichs. Von seiner Spitze hatte man einen Ausblick über die ganze Bucht.

Berühmt war Barfleur auch für seine wohlschmeckenden Muscheln mit den goldenen Schalen. Die Miesmuschelbänke erstreckten sich entlang der Ostküste der Halbinsel, so weit das Auge reichte.

Das Haus von Philippe Lagarde lag nördlich von Barfleur oberhalb einer henkelförmigen Bucht und war ein älteres Granitsteingebäude, das er von seiner Großmutter geerbt hatte. Auf dem Schieferdach saßen zwei rote Kamine, und auch die Laibungen der Haustür und der Fenster bestanden aus roten Ziegeln. Neben dem Eingang rankten sich Rosen an einem Spalier empor. Linker Hand gab es einen Anbau mit einem schrägen Dach und einem Holztor, der als Holzlager und Werkstatt diente. Hinter dem Haus erstreckte sich der Garten bis zum Dünensaum, wo sich eine alte knorrige Libanon-Zeder neben einem Feigenbaum erhob. Beidseitig der Terrasse standen Oleandersträucher in prächtiger weißer Blüte. Vom Garten führte ein Pfad durch ein Wäldchen zu der Bucht. Bei Niedrigwasser gab das Meer einen schmalen Sandstrand frei.